ALPHAPOLIS WEB CITY SINCE 2000

巻き込まれ召喚!?
そして私は『神』でした?? 4

A L P H A L I G H T

まはぷる
Mahapuru

JN044725

アルファライト文庫

Characters
レナン
ノラードの町の役人見習い。今回、タクミの護《ご》送《そう》任務を押しつけられる。
イセリュート
（井芹悠斗）
SSランク冒険者で、別名『剣聖』。
タクミ
先日定年退職した平凡な男。異世界ではなぜか若返っている。職業は『神』だが、本人はよくわかっていない。
ネネ
タクミと一緒に召《しょう》喚《かん》された大学生。職業は聖女。

フェレリナ
エルフの精霊使い。『青狼のたてがみ』の一員。
カレッツ
剣士をしている冒険者。『青狼のたてがみ』のリーダー。
アイシャ
先日『青狼のたてがみ』に加入したレンジャー。
レーネ
『青狼のたてがみ』のメンバーで、職業は盗賊。
サルリーシェ
冒険者ギルドのカレドサニア支部のギルドマスター。
ケランツウェル
カレドサニア王国が誇《ほこ》る猛将《もうしょう》。

目次

第一章　神の使徒《しと》

こんにちは。

私は斉木拓未《さいきたくみ》と申します。

社会人として働きながら、気づいたときにはあっという間に六十歳、定年を迎《むか》えていました。

そう無理なく無難《ぶなん》な人生を歩んできたつもりでしたが、年齢には勝てずになにかとガタのきていたこの身体《からだ》、余生はひとり穏《おだ》やかに過ごそうなどと思っていたのですが……

どうしてこうなったのでしょうね？　いつの間にやら若返り、なんの因果か異世界暮らしです。

まあ、私としましては、暮らす場が日本から異世界に変わっただけのこと、そう居直《いなお》ろうかと思っていたのですが、周囲の環境《かんきょう》がなかなか私に平穏《へいおん》を与えてくれません。

やはり、出だしから魔王軍なる十万もの魔物との戦争に遭遇《そうぐう》するなんて、幸先《さいさき》が悪かったのでしょう。以降も特筆《とくひつ》すべきことが目白押《めじろお》しでして。

王様暗殺未遂《あんさつみすい》で指名手配、魔物が生まれる魔窟《まくつ》での騒動《そうどう》、海峡《かいきょう》では巨大なイカと戦いましたし、エルフの住まう大森林ではさらなる魔窟問題に、世界樹なる存在の邂逅《かいこう》と、摩訶《まか》不思議な体験もしました。

知人に会いに国教教会の総本山に出向いてみますと、指導者交代劇にまで発展する事態にも巻き込まれ、すったもんだの大騒動ときたものです。

これまで生きてきた数十年はなんだったのかという怒涛《どとう》の展開に、平穏なんて言葉もどこへやら。私の人生を一冊の本としますと、本文は百ページに満たないのに、あとがきに入った途端《とたん》にいきなり数百ページに及《およ》ぶ大スペクタクル巨編が綴《つづ》られはじめたようなものです。しかも、依然継続中《いぜんけいぞくちゅう》。

さらに信じがたいことに――つい最近知ったのですが――なんと私は『神』でした。

人に生まれて六十年、それ以外のものになったつもりはなかったのですが……異世界に連《つ》れてこられたときに、なぜか『神』の役割を与えられたようなのです。

どこの誰の思惑《おもわく》かはわかりませんが、いっさいの説明もなしに押しつけるなど、訪問販売の押し売りと大差ないではありませんか。困ったものです。

そして、そんな私の新《あら》たなる門出《かどで》――罪人として投獄《とうごく》されちゃいました。

罪状は大量殺人を伴《ともな》う国家反逆罪らしいです。もちろん、心当たりはありません。

私の身柄《みがら》は王都へと護送《ごそう》されるそうなので、とりあえずはそこで冤罪《えんざい》を晴らすべく、大人《おとな》しく連行されることにしました。

道中いろいろありつつも、サランドヒルの街での〝猪狩《いのししが》り〟騒動も終えて、もうすぐ王都にいたるというところで——またもや問題発生のようですね。やれやれ。

◇◇◇

王都を取り囲むように、東西南北の四ヶ所に存在する四つの城砦群《じょうさいぐん》。

その中で南に位置したザフストン砦《とりで》は、南方の外敵から王都を守護《しゅご》する重要防衛拠点《きょてん》です。

ただし、他国との戦争も久しい現在、過去に膨大《ぼうだい》な敵兵の侵攻《しんこう》を押し留《とど》めた大門も、今ではその役目を終えて常時開放されております。以前は〝南の断崖《だんがい》〟と称されていましたが、いまや軍事訓練施設としてしか機能していないそうです。

「——という話ではありませんでしたか？」

「そのはずだったんですが……」

護送馬車で王都へと向かう道すがら、私たち——囚人《しゅうじん》の私と、護送を務《つと》める役人見習いのレナンくんは、そのザフストン砦の前で長らく足止めを食っていました。

〝南の断崖〟のふたつ名が表す通り、岸壁《がんぺき》の谷間を塞《ふさ》ぐ形で存在する砦は、まさに長大な壁《かべ》でした。間近《まぢか》から見上げますと、垂直《すいちょく》に切り立つ崖《がけ》のあまりの高さに、頭上の太陽が隠《かく》れてしまっています。見たところ砦は石造《いしづく》りですが、日本のお城の石垣《いしがき》のように緻密《ちみつ》に組み上げられたものではなく、繊細《せんさい》さとは縁遠《えんどお》い無骨《ぶこつ》なものでした。

まさにこの砦は断崖絶壁《ぜっぺき》――呼び名に偽《いつわ》りなしですね。数キロ先からその威容《いよう》は窺《うかが》えたのですが、今となっては全体を見渡すこともできません。

現状で困っているのは、砦の中央付近に据《す》えられた巨大な観音開《かんのんびら》きの大門が閉じられてしまっていることです。

主要道路は砦の中を経由する造《つく》りになっていますので、門が閉じられていては王都へ向かうことができません。迂回《うかい》しようにも、ここ以外に南側から王都へと続く道はなく、他の手段では山越《ご》えをするか、山脈を延々《えんえん》と回り込むしかないそうです。

しかも門の前には、大勢の完全武装した国軍の兵士さんたちがいます。

私たちと同様に足止めされている方々が、彼らに詰《つ》め寄る様子も見受けられますが、冷たく追い払われてしまっています。聞く耳を持たないという感じで、通行規制どころか通行止め、立入禁止とする心構えのようですね。

この物々しさだけに、なにかあったことは間違いないのでしょうが、説明は一切ありません。

本来、囚人護送馬車は国の直轄《ちょっかつ》で、検問《けんもん》などでも足止めはあり得ないそうなのですが、現実問題としてレナンくんですら他の方と同じく門前払《もんぜんばら》いです。

周囲には、規制解除《かいじょ》待ちなのか数多《あまた》の天幕が張られています。その状況からも、昨日今日に始まったことではないようですね。これまで王都からの返事が来なかったのも、これが原因なのでしょうか。

とりあえず、門前は人が多いですから護送馬車は目立ちます。対策を相談するために、門から少し離《はな》れた人気《ひとけ》の少ない岩陰《いわかげ》に馬車を移動させました。

「レナンくん、どうしますか？」

「どうしますといわれても、どうしたら……困りました。うーん」

御者《ぎょしゃ》席のレナンくんと鉄格子《てつごうし》を挟《はさ》んで背合わせになり、ふたりで考えあぐねます。

正面突破《しょうめんとっぱ》……はやめておいたほうがいいでしょうね、やっぱり。

なにせ、相手は軍隊さんです。国家反逆の冤罪《えんざい》を晴らすために王都へ向かっていながら、本当に反逆してしまってはまずいでしょう。単身で壁を乗り越《こ》えるのは容易《ようい》ですが、護送馬車を置いて中身《私》だけが王都入りしていい気もしません。

「……ふむ。妙なところで会うものだな」

不意に馬車の後方から声をかけられました。

そこにいたのは、外套《がいとう》についたフードを頭からすっぽりと被《かぶ》ったひとりの人物です。声からして男性でしょうが、ずいぶんと小柄《こがら》で、背格好はレナンくんとそう変わりなさそうですね。

「……どなたです？」

レナンくんが尋《たず》ねます。

フードのせいで顔が見えませんから、私にも誰なのか――あ。

外套《がいとう》の裾《すそ》から見えているのは刀の鞘《さや》ですよね。ということは。

「存外《ぞんがい》、早い再会だったな。斉木」

「やあ、井芹《いせり》くんじゃありませんか！」

脱《ぬ》いだフードの下から現われたのは、紛《まご》うことなきSSランク冒険者『剣聖』、井芹くんの顔でした。非常にお若く見えますが、実は私と同い年で、しかも私たちよりも先にこの世界に召喚《しょうかん》された方なのです。

ファルティマの都で別れてから、半月あまりといったところでしょうか。お久しぶりというには早すぎる気はしますが。

「レナンくん。こちらは私の同郷で同級生の井芹くんです。で、こちらがノラードの役人見習いのレナンくんですよ」

檻《おり》の中から紹介しますと、レナンくんが礼儀正《れいぎただ》しく御者席から降りて、挨拶《あいさつ》していました。

こうしてふたりが並びますと、やはりどちらも小さいですね。やや井芹くんが背は高いものの、レナンくんで百四十五センチないくらい、井芹くんで百五十センチちょっと、といったところでしょうか。

「レナンです。タクミさんの……なんといいますか、護送人をしています。タクミさんと同い年にしては、お若く見えますすね」

「遺憾《いかん》ながら、よく言われるな」

「あっ、すみません！　つい、失礼なことを……」

「よいさ。童《わらべ》の言葉に目くじらを立てるほど子供じみてもおらん。お主《ぬし》こそ、その年で役所勤《づと》めとは感心だな」

「いやあ、そんなことありませんよ。ははっ」

なんだか見た目はちびっ子同士ですから、眺《なが》めていてほのぼのしますねえ。レナンくんはともかく、井芹くんには怒られてしまいそうですが。

「どんな道理で、こやつが賞金首《しょうきんくび》になっとるのかは知らんが……レナンとやら、こやつの世話は疲れるだろう？」

「わかっていただけますか？　タクミさんのお知り合いでしたら、わかりますよね？　ほんっっっと、大変なんですよ！」

……んん？

「基本、性格が偏屈爺《へんくつじじ》いだけにな。頭が固い上に人の話もよく聞かん。言ったそばから、偏見《へんけん》交えて自分に都合のいいように解釈《かいしゃく》し出すからな」

「そうそう、そうなんですよー！　僕がどれだけ言っても、聞いてはいても理解はしてくれないんですよー！」

おや？　風向《かざむ》きが悪くないですか？　どうしてそこで、私の悪口合戦になっているのです？

「ふたりとも、ひどいですよ……」

拗《す》ねちゃいますよ、私。

「ふっ、なに、ほんの冗談《じょうだん》だ。冒険者になる約束が、賞金首なんぞになって捕《つか》まっているお主が悪い」

「そこを突《つ》かれては、ぐうの音《ね》も出ないわけですが」

「ちなみに、僕のほうは半分くらいは本音《ほんね》ですからね？」

「それはないですよ、レナンくん……」

「ははっ。これに懲《こ》りたら、ちょっとは言うこと聞いてくださいね、タクミさん」

「……これからは留意《りゅうい》しますので、許してください」

「さすがのお主も形《かた》なしのようだな？」

少し笑い合ってから、井芹くんが襟《えり》を正《ただ》しました。

「さて。戯《たわむ》れはこのくらいにしておこう。それで、此度《こたび》の詳細は知っているか？」

問いかけてくる井芹くんの表情は、一転して真剣でした。

やはり、ここでこうして井芹くんと再会したのは、奇遇《きぐう》というだけではなかったようですね。

関連するとしたら、閉め切られている砦の大門のことでしょう。つまり、門を閉ざさないといけない事態が起こっているということです。門の向こう側《がわ》――おそらくは王都で。SSランク冒険者にして、冒険者の最高峰《ほう》『剣聖』が動くほどのなにかが。

「いいえ。こちらのほうは私の護送途中に通りかかっただけで、内情はいっさい……その口ぶりでは、なにか起こっているんですね？」

「儂《わし》もまだ概要《がいよう》しか知らんがな。つい先日、ギルドから緊急招集《きんきゅうしょうしゅう》がかけられた。至急《しきゅう》、ザフストン砦に集合せよ、とな」

「え、え？　どうしたんですか、いきなりおふたりとも……？　緊急の招集って、どういうことですか？　イセリさんは、今回のことをなにかご存じなんですか？　ギルドっていったい……」

ああ、レナンくんが置いてけぼりになってしまいましたね。いきなりこんな話を始めては、戸惑《とまど》うのも無理ないでしょう。

「これはうっかりしていました。井芹くんは著名《ちょめい》な冒険者なんですよ。ほら、以前にも話したではないですか。私は『剣聖』と知り合いですって」

「ふむ。これは儂も礼を欠いていたな。冒険者の『剣聖』イセリュートだ」

「は――はあああ!? え、本物!? ええっ、うわ、どうしよ、それって本気で本当の本当なんですか!?」

「うむ」

井芹くんが、懐《ふところ》から取り出した冒険者カードを、レナンくんに見せます。

手慣れた感じですから、きっとよくあることなのでしょうね。見た目が見た目なので。

「……うわあ。生きた伝説にこんなところで……はあ……」

あらためて、ふたりが握手《あくしゅ》しています。といいますか、レナンくんのほうは頬《ほお》を赤らめたまま放心状態で、なすがままという感じでしたが。

「それで、概要とやらを教えてもらっても構いませんか?」

「……そうさな。野外では誰ぞが聞き耳を立てていないとも限らん。内容的にもここで口にするのは憚《はばか》られる。どうせ砦内で詳《くわ》しい説明もあるだろう。ついでだ、儂の同行者として、斉木――お主もついてこい」

言うが早いか、井芹くんは檻《おり》の鉄格子を抜刀術《ばっとうじゅつ》で斬《き》ってしまいました。

唐突《とうとつ》な展開にレナンくんは目を丸くして、またもやついてこられていません。

「……あ～あ、壊《こわ》してしまって……駄目《だめ》ですよ、井芹くん」

「なに、緊急事態だ。些末《さまつ》なことは捨て置け。来い」

いいのでしょうかね、それで。

仮にも国から支給されている備品《びひん》なのですから、そんな乱暴なことをしてはまずいでしょうに。


護送馬車や馬を置き去りにしていくわけにもいきませんから、レナンくんはその場に残ることになりました。別れ際《ぎわ》のレナンくんの、肩を落として壊れた檻を見上げる諦《あきら》めたような横顔が印象的でした。

なんだかとても気の毒です。井芹くんが申し訳ないことをしましたね。私もきっと戻ってきますから、それまでお待ちを。

「斉木は顔写真付きの手配書が出回っていたな。突《つ》っ込《こ》まれてはなにかと面倒だ。どうにかならんか？」

当事者の井芹くんはケロリとしたものです。相変《あいか》わらずマイペースな人ですね。

「あ、いい変装《へんそう》がありますよ。最近、よくやっているもので――」

『スカルマスク、クリエイトします』

髑髏《スカルマスク》仮面を創生《そうせい》して被った途端、マスクが縦《たて》に真《ま》っ二《ぷた》つに割れ、地面に落ちて消えてしまいました。

「阿呆《あほう》か。そんな悪趣味《あくしゅみ》で目立つ者を連れていけるわけなかろうが。儂の品位が疑《うたが》われる」

「……だからといって、居合《いあ》い斬りで叩《たた》き割ることはないと思うのですが。危《あぶ》ないじゃないですか」

見事にマスクだけを斬る技術はさすがですが、斬られるほうの身にもなっていただきたいものです。怪我《けが》はしないでしょうが、眼前《がんぜん》を鋭《するど》い刃先が通りすぎる光景はそれなりに怖《こわ》いものなのですよ？

「では、どうしましょうか？　いいアイディアはありますか？」

「全身含めた変装で統一性があったほうがいいな。あれなぞどうだ？　昔テレビでやっていた、ど～こかの誰だから～みたいなのがあっただろう？　なんとか仮面」

「井芹くんもかなり古くて懐《なつ》かしいところを突いてきますね。まあ、なにを指しているのかはわかりますが。サングラスに白ターバン、白マントなんて格好、それこそ目立ちませんか？」

「……ふむ。だったら赤っぽい忍者の仮面ではどうだ？　新番組だったはずだ。あれなら新しいだろう？」

「いえ、それも充分に古いのですが……それに目元だけ隠しても、顔の大半が見えていますよ。しかもあの仮面、簡単に外《はず》れそうですし」

そういえば、井芹くんがこちらの世界に来たのは十歳の頃、もう五十年も前のことでしたね。その時代しか知らないのでは古いのも仕方ないですか……

「これならどうでしょう？」

『――――、クリエイトします』

創生したのは、学生当時に流行《はや》ったSFヒーローのコスチュームです。白地にオシャレポイントの黒いラインのボディースーツ。白いヘルメットには金の装飾《そうしょく》。マスクで目元以外を覆《おお》いますと、変装としては完璧《かんぺき》ですね。しかも、格好いいですし。

「……さっき儂がいったなんとか仮面とあまり変わらんのではないか？」

「いえいえ、全然違うでしょう！　主に格好よさが！」

そこを一緒にされては困ります。

「……最初の金ピカよりはましか。それに……ふむ。純白《じゅんぱく》と黄金の組み合わせは神聖を表わし、神秘的《しんぴてき》に……見えなくもないか」

「神聖で神秘的？　どういう意味です？」

「気にするな」

こちらの質問はにべもなく投げ捨てですね。

井芹くんはザフストン砦の大門へ向けて、さっさと歩き出してしまいました。

さすがに『剣聖』の高名《こうめい》は偉大《いだい》ですね。井芹くんの幼い見た目と見慣れない私の格好に、すぐさま門を守護する兵士さんたちに止められたのですが、井芹くんが冒険者カードを提示した途端、あからさまに対応が変わりました。私のことも井芹くんの「身元は保証する」という一言で、あっさりフリーパスです。

わざわざ付き添《そ》いの兵士さんまで用意され、砦内の一室に丁重《ていちょう》に案内されました。

ザフストン砦は外観《がいかん》通りの巨大な建築物《けんちくぶつ》のようでして、通路を二十分近くも行ったり来たり、階段も五階分は上がったような気がします。内装は軍事用の砦というだけありまして、飾《かざ》り気《け》のいっさいない簡素《かんそ》なものです。それどころか、いたるところで洞窟《どうくつ》の岩肌《いわはだ》のような壁面《へきめん》を晒《さら》しています。そもそもここは、平地に一から建築したというよりも、天然の岩山をくり抜いて利用しているのかもしれませんね。

案内された部屋は応接室らしく、中央には対のソファーにテーブルといった、応接セットが据えられていました。調度品の類《たぐい》はほとんどありませんが、剥《む》き出しの岩肌《いわはだ》の壁だけは布で覆って隠されています。

そして、応接室のソファーには、ひとりの女性が座っていました。テーブルの上には書類が散乱《さんらん》しており、ぶつぶつと唸《うな》りながらそれらと睨《にら》めっこをしています。

どうも、私たちの来訪には気がついていないようですね。

「……おい」

井芹くんが声をかけますが、届いていないようです。よほど熱中されているのでしょう。

しばらく無言で待ってみてから——井芹くんが取った行動はといいますと、無造作《むぞうさ》に刀の柄《つか》で女性の後頭部を叩《はた》くことでした。

すぱーん！　と小気味《こきみ》のよい音がして、女性が堪《たま》らず書類を落としました。

「くぅう〜〜〜‼」

知人なのでしょうが、容赦《ようしゃ》ないですね、井芹くん。

反射的に立ち上がり周囲を見回した女性と、井芹くんの目が合いました。

「お、おおう。『剣聖』、来ていたのか」

「うむ。要請《ようせい》に応じ、参上した」

まったく悪気のない様子で、井芹くんは告《つ》げていました。恐るべしですね。

中腰だった女性が直立しますと、予想外に高身長だったことがわかりました。目測では軽く百九十センチ以上はあるでしょう。身長が百七十四センチある私でも見上げんばかりの背丈《せたけ》ですから、井芹くんが隣《となり》に並べばまさに大人と子供です。

その女性はこちらの世界では珍《めずら》しい、深いスリットの入った、いわゆるチャイナ服のような出《い》で立《た》ちをしています。長身に加えて筋肉質で引《し》き締まった肢体《したい》で、まるでカンフー映画に出てくる女優さんのようですね。

黒いチャイナ服に、結《ゆ》わえられた長い真紅《しんく》の髪が映《は》えます。金色の双眸《そうぼう》に、肌《はだ》にはところどころ緑色の鱗《うろこ》っぽいものが生《は》えていて、側頭部からは太い枝のような角《つの》が覗《のぞ》き――って、鱗と角ですか？

「どうした、斉木？　そうか、亜人《あじん》は初めてか？」

「亜人……ですか？　ああ」

思い出しました。以前に聞いた亜人といいますと、フェレリナさんのようなエルフの方もそうだったはずですね。

「たしかに、このカレドサニア王国では人族が多いですから、わたしのような者は珍しいかもしれませぬな。わたしは龍人《りゅうじん》でしてね」

龍人……龍みたいな人？　それとも人みたいな龍でしょうか？

エルフさんたちは尖《とが》った耳以外に違いはほとんどありませんでしたが、龍人さんは見た目からして顕著《けんちょ》ですね。

龍と言われて真っ先に思い浮かぶのは、日本の昔話に出てきそうなにょろにょろしたアレですけれど。

「紹介しておこう。冒険者ギルドのカレドサニア支部ギルドマスター、サルリーシェ殿《どの》だ」

「ギルドマスター……ですか？」

「平《ひら》たくいうと、カレドサニア王国内における冒険者ギルドの最高責任者だな」

会社組織でしたら、支部というからには支社長のようなものでしょうか。

「ほう。なるほど、お偉《えら》いさんなのですね」

「そんないいものではありませんよ。単に事件発生時の尻拭《しりぬぐ》い要員というだけですな。サルリーシェです。よろしく」

握手を交わしましたが、触《ふ》れた肌《はだ》の質感は人間とほとんど変わりませんね。ただし、手の甲《こう》には固い鱗が生えており、また分厚《ぶあつ》く尖《とが》った五指の爪は刺さると痛そうです。

「珍しい格好をされていますが、どちらのご出身ですかな？」

「遠く離れた場所の出身でして、ご存じないかと。申し遅れましたが、私の名前は――うっぷ」

名乗ろうとしたところを、井芹くんに口を塞《ふさ》がれました。いきなりなんでしょう。

サルリーシェさんとふたりで怪訝《けげん》そうに見ていますと、井芹くんは咳払《せきばら》いをひとつして厳《おごそ》かに告げました。

「実はこの者こそ……そう、神の遣《つか》いでな。此度《こたび》の有事に際し、異界より降臨《こうりん》したのだ」

「「え。ええー――!!」」

私とサルリーシェさんの声が、見事にハモった瞬間でした。

◇◇◇

「ちょっとちょっと井芹くん。なんですか、神の使徒《しと》って？」

お互いの自己紹介も済みまして、私たちはサルリーシェさんの先導により、またもや城砦内を移動中です。

忙《せわ》しないですが、いきなり〝神の使徒〟などと紹介されてしまったので、あのまま応接室に留まらずに済み、正直《しょうじき》助かりました。あの疑惑《ぎわく》の視線を向けられながら同室で過ごすというのも、辛《つら》いものがありますからね。

同じ視線に晒《さら》されても、平然と「その通りだ」の一手で押し通した井芹くんの胆力《たんりょく》には畏怖《いふ》するばかりです。

「超越者《ちょうえつしゃ》という意味では〝神〟も〝使徒〟も変わるまい？　見かけはごく平凡な人間だけに、概念的《がいねんてき》な存在の〝神〟よりは、〝使徒〟のほうが幾分《いくぶん》か説得力があるだろう？」

「それはそうかもしれませんが……でしたら、内緒《ないしょ》にしておけばよかったではないですか。せめて、事前に打ち合わせをしてくれても……」

おかげで紹介されてから、サルリーシェさんがすごく変な人を見る眼差《まなざ》しでしたよ？

サルリーシェさんの後についていきながら、ふたりして小声でこっそり密談中《みつだんちゅう》です。

「安心しろ。斉木が変人なのは紹介前から変わっていない」

安心する要素がありません。井芹くんがひどいのですよ。

「それに、儂がそう紹介したのは、他にもふたつほど理由があってのことだ」

おお、なるほど。そうだったのですね。

「……」

「……」

……あれ？　教えてはくれないのですか？　今の流れでしたら、当然、教えてくれそうなものでしたけれど。

「お二方、着きました」

そうこうしている間に、目的地に到着してしまったようですね。

狭い通路に設置されたドアをサルリーシェさんが押し開けますと、向こう側から突風が吹き込んできました。

吹き荒《すさ》ぶ風が唸《うな》りを上げています。それの乾《かわ》いた感じからして、どうやらかなり高所まで上ってきたのではないでしょうか。

風が収まるのを待って目を開けますと、周囲は見渡す限りの大自然でした。ここはザフストン砦の屋上《おくじょう》らしく、標高《ひょうこう》と表わしたほうがよさそうな高さです。砦の左右にある崖を除《のぞ》いて、視界を遮《さえぎ》るものがないほどです。絶景《ぜっけい》ですね。

「……あちらが王都の方角になります」

サルリーシェさんが示した先には、遥《はる》か彼方《かなた》に建造物が望めました。あれがおそらく王都でしょう。

ここからでは豆粒《まめつぶ》よりも小さくしか見えませんが、王都はもともと高台にあり、その中で王城はさらに小高い丘の上に建築されていましたから、この距離《きょり》でも周囲の景色と辛《かろ》うじて見分けがつきます。

それにしても、王都周辺の大地が黒っぽく見えるのはどうしてでしょうかね。

見上げる空は見事な晴天で、この屋上では遮蔽物《しゃへいぶつ》もないために眩《まぶ》しいほどです。ここから王都は離れているでしょうが、あちらの上空の空模様《そらもよう》もさほど変わらないように映るのですが。

井芹くんも私の隣に並び、手をかざして彼方《かなた》を眺めています。

「……ふむ。王都が魔王軍の軍勢により陥落《かんらく》したというのは、真《まこと》だったか……」

「へえ、そうなのですか……は？」

今なんといいました？

王都が……陥落《かんらく》？　魔王軍に？　ということは、王都周辺のあの黒いのって、魔物の群《む》れだったりするのですか？

かつて王城から目にした、大地を埋《う》め尽《つ》くして不気味《ぶきみ》に蠢《うごめ》く魔物群《ぐん》が脳裏《のうり》に蘇《よみがえ》ります。

「――えええっ⁉　なんです、それ！　どういうことなのですか⁉」

「そのままの意味だが」

「聞いてませんよ⁉　初耳なのですが！」

「今、初めて言ったからな。まずは落ち着け」

「落ち着けませんよ‼」

頭の中が大パニックですよ！

そりゃあ、これまでの道中とザフストン砦の様子から、王都でなにか起こっているのでは、くらいの疑念《ぎねん》はありましたが、陥落《かんらく》などとは想定外ですよ⁉

王城にいるはずの『賢者《けんじゃ》』のケンジャンはどうしたというのです⁉　メタボな王様は――どうでもいいですけれど、アバントス商会のラミルドさんは⁉　娘夫婦さんやお孫《まご》さんは、ご無事なんですか⁉

「……正確にはまだ陥落《かんらく》はしておりません。『賢者』殿の力でもって、崖っぷちで踏《ふ》みとどまっている状況です」

――ケンジャンの？

サルリーシェさんの厳《きび》しい視線の先を追いますと、王都のほうで微《かす》かに光るものがありました。

『望遠鏡、クリエイトします』

創生した望遠鏡で覗《のぞ》き込んだ先には――たしかに、おぞましい魔物がひしめいていました。

王都の城下を取り囲む外壁《がいへき》の外側には、夥《おびただ》しい数の魔物が詰めかけています。外壁の正門は無残《むざん》に破《やぶ》られており、城下まで魔物の軍勢が侵入《しんにゅう》しているようですね。

望遠鏡の角度を変える度《たび》に映るのは、破壊《はかい》された建物と破壊を行なう魔物ばかりで、人の姿がいっさい見当たりません。

これではもう……悲痛《ひつう》な想像しか浮かびません。

蹂躙《じゅうりん》されて荒《あ》れ果てた城下を行軍する魔物の流れを辿《たど》りますと――どういうわけか、王城の城壁の手前、とある地点で完全に堰《せ》き止められていました。

「あれは……虹色《にじいろ》の膜《まく》、でしょうか？」

城壁をマーブル模様の七色の光が覆っています。ドームの形をした光の膜が、王城含めた城壁をすっぽり包んでしまっているのです。

魔物たちは圧倒的な物量で強行突破を試《こころ》みているようですが、ドーム状の膜はその薄そうな見た目とは異なり、ビクともしていません。すべての攻撃をことごとく遮断《しゃだん》しています。

「あれは『賢者』殿の固有スキル〈絶界《ぜっかい》〉――術者を中心とした指定範囲内を異空間化させる、絶対隔絶《かくぜつ》魔法です。時空を隔《へだ》てていますから、どのような物理手段でも絶対に突破できません。ただし、外部への干渉《かんしょう》もできなくなりますが……」

「それでは、あの中の方々は無事なのですか⁉」

「少なくとも、わたしがあそこにいた三日前までは」

「詳細を話せ」

と、井芹くんがサルリーシェさんを促《うなが》します。

「そうですね。なにから話せばよいものか。あれは――」

サルリーシェさんの話によりますと、異変は四日前に青天の霹靂《へきれき》のごとく、唐突に起こったそうです。

その日もまた、王都は普段と変わらない日常が送られていました。魔物発見の第一報は昼すぎで、ごく少数だったとか。はぐれ魔物の小規模な集団がやってくるのは珍しくなく、その場は王都の守備兵が無難に対処したそうです。

しかしながら、新たな魔物発見の報は次々ともたらされ、しかも王都を取り囲むかのごとく各地で起こり続けたため、やがて守備兵だけでは手が足《た》りなくなりました。

冒険者ギルドのカレドサニア支部にも出動要請が出され――そのときになって初めて、最初の魔物たちが大規模な侵攻の前のささやかな尖兵隊《せんぺいたい》であることに気づいたそうです。

時を追うごとに増加の一途《いっと》を辿《たど》る魔物の数はやがて優《ゆう》に万を超え、対する王都内の兵士は集結させてもわずか千人を数えるばかり。籠城《ろうじょう》を選択するしか道はなく――ペナント村で聞いた、王都に徴兵《ちょうへい》された村の若者の帰参《きさん》が思い起こされました。前回の魔王軍襲撃《しゅうげき》の脅威《きょうい》が去った後の、温情《おんじょう》名目の経費削減《さくげん》がこんなところで影響したのでしょう。

結局のところ、それだけの人員では地力と数に勝《まさ》る魔王軍相手に持ちこたえられるはずもなく、ろくな対策も取れぬままに、一昼夜を待たずして王都の外門は破られてしまったとのことです。

それでも、城下の住民を王城の城壁内に退避《たいひ》させることには成功し——後は知っての通り『賢者』であるケンジャンの魔法スキルによって現在にいたる、という経緯《けいい》でした。

「そのような大事に、王様はどうしたのです？　話には王様のおの字も出てきませんでしたが？」

「さて？　わたしがギルド代表として籠城《ろうじょう》前に登城したときには、すでに行方《ゆくえ》知れずとの話でしたからな。側近《そっきん》の宮廷魔術師長のアドニスタ卿《きょう》と一緒に」

サルリーシェさんの呆《あき》れたような物言いに、私も察しがつきました。自分たちだけ逃げましたね。あの人たち。

「ですが、ひとまずはその魔法のおかげで、城内の方々の安全は確保されているということですよね？」

そこだけは一安心です。

やりますね、ケンジャン。彼が城にいなかったら、どうなっていたことでしょう。

ここには『剣聖』の井芹くんもいます。それに、ギルドマスターのサルリーシェさんから緊急招集されたのが、井芹くんのみとも思えません。他の冒険者さんたち、それに砦の兵士さんたちも加えますと、かなりの戦力になるはずです。

私も含めて、みんなで協力して事に当たることで、日数はかかるかもしれませんが、魔王軍を王都から撃退《げきたい》することも可能でしょう。

王都に住む方々が何万人いるのか詳しい数はわかりませんが、王城には食料の備蓄《びちく》もあるでしょうし、まだ数日は持つはずです。今しばしの辛抱《しんぼう》です。

「……その顔。気持ちはわからんでもないが、考えが甘いな。そのように絶大《ぜつだい》な『賢者』の魔法が、そう長く続くと思うのか？　むしろ、三日も継続していることに儂など驚《おどろ》きを覚えるがな。誰しもお主のように無限の体力も魔力も有してはおらぬのだぞ？」

井芹くんの言葉を肯定《こうてい》するかのように、サルリーシェさんは渋《しぶ》い顔をしています。

「……そうなのですか？」

「残念ながら。あの〈絶界〉は、発動時こそ膨大《ぼうだい》な魔力を消費しますが、維持にはさほど魔力が必要ないそうです。問題は、一度発動したが最後――身動きすらできず、常に意識を集中しておかねば途端に効力が失われてしまうということです。『賢者』殿自身より、そう教わりました」

つまり……ケンジャンはすでにもう三日もの間、睡眠《すいみん》どころか飲まず食わずで耐え忍《しの》んでいるということでしょうか。

「……『賢者』殿は言っていました。『最高五完徹《かんてつ》の廃《はい》ゲーマーを舐《な》めんなよ』と。『レアモブ激《げき》レアドロップ狙《ねら》いのポップ待ちと思えば七徹《ななてつ》くらいいける』とも。そして、わたしは援軍《えんぐん》を託《たく》されて送り出されました。龍人であるわたしは飛翔《ひしょう》能力があるので、連中の頭上を抜け、こうしてなんとか王都からの脱出を果たした次第です」

「そうだったのですね……で、彼が言っていたという言葉の内容がまったく理解できなかったのですが……どういう意味なのでしょう？」

廃ゲーマーだの、レアモブレアドロップとは？　なぜモップを待つのか……不可解《ふかかい》です。暗号《あんごう》でしょうか？

「儂もわからん」

「わたしにもわかりません。ただニュアンスとして、七日くらいは持たせてみせると、そういう意気込《いきご》み的なことではないかと。しかし、何日も不眠不休《ふみんふきゅう》では、いかな英雄『賢者』殿とて……」

その通りですね。

私の見立てですと、ケンジャンの豊満《ほうまん》な肉体に蓄《たくわ》えられた栄養的にはまだまだ余裕そうですが、休息《きゅうそく》もなしとなりますと、持ってあと一日といったところでしょうか。下手《へた》をしますと、明日の朝まで持たないかもしれませんね。早急にどうにかしませんと。

「ご安心くだされ、使徒殿。この期間に、こちらも手をこまねいていたわけではありません。着々と王都奪還《だっかん》作戦の準備中なのです。このザフストン砦に駐留《ちゅうりゅう》する猛将《もうしょう》ケランツウェル将軍旗下《きか》の国軍が一万、教会からは聖女殿率《ひき》いる聖騎士二百に神官戦士と神官をあわせた二千がこちらに向かっております。本日の午後には到着する予定です」

おおっ、ネネさんが。

ご自身も元大神官様の後始末に組織編成にとお忙しい身でしょうに……

「我ら冒険者ギルドもです。すでに各支所には伝令を放っており、近隣《きんりん》から、この『剣聖』のように招集に応じた者が続々と集結しております。その数はまだ百名前後ですが、冒険者は各々《おのおの》が卓越《たくえつ》した力を有する強者揃《ぞろ》い――人数は少なくとも、戦力として決して他の勢力に引けを取るものではありませぬ！」

となりますと、カレッツさんたち『青狼のたてがみ』のメンバーもこちらに来ているのでしょうか。正体《しょうたい》を隠している身でなかったら、捜《さが》して挨拶《あいさつ》くらいはしたかったものですが。

「惜《お》しむらくは……三十名もの腕利《うでき》きを擁《よう》するBランクレギオンの『黒色の鉄十字《シュヴァルツ・クロイツ》』が、先日依頼中に負《お》った怪我《けが》で身動きが取れないことですな。彼らがいてくれれば、一気に戦力増強《ぞうきょう》となったのですが……」

……いましたね。そんな人たち。

それはさておき、総勢《そうぜい》一万二千以上の軍勢ですか……頼《たの》もしい限りではあるのですが。

私はもう一度、望遠鏡を覗《のぞ》き込んでみました。

丸い視界の向こうには、王都を包囲する黒山の人だかり——もとい魔物だかり。その総数は数えきれないほどですが、前回の十万規模《きぼ》を超過《ちょうか》しているようにも見えます。

「……申し訳ありませんが、サルリーシェさん。魔王軍の魔物は、ぱっと見でも二十万に迫《せま》る勢いで……一万強《きょう》の手勢で対抗できるものなのですか？」

「え？　そんなわけはないでしょう。四日前に王都を襲《おそ》ってきた本隊でさえ、せいぜい三万程度ですよ？　わたしが王都から脱出する際、上空から偵察《ていさつ》したので間違いありません」

「でしたら、確認されますか？　どうぞ。……あ、手を離すと消えてしまいますから、私が触れたままで。見にくいかもしれませんが」

身体をずらし、サルリーシェさんに場所を譲《ゆず》ります。

「これはどうも。さすがは使徒殿。素晴らしいスキルをお持ちですな。では、遠慮《えんりょ》なく……どれ」

望遠鏡を覗《のぞ》いたサルリーシェさんの顔色がにわかに変わりました。

ただでさえ猫のように縦長《たてなが》の瞳孔《どうこう》が、さらに細まります。金の瞳の色が増したようでした。

「ば、馬鹿な……たしかに増えている……！　なんという数だ……しかし、これはあまりにも……」

よろめきながら後退し、ともすると尻餅《しりもち》をつきそうになるサルリーシェさんを、井芹くんが背後から支えました。

「どうした？　想定外の事態か？」

「あ、ああ……すまない、『剣聖』。まるで悪夢だな、わずか数日で敵が数倍だ。想定などとっくに超えている……だが、なぜだ。王都を囲む四方の城砦は突破されていない。前回の大侵攻では北の城砦が破られたが、今回はどこからも被害報告が上がっていないはず。城砦を抜けずして、こんな大規模軍勢の侵入は不可能だ……連中は、どこから湧《わ》いて出たのだ？」

「……もしかして、魔窟から湧《わ》き出ているのではないですかね？」

引き続き、つぶさに周辺を望遠鏡で観察していたのですが――集団の中に紛《まぎ》れて、空間に黒い染《し》みのような歪《ゆが》みがいくつも見受けられました。以前に世界樹の森で見た魔窟と同質のものですね。

「そういえば少し前になりますが、魔窟の発生している場所で喋《しゃべ》る魔物と出会いまして」

「喋《しゃべ》る……？　――まさか！　脅威度《きょういど》Sランクとされる魔王の側近!?　使徒殿、詳しく！」

「出会ったのは偶然《ぐうぜん》でしたね。あのときは、魔窟が発生して困っていたエルフのみなさんに協力していまして……そのときに襲いかかられ、なりゆきで戦闘になりました」

「その魔物は⁉」

「撃退した……のだと思います。なにぶん他のことに気を取られていましたので、あまり覚えていません」

「片手間に魔王軍幹部《かんぶ》を撃退とは――さすがは使徒殿。それで？」

「はい。あのときは、気にも留《と》めていなかったのですが……今にして思いますと、魔窟を排除《はいじょ》した直後の登場でしたが、タイミングがよすぎます。魔窟の存在も承知《しょうち》していたような口ぶりでしたし……もしや、あの魔物が魔窟を管理していたのではないかと。それに現状、王都の周囲にも複数の魔窟らしきものがありますよ。ほら」

望遠鏡を覗《のぞ》き込みつつ、指を差します。って、わかりませんよね。

「なんですと⁉　ちょ、もう一度、確認させてください！」

返事をする前に、サルリーシェさんが望遠鏡をもぎ取るように接眼《せつがん》レンズに割り込んできました。

おかげでお互いの頬《ほお》が触れ合い――サルリーシェさんの顔の鱗からざりざりと音がします。鮫肌《さめはだ》ならぬ鱗肌《うろこはだ》ですね。

「なんということだ！　道理で外部から侵入した痕跡《こんせき》がないはずだ！　これでは態勢を整《ととの》えるつもりが、逆に敵に増強する時間を与えていただけではないか！」

サルリーシェさんが感情のままに振り下ろした拳《こぶし》が、望遠鏡を直撃して木《こ》っ端微塵《ぱみじん》です。壊れて私の手を離れた望遠鏡は、すぐに消えてしまいました。

龍人とは常人よりも力が強いのですね。サルリーシェさんも元冒険者なのでしょうか。

「くそっ！　こんなときに『影』がいてくれたら……！　あやつはいったい、どこでなにをしているのだ⁉」

「『影』さんとは、どなたです？」

「あっ、ええ……すみません、取り乱しました。『影』とは、カレドサニアの誇《ほこ》るSランク冒険者で、潜入《せんにゅう》調査のスペシャリストです。とある人物のスカウトを依頼して以降、音《おん》信不通《しんふつう》となっておりまして……あやつがいてくれたら、事の詳細も探《さぐ》れるというのに……」

口惜《くちお》しそうですね、サルリーシェさん。

潜入のスペシャリストとは、コードナンバーを持った某国《ぼうこく》のエージェントみたいですね。インポッシブルなミッションを成功させたりするのでしょうか。

組織のトップにこれだけ信頼されているということは、さぞ有能な方なのでしょう。もし、こちらにおられたら、私も一度お会いしてみたかったですね。

「……ないものねだりをしても仕方ない、か。これは早急に話し合う必要があるな。『剣聖』に使徒殿、お二方も会議にご参加いただけますかな？」

「構わん。もとよりそのつもりだ」

「ええ。是非《ぜひ》とも」

こうして、事態は急速に動き出すことになりました。

◇◇◇

私たち三人が会議室と記された別室に移動したとき、すでに室内には数名の方々が待機していました。

いずれも鎧姿《よろいすがた》の偉丈夫《いじょうぶ》で、肩当てにはお揃《そろ》いの紋章《もんしょう》が刻印《こくいん》されています。あれは、護送馬車にも掲《かか》げられていた王国の紋章と同じもの――つまり、この方々は国軍の兵士さんたちなのでしょう。

部屋の中央には大きな円卓《えんたく》が据えられており、彼らはその一角に陣取《じんど》っていました。

「緊急と呼び出しておきながら遅れてくるとは、いいご身分だな、ええ？　自由を尊《たっと》ぶ冒険者の長《おさ》だけに、時間にもずいぶん大《おお》らかと見える」

椅子《いす》にふんぞり返るツルッパゲの方が、サルリーシェさんを揶揄《やゆ》します。

不遜《ふそん》な物言いや他の兵士さんの態度からして、国軍でも偉い人物のようですね。寂《さび》しい頭部とは正反対に顎《あご》には立派な鬚《ひげ》を蓄えて、いかにも尊大《そんだい》そうな風体をしています。

「すみませぬな、各所への通達などの所用で遅れました。なにぶん忙しい身でして、ゆとりを持って行動できるそちらが羨《うらや》ましい」

サルリーシェさんは謝罪《しゃざい》するも、言動がどことなく挑戦的です。

仲が悪いのでしょうかね。先の説明では、冒険者ギルドと国軍は協力態勢にあるとのことでしたが、額面《がくめん》通りではないのかもしれません。

両者の間では見えない火花が散《ち》っているようです。こうもお互いにギスギスされては、こちらまで居たたまれない気持ちになってくるのですが。

「おいおい、なんだ。子供と妙《みょう》ちくりんな格好をした奴までいるぞ？　ふははっ、さすがは人材豊富と言われる冒険者だな！」

兵士さんたちから嘲笑《ちょうしょう》が起こります。

子供は井芹くん、妙ちくりんとはもしや私のことでしょうか。井芹くんの見かけはともかくとしても、この格好いいボディスーツを捕まえて失礼な方々ですね。

しかし、先ほどのツルッパゲな方だけは、井芹くんを見てぎょっとしたように顔を背《そむ》けていました。

反対に、井芹くんのほうは愉快《ゆかい》そうに目を細めています。

「ほう、そこのお主はケランツウェルか？　三十年ぶりほどか、久しいな。Zランク魔物の討伐《とうばつ》の折、腰を抜かして喚《わめ》いていた新兵が将軍職とは出世したものだ」

「だ、黙《だま》れ『剣聖』！　そんな昔、初陣《ういじん》のときの話を持ち出すでないわ！」

ああ、なるほど。この方がサルリーシェさんの話にあった猛将と呼ばれるケランツウェル将軍でしたか。将軍様とはいえ、冒険者歴五十年の井芹くんの前では形なしですね。

〝剣聖〟の単語に、嘲笑《ちょうしょう》していた取り巻きたちもどよめきます。

さすがは井芹くん、有名人ですね。まさに生きた伝説の貫録《かんろく》です。

したり顔で席についたサルリーシェさんに倣《なら》い、私と井芹くんも着席しました。

「……」

いったん仕切り直しといったところでしょうか。

円卓を挟んで向かい合ったことで、お互いの表情から遊びが消えました。真剣味が増し、

国軍のみなさんも軍人の顔つきとなっています。

緩《ゆる》んでいた空気が、ぴりりっと引き締《し》まった気がしました。

「……それで、ギルドの。どうしたのだ、緊急事態とは？　穏《おだ》やかではないな」

「情報の修正です。王都に巣食《すく》う魔王軍は、最大でも四万を超えないと推測していましたが――現状でその総数が二十万に達するとの情報を得ました」

一瞬の静寂《せいじゃく》後に、室内が騒然《そうぜん》とします。内容が内容だけに、無理もないですね。

「ふざけるな――と言いたいところだが、裏付けもなしに断言《だんげん》する貴様でもあるまい。その上であえて念を押すが、真実か？」

そんな中でも、ケランツウェル将軍は冷静でした。

「わたしも信じたくはありませんでしたが、この目で見たからには信じざるを得ません」

屋上で目撃した魔王軍や魔窟のことを、サルリーシェさんは客観《きゃっかん》と主観《しゅかん》を交えてつぶさに説明していました。

いつの間にか喧噪《けんそう》も収まり、みなさん食い入るように話に聞き入っています。

「……確認を取る必要もなかろうな。王都は四方を城砦で守られているとはいえ、その内側の王都周辺には広大な森もあれば山もある。おそらくは前回の襲撃から潜伏《せんぷく》し、魔窟を仕込んでおいて、各所で着々と戦力を蓄えていたのだろうな。糞《くそ》が――っ！」

ケランツウェル将軍の野太い腕が、円卓を強《した》かに打ちつけます。

最後の罵声《ばせい》は魔王軍のみならず、自《みずか》らにも向けられていたように思えました。国家を守護する国軍として、国を蝕《むしば》む脅威《きょうい》を察知できなかったということは、遺憾《いかん》にして痛恨《つうこん》の出来事なのでしょう。

まあ、初戦の勝利に酔《よ》いしれて、安易《あんい》に王都の軍を縮小《しゅくしょう》したメタボな王様の責任が大部分を占《し》めるような気がしないでもないですが。

「なれば、取り急ぎ予定を繰《く》り上げ、本日中にでも戦端《せんたん》を開く必要があるか。ぼやぼやしていても敵の数は増すばかりだ。おまえたち、軍備《ぐんび》は整っておるな？」

「はっ、いつでも出陣できるように、兵站《へいたん》その他の用意は整ってはおります。ですが――恐れながら、将軍！　予定の五倍もの敵陣営となりますと、いくらなんでも無謀《むぼう》すぎます！」

「怖気《おじけ》づくでないわっ！　無謀だろうがなんだろうが、我らは国軍——国と王家に忠誠《ちゅうせい》を誓《ちか》う身だ！　いくら敵が強大であろうとも、陛下のおわす王都をむざむざ魔物などに明け渡す道はない！」

問答無用《もんどうむよう》の強烈《きょうれつ》な一喝《いっかつ》です。猛将の呼び名も将軍の役職も伊達《だて》ではないようですね。

「冒険者ギルドとしても賛成です。我らにとって王都のギルド支部はカレドサニア王国における要《かなめ》。すべての冒険者のためにも放棄《ほうき》する選択肢はありませぬ。こちらもいつでも出立《しゅったつ》できる準備はできております」

どうやら、無事に共同戦線を張るようですね。一刻も早く助けに向かいたい私としても、両者の共闘は非常に助かります。

単に魔物を全滅《ぜんめつ》させるだけでしたら、前回同様に〈万物創生〉スキルでの強力無比《むひ》な一撃で可能でしょう。

ですが、今回は救出作戦です。なにせ、王城内には戦う術《すべ》もない一般人が詰めかけているのですから、わずか数体の魔物の侵入すら許されません。些細《ささい》なミスでどれほどの人的被害が出るか、想像もつかないほどです。

創生兵器は良くも悪くも威力《いりょく》がありすぎます。いくら、ケンジャンの〈絶界〉スキルがあるとはいえ、無闇《むやみ》に王都へ直接攻撃などできるはずがありません。都合よく王都の魔物だけを除くのは実質不可能でしょう。

無限の時間があれば別ですが、ケンジャンの限界という制限があります。

私ひとりで一秒に一体の魔物を倒したとしても、二十万では丸々二日以上の日数を要します。ただでさえ魔窟により魔物が増えていく中、それではとても間に合いません。

万能の力といえども、個人では限界があります。やはり、物量には物量です。数に対抗するには数しかありません。

　魔王軍の魔物の大部分は私が間引《まび》くとして、みなさんには打ち漏《も》らしの魔物の討伐、並びに近隣に点在する魔窟の除去《じょきょ》をお願いするのが適切でしょう。

　問題は――

「もう一度言う！　冒険者たちは我《わ》が軍の指揮下に入ってもらう！」

「なにを馬鹿なことを仰《おっしゃ》られるか！　冒険者の特性を活《い》かし、冒険者は別働隊として遊撃《ゆうげき》に当たるのが定石《じょうせき》でしょう‼」

「国軍ばかりを矢面《やおもて》に立たせ、横からこそこそ攻撃させろと抜かすつもりか⁉　いくら姑《こ》息《そく》な冒険者とはいえ、状況を考えろ！　此度《こたび》は国の一大事！　王国に住まう者ならば、国軍に従《したが》うことは当然の義務であろう⁉」

「冒険者ギルドは国越の独立組織！　そこに在籍《ざいせき》する冒険者が王国に縛《しば》られる謂《い》われはない！　そちらこそ、冒険者に先陣を切らせて捨て駒《ごま》にする腹積《はらづ》もりではないのか⁉」

「笑止《しょうし》！　大軍相手の戦《いくさ》では緒戦《しょせん》で最大戦力をぶつけ、いかに敵数を削《けず》るかが肝要《かんよう》よ！　日頃から冒険者は少数精鋭《せいえい》だと豪語《ごうご》して、でかい顔をしていただろうが⁉　ならば、この機会に証明してみせよというのだ！」

「やはりそのような思惑か‼　語るに落ちたな、このパゲが！　そんな古臭い兵法などで、大事なギルドの冒険者たちを危険に晒《さら》せるものか！」

「誰が禿《はげ》だ⁉　この頭は剃《そ》っているだけだ！　いい気になるなよ、兵法のへの字も知らん成《な》り上がりどもが！　しょせん冒険者なんぞ、そこいらのゴロツキと変わりはせん！　本来、このわしのような上級将校と口すら利《き》けん立場だと自覚したらどうだ⁉」

「なにが上級だ、権威《けんい》を笠《かさ》に着る老害《ろうがい》が！　先の侵攻でも三英雄の活躍におんぶに抱《だ》っこだった分際で偉《えら》ぶるなよ⁉　それに、禿《はげ》なんて言っとらんわ。パゲって言ったんだ、このパーゲ！　ついに耳まで耄碌《もうろく》したか⁉」

「黙らっしゃい！　このトカゲもどきが！」

「残念でした〜、トカゲじゃありませーん！　龍ですぅ！」

「うぬ……！」

なんと言いますか……協力する気がゼロですね。お互いに主導権《しゅどうけん》を握《にぎ》りたいと必死なのかもしれませんが。

しかも口論《こうろん》が罵《ののし》り合いに、さらには悪口へと低俗化《ていぞくか》してきているのですが……どうしたものでしょうね。

「埒《らち》が明かんな……こやつら、斬るか」

隣で井芹くんがとんでもないことを呟《つぶや》いていますよ？

目が座っていて怖いです。これは本気ですね。

「駄目ですよ？　ますます収拾がつかなくなりますから！」

「……なに、冗談《じょうだん》だ」

いえいえ、刀の鯉口《こいぐち》を切ってるじゃないですか。斬る気、満々ですよね？

そんな混迷《こんめい》の最中、会議室にやってきた伝令さんから、天啓《てんけい》とも思《おぼ》しき報が告げられました。

「通達！　ただ今、聖女様ご一行がご到着なさいました！」

おお、ネネさん！　まさに救いの女神《めがみ》の登場ですね！

◇◇◇

三英雄のひとり『聖女』ネネさん――前大神官様が去った今、実質上の教会の代表となった彼女の参加とありまして、会議室での醜《みにく》い言い争《あらそ》いもいったんは収まりました。

お供の神官らしき方々を従えて入室してくるその佇《たたず》まいたるや、実に堂々としたものでです。ファルティマの都でお別れしてからまだほんの半月足《た》らずですが、また成長されたみたいですね。

挨拶《あいさつ》を交わしたいところですが、私は変装して姿を偽っている身の上です。ここで正体を明かしてしまっては、元も子もありません。心苦しいですが、ネネさんにも他人のふりをするしかないでしょうね。

そう思い、無関心を装《よそお》って教会関係者ご一行を眺めていたのですが——不意にネネさんと目が合いました。

軽く視線同士が触れたというより、どういうわけか凝視《ぎょうし》されています。

「……?」

ネネさんの声にならないほどの小さな呟《つぶや》きに、私は戸惑ってしまいました。その唇《くちびる》の動きから読み取れたのは、今こうして私が扮《ふん》しているヒーローの名前です。

なにせ件《くだん》の作品は、私が学生時代に放送されていた古いものです。ネネさんどころか、彼女の親御《おやご》さんでも生まれていたかどうか。そのように昔のテレビマンガを、若者のネネさんが知っているはずはないと思うのですが。

もしや正体を看破《かんぱ》されるのでは——と心配しましたが、杞憂《きゆう》に終わったようです。ネネさんはすぐに興味をなくしたように視線を逸《そ》らし、他の神官さんたちと一緒に円卓の空《あ》いた席に着きました。

よくわかりませんが、大丈夫だったようですね。まずは一安心です。

教会という第三勢力が間に入ることで、ここからは理知的な大人の話し合いが行われるかと安堵《あんど》したのも束《つか》の間――

「だから、国軍統率《とうそつ》のもと――」

「冒険者は独自《どくじ》の判断で――」

「教会が神以外の命《めい》に従うなど――」

さらに教会側まで参戦してヒートアップ、まさに大混戦です。もはや手のつけようがありません。

協力・協調といった尊《とうと》い言葉はどこに行ってしまったのでしょうか。少なくともこの円卓の場にはなさそうです。

教会側として熱弁を振るうのはお付きの神官さんたちで、ネネさんはちょこんと席に座ったまま、無言でにこにこと笑顔を崩《くず》していないのが、まだ救いですね。いくら逞《たくま》しくなったとはいえ、ネネさんまで大声を張り上げるさまなど、個人的には見たくありませんし。

私としては、みなさんが一致《いっち》団結して方向性をまとめたところで、私の意見――といいますか作戦を提示し、事を円滑《えんかつ》に進めていきたかったのですが、その最初の一歩目でこのざまです。

今日中に結論が出るのか不安になっていたところで、ついに井芹くんが切れました。

「やかましい」

短い台詞《せりふ》をいい終えるよりも早く、大きな円卓がきれいにカットされたホールケーキのように八等分に斬り落とされました。

井芹くんらしいといえばそれまでですが、各勢力の代表の前で取った行動としては乱暴すぎます。みなさん口論していたことも忘れて唖然《あぜん》としていましたが、すぐに方々から非《ひ》難《なん》の声が上がりました。

「やかましいといった」

詰め寄ろうとした教会の神官さんの眼前に、刀を突きつけています。

これはもう、やりすぎの範疇《はんちゅう》を超越して、テロではありませんか？　大丈夫なんでしょうね？

「者ども、聞くがよい。儂は『剣聖』イセリュート。大人しく様子を窺《うかが》っておれば、大の大人がこうも寄り集まっておきながら、口にするのが見栄《みえ》と自尊《じそん》ばかりとはなんたる醜態《しゅうたい》だ。お主らで決められぬというならば、儂が代案を出してやろう」

ここでも『剣聖』の勇名《ゆうめい》に、みなさんが怯《ひる》みます。

これはあれですね。水戸《みと》のご老公様の印籠《いんろう》のようなものでしょうか。ここは井芹くんにお任せするのが正解のようですね。

「こちらにおわすお方をどなたと心得る。畏《おそ》れ多くも、神の使徒なるぞ」

油断しきっていたところに背中を叩《たた》かれ、円卓のあった中央に押し出されました。

当然ながら、みなさんは円卓を囲んで座っていましたから、私が一身にその視線を受けることになります。

「……い、井芹くん？」

井芹くんを振り返るも、ぐっと立てた親指で応《こた》えられました。

（おや？　お任せするつもりが、お任せされちゃいました？）

なんということでしょう。事前の打ち合わせもいっさいなく、完璧に丸投げです。無茶ぶりもいいところなのですが。

ご老公役は私のほうだったということでしょうか。たしかに井芹くんが印籠《いんろう》を見せつける役どころでしたら、ご老公様は必然的に別の人の役――なんて、現実逃避《とうひ》気味に納得している場合でもありませんね。

これだけ豪快《ごうかい》に押し出されてしまったからには、今さらすごすごと引っ込むわけにもいきません。ここは井芹くんの脚本通り、私も覚悟を決めるしかないということでしょうか。

「あ、あの～、ご紹介にあずかりました……神の使徒、です。お見知りおきを」

「ふ――ふざけるな！」

予想していたことではありましたが、次《つ》いで巻き起こったのは、国軍と教会からの非難の嵐《あらし》です。

「ギルドの！　貴様、いったいなにを考えて、このような茶番を！　そうまでして主導権を握りたいかっ⁉　恥《はじ》を知れ！」

ですよねー。ギルドの一員として来たからには、そう思われちゃいますよね。

「よりにもよって、我らの前で神の名を用《もち》いるとは——なんたる侮辱《ぶじょく》！　公然《こうぜん》と神と教会を愚弄《ぐろう》した罪、赦《ゆる》されがたし！　この罪深き者には、神罰《しんばつ》がくだろうぞ⁉」

ですよねー。特に神官さんたちは怒り心頭《しんとう》ですよね。気持ちはわかります。同意はしたくないですが。

「まあ、待つがよい」

両者を宥《なだ》めつつ、悠然《ゆうぜん》と前に出たのは、事の発端《ほったん》たる井芹くんでした。

よかった。なにか考えあってのことだったのですね。信じてましたよ。

井芹くんは腕組みしながら、口の端《は》に笑《え》みを浮かべています。

「よし、見せてやるがいい」

（なにをですっ⁉）

考えなしじゃないですか！　なぜ、そう自信ありげなのですか⁉

どうしたものかと困り果てていますと、それまで静観《せいかん》していたネネさんが、にわかに椅子から立ち上がりました。

そして私の数歩手前まで歩み寄り、なんと床に片膝をついて深々と首《こうべ》を垂《た》れたではありませんか。

「せ、聖女様っ⁉」

周囲の動揺《どうよう》する声にも姿勢は崩さず、ネネさんは落ち着いた声音《こわね》で厳《おごそ》かに告げました。

「このお方が神の御心《みこころ》とともにあられることを、このわたくしが『聖女』の名において宣言いたしましょう」

突然の告白に、場が騒然となりかけます。

しかし、『聖女』であるネネさんの言葉とあっては、付き添いの方々も従わないわけにはいかないようですね。

激高していた神官さんたちでしたが、合図をしたように一斉に膝を突き、同様に畏《かしこ》まってしまいました。

「あの、教会のみなさん……そのくらいで。困っちゃいますから、お立ちになってください」

私自身、根が小市民ですから、偉ぶるのには慣れていません。ましてや、こうして崇《あが》められては恐縮《きょうしゅく》してしまいますね。背筋《せすじ》がぞわぞわして、落ち着かなくなってしまいますよ。

「おお、なんと畏《おそ》れ多い。純白の使徒様……我らにお導きを……」

「神々《こうごう》しい御身にお目にかかれて光栄の至《いた》りです」

「なんと素晴らしき日なのだ……神聖な清白《せいはく》な使徒様に栄光あれ」

……なにやら、すごい拝《おが》まれているのですが。

掌返《てのひらがえ》しというと失礼かもしれませんが、私への胡散臭《うさんくさ》そうなものを見る眼差《まなざ》しもどこへやら、聖印を切って祈りを捧《ささ》げたり、感涙《かんるい》している方もいますね。

先ほどから一転して、この白いボディースーツも大好評になったようです。複雑《ふくざつ》な心境ではありますが。

それにしても……この様子を見るに、これまで『神』であることを明かさなかったのは正解でしたね。使徒でこれですから、さらに上の神様となりますと、大パニックは必至《ひっし》だったでしょう。

あ。もしかして、井芹くんの以前の台詞《せりふ》、〝ふたつの理由〟のひとつとは、これのことだったのでしょうか。この姿を神聖で神秘的などと言っていたのも、最初からこうなることを見越《みこ》して、神の使徒としての信憑性《しんぴょうせい》を持たせるためだったと。

さすがは井芹くん、私などでは及びもしない素晴らしい先見《せんけん》の明《めい》です。あのときは『偏《へん》屈爺《くつじじ》いなのは井芹くんのほうでは？』なんてちょっぴり思ってしまい、申し訳ないことをしましたね。

ですが、贅沢《ぜいたく》をいいますと、もうちょっとだけ事前説明をしてもらいたかったです。以《い》心伝心《しんでんしん》の域に到達するのは、まだまだ先のようですね。

「待て待て待て！　わしらはそう容易《たやす》く騙《だま》されんぞ⁉」

異議を申し立てたのは、言わずと知れたケランツウェル将軍とその部下さんたちです。

教会と違い神様とも無縁《むえん》でしょうから、いくら『聖女』ネネさんの判断でも〝はいそうですか〟と納得するわけにはいかないのでしょう。

「なにを⁉　聖女様のお言葉を疑うつもりか⁉」

「使徒様に逆《さか》らうとは、この不敬者《ふけいもの》が！」

「痴《し》れ者は即刻《そっこく》、神に祝福《しゅくふく》されしこの場から去るがよい‼」

即座に教会側からの猛反発です。

国教である教会の信仰を盾にされては、国軍側も分《ぶ》が悪いようですね。みなさんたじたじになっています。

しかしながら、王城の救出作戦を成功させるためには、国軍と教会の協力は不可欠《ふかけつ》です。ここで仲違《なかたが》いしている場合ではありません。

井芹くんのシナリオですと、私が神の使徒としてみなさんを先導し、魔王軍に対抗する目論見《もくろみ》なのでしょう。すでに賽《さい》は投げられてしまっています。私も自分の役どころを自覚して、突き進むしかありませんね。

「落ち着いてください、みなさん。でしたら、ケランツウェル将軍。どのようにしたら信用していただけますか？」

私のほうから問いかけますと、将軍は若干怯《じゃっかんひる》んだように後退《あとずさ》りました。

反発はしていても、救国の三英雄のひとりでもある『聖女』の言葉には、それなりの重みを感じているようですね。今では私のことを、『聖女』も認める得体の知れないなにか、とでも認識しているのでしょうか。

「そなたが神の使徒を称するのならば、目に見える証《あかし》を提示せよ！　我らは武人だ、宗教家や思想家ではない！　己の目で見たもの以外は信じぬぞ！」

一理ありますね。

百聞《ひゃくぶん》は一見《いっけん》に如《し》かずとは言いますが、虚実《きょじつ》の移ろいやすい世の中で己が肉体のみを頼《たよ》りに生き抜いてきた彼らにとっては、それこそが唯一無二の真実なのでしょう。

ですが、証拠《しょうこ》……う〜ん、どうしましょうかね。

「手っ取り早く、ステータスを見せてやれ」

なんと、初めて井芹くんによる具体的なアドバイスです。

この異世界では、その手がありましたね。あまり使い慣れていませんから、思いつきませんでした。

ただ……ステータスですと、職業『神』まで知られてしまいますよね。せっかく伏《ふ》せている意味がなくなってしまいそうです。

「パラメータのみを表わしたいときには、そう宣誓《せんせい》すればよい。なにかと役立つから覚えておけ」

おお、今度はこちらの意図を酌《く》んでくれるとは。

できれば、前回、前々回と、そういうふうにしてもらえるとありがたかったのですが。

「そういうことですので、みなさん。お手を拝借《はいしゃく》できますか？」

ケランツウェル将軍だけでもよかったかもしれませんが、ここぞとばかりにみなさんが私に触れてきました。

国軍の方々は、おっかなびっくりというふうに指先を添えるに留まっています。

教会の方々は触れるまでは畏《おそ》れ多いという感じでしたが、いったん触《さわ》ってしまうと結構がっつり両手で握り締《し》めてきます。興奮《こうふん》しすぎて血走った目つきが怖いです。

ネネさんは横からそっと手を握ってきて、やけにいい笑顔です。

頭ひとつ抜けて長身のサルリーシェさんは、私の首から下が他の方々で埋《う》まってしまっているため、頭頂部《とうちょうぶ》に手を置いています。鷲掴《わしづか》みはご遠慮ください。

逆に低身長の井芹くんは、潜《もぐ》り込んだ下から私の臀部《でんぶ》あたりを触っています。いえ、あなたが見る必要はないですよね？　難《むずか》しい顔をしながら、微妙《びみょう》なタッチでお尻を撫《な》でるのはやめていただきたい。私のお尻になにか問題でも？

そういった感じで、私を中心に総勢十五名が団子になっています。

傍目《はため》にはすごい異様な絵面《えづら》になっている気がするのですが……ま、気にしないことにしましょう。

「パラメータのみでステータス・オープンお願いします」

HP 99999
MP 99999
ATK 99999
DEF 99999
INT 99999
AGL 99999

狙い通りに職業やスキルを隠して表示してくれました。

いつも通りの代わり映《ば》えしない9のオンパレードですね。今ではこれがすごいという認識はあるのですが、少しばかり起伏《きふく》に富んでいたほうが面白《おもしろ》みはありますよね。

上手《うま》いことレベルも隠されています。実はレベルがたったの2で、少し気恥《きは》ずかしく思っていたのですよね。ステータス・オープンさん、いい仕事してますね。よかったです。

などと考えていますと、周りの方々がいつの間にか跪《ひざまず》いていました。

教会の神官さんたちは土下座《どげざ》に近い形でひれ伏し、また拝まれてしまっています。中には、至福《しふく》の表情で卒倒《そっとう》している方もいますね。

ネネさんだけは驚きつつも、しきりにうんうんと頷《うなず》いています。なんでしょう？

国軍の方々は、単に腰を抜かしているようですね。目を見開き、金魚のように口をパクパクさせています。

ケランツウェル将軍は床に尻餅《しりもち》をつき、その隣のサルリーシェさんも同じポーズです。それぞれこちらに向けた指先が、ぷるぷると震《ふる》えています。

「「なんなのだ！　その馬鹿げた能力値は⁉」」

異口同音《いくどうおん》にふたりが口にします。仲がいいですね。

「おい、ギルドの！　連れてきた貴様までが驚いているのはどういうわけだ⁉」

「……いやあ、実はわたしも今日が初対面でして。あの『剣聖』があまりに自信を持って推《お》すもので、半信半疑《はんしんはんぎ》ながら納得してはいましたが、まさか真実だったとは……」

「相《あい》も変わらずいい加減だな、冒険者連中は⁉　そういうところも気に食わんと言っておるのだ！」

サルリーシェさんとのいい争いで、ケランツウェル将軍は幾分か活力を取り戻したようで、弾《はじ》けるように起き上がりました。

「これはなにかのペテンか、まやかしだ！　でなければ幻術かなにかだ！　ええい、ともかくこのようなもので、わしは懐柔《かいじゅう》されんぞ⁉」

証拠を見せたら信用するのではありませんでしたっけ。なかなか頑固《がんこ》なお方ですね。

「ふん。そう来るだろうとは思っていた。ならば納得ゆくように試《ため》してみるがいい」

井芹くんが、ケランツウェル将軍に棒状《ぼうじょう》のものを放りました。

「おおっ？　これは……ミスリル製のハルバードか」

槍の先に斧が合体したような長柄《ながえ》武器ですね。ハルバードというのですか。当たるととても痛そうな凶悪《きょうあく》なフォルムではあります。

井芹くんは、これだけ大きな長物《ながもの》をどこから取り出したのでしょうね。なにやらなにもない空間から、突然にゅっと出てきた感がありましたが、これもスキルなのでしょうか。

「ハルバードはお主の得意武器だったな？　これはミスリル製の逸品《いっぴん》でな。儂の武具コレクションの中でもかなりの業物《わざもの》だ。特別に貸してやろう」

ケランツウェル将軍にそう言ってから、井芹くんが私の肩口に拳を載《の》せてきました。

「すまんが、相手をしてやってくれ。武人という生き物は馬鹿なのだよ。身をもって経験せずして納得できるほど器用ではない。この儂を含めてな。実際に手合せすれば、満足もしよう」

……そういうことですか。武人さんとは難儀《なんぎ》なものですね。

そういえば、井芹くんもファルティマの都で剣で語るとか言って斬りかかってきましたっけ。あれからそんなに日は経《た》っていませんが、懐かしく感じます。

でもまあ、私も老《お》いたとはいえ男ですから、そのノリは決して嫌いではありませんよ。

「ふっくっく、面白い！　『剣聖』よ。その提案、乗ってやろうではないか！　神の使徒とやら、そなたもよいな⁉」

「はい、そうですね。今後の作戦遂行《すいこう》には相互《そうご》信頼が必須《ひっす》です。遺恨《いこん》を残さないためにもここは受けて立ちましょう。他のみなさんは危ないですから、下がっていてくださいね」

「そもそも最初の話し合いからして、まどろっこしかったのだ！　集団を率いる統率者を決めるのに、よけいな弁など不要！　力ある者に従う――シンプルなほうが、万人にわかりやすかろう！」

みなさんが遠巻《とおま》きに取り囲む中、即席の闘技場で将軍と対峙《たいじ》することになります。

ハルバードを構えたケランツウェル将軍は猛将と称《たた》えられるだけあって、さすがに堂に入っていますね。肌《はだ》を刺すような気迫《きはく》が、こちらにまで伝わってくるようです。

「無駄に勝負を長引かせる必要はない。一撃で決せよ。ケランツウェルは渾身《こんしん》の一撃を放つがよい。それで充分に理解できよう」

「応《おう》っ、『剣聖』、望むところよ！　若き頃より戦場で培《つちか》われし、この全身全霊《ぜんれい》を懸《か》けた一撃、食らわせてくれようではないか！」

「そやつは〈物理無効〉のパッシブを有している。通常攻撃は通じぬぞ。スキルで行くといい」

「……完全無効スキルか。使徒とやらであろうとなかろうと、人外《じんがい》であることは変わらずか。よかろう、その忠告、ありがたく受け取っておく」

軽く頷《うなず》き、最後まで近くにいた井芹くんがその場を離れます。そして、私にすれ違いざまに耳元で、なにかをぽつりと囁《ささや》きました。

「……？」

おっと、呆《ほう》けている場合ではありませんでしたね。

ハルバードの穂先《ほさき》を突きつけたまま、ケランツウェル将軍がじりじりと半円を描《えが》くようにすり足で移動しています。入念に間合《まあ》いを測《はか》っているのでしょう。

張り詰めた緊張《きんちょう》の中、私のわずかな挙動《きょどう》も見逃さないというふうに、瞬《まばた》きひとつせずに穿《うが》つような視線を向けています。

……穂先《ほさき》で突いてくるのか、斧の部分で薙《な》いでくるのか。避《さ》けるべきか、受け止めるべきか――慣れない緊迫感《きんぱくかん》に、よけいな思考が生まれてしまいます。

そんなときにふと思い浮かんだのは、井芹くんの先ほどの一言です。

『逆《さか》さダルマ』――上下どちらからでも顔に見えるダルマのことですよね。この場面で囁《ささや》いた意味とは、いったいなんだったのでしょう。なにか謎《なぞ》めいた深い意味でも……

なおもこちらの隙《すき》を窺《うかが》っているケランツウェル将軍。見事に剃《そ》り上げた禿頭《とくとう》に、豊富な顎鬚《あごひげ》――

（ん？　逆さまにして見てみますと……）

鬚《ひげ》が頭髪で、剃《そ》られた頭が顎《あご》に――

「ぶふぅ！」

思わず噴《ふ》き出してしまった瞬間、殺気が爆発しました。

「隙《すき》あり――！　奥義〈五芒破山《ごぼうはさん》〉‼」

ケランツウェル将軍が踏み込んだ直後、左右と上下と真正面《ましょうめん》から五つの斬撃《ざんげき》が同時に飛んできます。

比喩《ひゆ》ではなく、コンマ数秒のずれもないまったく同タイミングでの五方向同時攻撃です。物理現象を捻《ね》じ曲《ま》げている気がしますが、これもスキル効果なのでしょうか。

直前に気を抜いたせいで避ける暇《ひま》もなく、そのすべてが直撃してしまいました。

ケランツウェル将軍が技を放ったままの姿勢で静止しています。そのまま数秒が経過した後――将軍は盛大《せいだい》に溜《た》め息を吐《つ》き、構えを解《と》いて脱力していました。

「ちっ……やはり、通じぬか。山をも崩すと言われた技だが……山程度では、見果てぬ高みにはとても届かぬとみえる。わしの完敗だ……必殺の心持ちで臨《のぞ》んだものの、毛ほどの傷も与えるに至らぬとはな。もはや、ぐうの音《ね》も出ん」

棒立ちで悔《くや》しそうに漏らすケランツウェル将軍でしたが、その表情は意外に晴れ晴れしていました。彼が笑顔を見せたのは、これが初めてではなかったでしょうか。

結果的には無傷なものの、恐ろしい技でした。対個人戦では、回避《かいひ》不可の必殺技と言ってもいいでしょう。五方向から逃げ道を塞《ふさ》がれ、いなすことも躱《かわ》すこともできずに、一点に向かう集中攻撃――仮に全身を頑強《がんきょう》な鎧兜《よろいかぶと》で覆っていても、絶大なダメージは避けられないでしょう。

「約束だ、神の使徒よ。将であるわしをはじめとした国軍一万、貴殿《きでん》の指揮下に入ろう。また、これまでの非礼《ひれい》を詫《わ》びさせてくれ」

求められた握手のなんと力強いことか。

私などがこう言うのもなんですが、武人の誇りといいますか、心意気を見せていただいた気分ですね。ちょっと感激《かんげき》してしまいましたよ。

それはそうと……結末がそんな感動的な場面となっただけに、真剣勝負の瀬戸際《せとぎわ》で笑ってしまったことが悔《く》やまれますね。

元凶《げんきょう》である井芹くん、あなた……普段から何事にも素《そ》っ気《け》なさそうにしていて、実はお茶目な悪戯《いたずら》好きだったりしませんか？　結果的に上手くいったからよかったものの、なんてことを仕出かすのでしょうね。

「久しく忘れていた武人の血が滾《たぎ》る気分だ。使徒殿、また機会があれば手合わせを願いたい」

ケランツウェル将軍が手首でくるりとハルバードを半回転させて、こちらに柄《え》を差し出してきます。武器を預ける＝共闘するとの意思表示でしょうか。格好いいですね。

「ええ。この騒動が無事に終わりましたら、是非《ぜひ》」

これぞ拳（?）を交わして育《はぐく》む友情ですね。

ともかくこれで、国軍からの協力も得られることになりました。どうなることかと心配しましたが……一段落のようですね。

「ふむ。上手くいったな。だが、これからが本番だ。この連中をどう采配《さいはい》するかはお主の手腕次第だ。心するがいい」

いつの間にか隣に並び、したり顔の井芹くんです。

ツッコミたいことはいくつかありましたが、暖簾《のれん》に腕押しな人だけに、言っても無駄でしょうね。

「武器を」

ああ、ハルバードを預かったままでしたね。高価なミスリル素材の逸品《いっぴん》というだけあり、繊細《せんさい》な彫刻《ちょうこく》が施《ほどこ》された、美術品のような趣《おもむき》のある武器です。さぞ希少《きしょう》でお高いのでしょうね。

先ほどのケランツウェル将軍の所作《しょさ》を私もやってみたくなりまして、井芹くんに武器を返却する際に試してみました。

たしか手首だけを使い、縦回転させるのでしたよね。

（こんな感じでしょうか……あ）

柄尻《つかじり》が円卓の残骸《ざんがい》に接触《せっしょく》したせいで取り落としてしまい、ハルバードが床で大きくバウンドしました。

あらぬ方向に跳《は》ねようとしたので、咄嗟《とっさ》に飛びついて両手でキャッチ、事なきを得ます。

「ふう、危ない危ない。不器用なのに慣れないことをするものではありませんね。ははは」

井芹くんにハルバードを手渡そうとしました。

しかしながら、井芹くんは受け取ろうとせず、険《けわ》しい視線をハルバードを握る私の手元に注いでいます。

「……うーん。曲がっちゃってますかね。これ」

掴《つか》んだとき、反射的に力を入れすぎてしまったのでしょうか。半《なか》ばから変形してしまってますね。

ともかく、折れなくてよかったです。曲がった棒を伸《の》ばすのは護送馬車の檻《おり》で日頃から慣れていますので、鉄格子と同じ要領《ようりょう》でこうして反対方向から力を——

ぱきぃぃんっ！

ガラスが砕《くだ》けるような乾いた音を立てて、ミスリル製のハルバードは真っ二つに折れてしまいました。

……はて、鉄と違って弾力性に欠けるのでしょうかね。

「ふむ。いい度胸《どきょう》だな――斬る」

井芹くんが真顔で刀を抜き、襲いかかってきました。ケランツウェル将軍に引き続き、第二戦目の開始のようです。

なんと言いますか……最後まで締《し》まらないですね、とほほ。

◇◇◇

斬り刻《きざ》まれた円卓（井芹くん）や、暴《あば》れて散乱した室内（主に井芹くん）の片づけのため、いったん休憩《きゅうけい》を挟んでから、会議を仕切り直すことになりました。

国軍のケランツウェル将軍は、同席していた部下の方に命じて伝令を走らせたようですね。呼び出された兵士さんが、慌《あわただ》しく退室していくのが見えました。

教会のネネさんもまた、付き添いの神官さんたちと何事か話し合っていたようで、その内のふたりが席を外《はず》しました。砦内に待機している他の方々への通達でしょうか。私《わたし》の前を通りすぎる際に、目を輝かせてひれ伏していましたので、お仲間さんに〝神の使徒〟のことを周知させるためかもしれません。教会の援軍総勢二千人で詰めかけられたりしませんよね。後がちょっと怖い気もします。

冒険者ギルドマスターのサルリーシェさんは、大量の書類片手に井芹くんと打ち合わせながら、入れ代わり立ち代わり会議室を訪れる人たちに次々と指示を与えています。一番忙しそうですね。

で、私はといいますと……神の使徒を公言してしまったこともあり、みなさんからは少し距離を置かれているようですね。ひとりぽつんと会議室の片隅《かたすみ》で佇《たたず》んでいる状況です。

ただ、なりゆきとはいえ、私が陣頭《じんとう》指揮を取ることになりましたので、いつまでもぼんやりしているわけにもいきませんね。お任せされたからには責任を持ち、私は私にできることを模索《もさく》しなければ。

現状の私の武器としては、〈万物創生〉スキルと、人外な身体パラメータ、残るは神聖魔法ですかね。

攻撃力という点では〈万物創生〉による空想兵器が飛び抜けていますが、これは今回のような敵味方入り乱れた混戦では味方にも当たってしまい危険です。パラメータも私ひとりが無敵だとしても、単身特攻では大軍団に対して効率が悪すぎます。

そうなってきますと、今回の戦いにおいては、神聖魔法に重点を置くのが有効ではないでしょうか。ただでさえ多勢に無勢ですから、いかに戦力を維持して戦線を継続できるかが焦点《しょうてん》になりそうに思えます。その点で、攻撃・回復・補助《ほじょ》と汎用性《はんようせい》に富んだ神聖魔法は優秀《ゆうしゅう》ですよね。

きれいごとかもしれませんが、救助のために犠牲《ぎせい》を出したくはありません。幸いながら、私でしたら神聖魔法は使い放題ですので、利用しない手はないでしょう。

ただし、問題がひとつだけあります。ひとつと言いますか、根本的な問題のような気がしますが。

それは、私自身がまったく神聖魔法に詳しくないことですね。現在使える神聖魔法は、照明魔法のホーリーライトと、回復魔法のヒーリングだけです。これではどうも頼りなさすぎます。

視線の先には、教会の神官さんたちと熱心に話し込んでいるネネさんの姿があります。いつも着ている浄衣《じょうえ》に似た『聖女』の正装《せいそう》ですね。以前にも増して、よく似合っておいでです。

神聖魔法でしたら、やはり『聖女』のネネさんでしょう。

しかしながら、ネネさんはこうして正体を隠した私を、すっかり神の使徒と信じ込んでくれています。神に遣わされたはずの使徒ともあろう者が、今さら「神聖魔法を知らないので教えてください」と尋《たず》ねるのも変ですよね。

ネネさんだけに、こっそり正体を告げるという方法もありますが、あまりに寝耳に水の出来事で、きっと驚かせてしまうでしょう。そうなりますと、騒ぎで他の方にもバレてしまいかねません。

仮に正体が露見《ろけん》したとして、神の使徒が賞金首の指名手配犯などと、どう説明してよいやらわかりません。わずかに築《きず》いたばかりの信頼が瞬《また》く間に失墜《しっつい》してしまいます。王都奪還という大事を目前にして、不必要な混乱を招《まね》かないためにも、それだけは避けたいですね。

「どうかなさいましたか、使徒様？」

「おおう」

いつの間にか目の前に、ネネさんが来ていました。

「ネ――ではなく、聖女様こそどうされましたか？」

「わたくしのほうをじっと見ていらっしゃいましたから、ご用かと思いまして……違いましたでしょうか？」

どうやら熟考《じゅくこう》するあまり、ネネさんを凝視《ぎょうし》してしまっていたようですね。失敗しました。

「……いえ、別に。お構いなく」

素っ気なくするのはネネさんを騙《だま》すようで心苦しいのですが、ここでボロを出すわけにはいきません。

「そうでしたか。わたくしの早合点《はやがてん》のようですね。失礼をいたしました」

そう言いつつも、ネネさんはにこにこするだけで、教会のお仲間のところに戻る気配がありません。

室内は慌《あわただ》しく、部屋の隅《すみ》のこちらにまで注意を向けている方もいなそうです。

(……今でしたら、周囲に会話が漏れる心配はなさそうですね)

神聖魔法を教えてもらう、ちょうどいい機会かもしれません。

どちらにしても、神聖魔法のことは知っておきたいところですから、今のうちにこっそり尋《たず》ねておいたほうが後々いいような気もします。

ただそうは思いましても、やはり不用意な発言で疑われてしまう可能性があるだけに、なかなか踏み込めませんね。ごくごく自然を装い、上手いこと訊《き》き出す方法はないものでしょうか。悩《なや》みどころです。

「神聖魔法について、お知りになられたいのですか?」

あれこれ思案していますと、逆にネネさんから問いかけられてしまいました。

「はい? どうしてそれを?」

「今、そのように口にされていましたが……」

「……そうなのですか?」

「ええ」

どうやら、考え事を声に出してしまっていたようです。

参りましたね。歳《とし》を追うごとに独《ひと》り言が多くなる傾向がありましたが、こんなところで発露《はつろ》してしまうとは。

しばし様子を窺《うかが》ってみましたが、ネネさんの表情に変化はなく、訝《いぶか》るふうでもなさそうです。もしかして、これはいけるのではないのでしょうか。

「実は……私は使徒でありながら、神聖魔法に疎《うと》いのです」

思い切って、素直に切り出してみることにしました。

「そうでしたか。わたくしも今では『聖女』などと呼ばれておりますが、異界から召喚されてきた時分にはまったく存じませんでした。先達に教えを乞《こ》い、独学で書物を読み漁《あさ》ることで、些少《さしょう》ながらもどうにか識《し》ることができました」

「なるほど……厚《あつ》かましくて申し訳ないのですが、今から神聖魔法についてご教授《きょうじゅ》いただくことはできますか？　王都奪還作戦で必要となりそうなのです」

「わたくしの知る範囲でよろしければ、いくらでも」

「おおっ、それはとても助かりますね！　ありがとうございます」

案ずるより産むが易《やす》しでしたね。こんなことでしたら、もっと早くに訊《き》いておくべきでした。

「それではさっそく。まずは攻撃系の神聖魔法で、使い勝手のいいものはないでしょうか？　広範囲に効果を及ぼし、混戦でも味方を巻き込まない魔法でしたらベターなのですが」

「そうですね……そもそも神聖魔法はサポートの面で優《すぐ》れていますから、攻撃系魔法自体が少ないのです。その中で範囲攻撃で限定作用のあるもの、ですか……」

ネネさんが頬《ほお》に指を添えて天井を仰《あお》ぎます。

「該当《がいとう》するものがひとつだけありますね。〝セイント・ノヴァ〟——神聖魔法の中でも最上位とされる破邪滅殺《はじゃめっさつ》の魔法です。攻撃対象を破壊不能の球形結界内部に閉じ込めて、聖なる雷にて滅《ほろ》ぼします。特に魔物には効果が高く、結界の大きさも二メートルから二十メートルまで、とコントロール可能です。発動のタイミングも自在ですから、誤《あやま》って味方を巻き込んだ場合にはすぐに解除できますので、ご要望に沿《そ》うかと」

ネネさんがお勧《すす》めされるだけあり、うってつけの魔法ですね。

破壊不能なのでしたら、敵を閉じ込める用途《ようと》だけではなく、いざというときに味方を包んでバリヤー代わりにすることもできそうです。

「ただし、使用には多大なＭＰを消費しますので、連発できないのが欠点です」

私に限り、そこは問題ないでしょう。なにせ、ＭＰでも一千万くらいありますから、逆に使いつくすほうが難しそうですし。

「お話を聞く限り、理想的で素晴らしいですね。ただひとつだけ気になるのですが……球形ということは、巨大なボール状をしているのですよね？　ころころ～と転《ころ》がって行ったりなどはしませんか？」

味方を包んだ場合、玉転がしのようになってしまっては、中に入っている人が気の毒です。目が回る程度では済まないでしょう。

敵の場合でも、下手に転がってしまいますと、近くの味方がボウリングのピンよろしく弾き飛ばされたり、轢《ひ》かれてしまうかもしれません。

そのことを説明しますと、ネネさんは想像した場面がよほどツボに入ってしまったのか、くすくすと可笑《おか》しそうに笑いました。

「大丈夫ですよ。床や地面などの結界内部の物質は透過《とうか》しますから。結界は球形でも、見た目では半円球のドーム状になります。ほら、以前に前大神官様がこの魔法を使われたときがあったでしょう?」

前大神官様が……? ああ、そうそう思い出しました。ファルティマの都でのことですね。

そういえば、あのとき青白く輝く光の壁に包まれて――あれが件《くだん》の魔法でしたか。結局、発動はせずじまいでしたが、たしかにそんな感じでしたね。

「納得しました。これでまずはひとつ懸案《けんあん》がクリアできました。ありがとうございました」

〝セイント・ノヴァ〟ですね。覚えておきましょう。

「どういたしまして。お役に立てたようで、なによりです」

心なしか、ネネさんの笑顔がとても晴れやかでした。

「お二方、よろしいですかな?」

サルリーシェさんがケランツウェル将軍を伴って、私たちのところにやってきました。

ふたりともですが、なによりケランツウェル将軍がご機嫌ですね。

他にも随伴《ずいはん》する方がもうひとり。こちらはラフな服装からして、冒険者の方でしょうかね。

「どうされました? 予定よりも少し早いようですが、会議再開ですか?」

「いいえ、使徒殿。重要な情報が得られるため、会議を前に共有しておこうと思いましてな。この者は当ギルドに所属するEランク冒険者、ガリュード殿です」

「『炎獄愚連隊《えんごくぐれんたい》』パーティのガリュードです。よろしくお願いします」

ぺこりと礼儀正しく頭を下げたのは、気の弱そうなそばかす顔の青年です。

ジャケットの背に描かれたド派手《はで》な灼熱《しゃくねつ》の炎を表わすエンブレムと、その物騒《ぶっそう》なパーティ名の由来を訊《たず》ねてみたいところですが、ここは自重《じちょう》しておきましょう。

「どうも、神の使徒です。お見知りおきを」

「教会所属の『聖女』ネネです。こちらこそ、よろしくお願いしますね」

こちらの肩書にすっかり恐縮している彼の代わりに、サルリーシェさんが前に出ました。

「ガリュード殿は希少スキル〈伝心〉の保持者でしてな」

その説明によりますと、〈伝心〉スキルは念話系スキルの一種で、声を媒介《ばいかい》とせずに、離れた相手と会話できるスキル――とのことでした。目視《もくし》できる範囲でしか効果のない〈念話〉と違い、その上位スキルである〈伝心〉は、相手を指定さえできれば、距離の遠近関係なしに意思疎通《そつう》ができるそうです。

いわゆる、異世界版の携帯《けいたい》電話といったところでしょうか。通信手段の限られた世界において、しかも通話料もかからないとは、非常に便利でリーズナブルなスキルですね。

「相手も同じ〈伝心〉スキル持ちでないと、一方向の通信のみになってしまいますが――幸いというわけではありませんが、王城には当ギルドの事務局長へイゼルが避難《ひなん》しております。彼もまた〈伝心〉スキル持ちで、これにより双方向《そうほう》でのやり取りが可能です」

「それは素晴らしいですね！」

この状況下で、あちらの情報を得られるというのは朗報《ろうほう》です。戦《いくさ》においても、戦況を左右しかねない〝情報〟は宝でしょうしね。ケランツウェル将軍が上機嫌なのも頷《うなず》けます。

私としても、王城内の内情を知れるのは嬉《うれ》しく思います。不安な日々を過ごされている方々も、こうして奪還作戦が目前に迫っていると伝わるだけでも、大いに励《はげ》みとなるでしょう。

私たちが見守る中、ガリュードさんのスキルによる通話が開始されたようです。

「ヘイゼル事務局長でお間違えないでしょうか？　え、ええ。はい。わたくし『炎獄愚連隊』のガリュードと申します。ええ、そうです。こちらはザフストン砦でして。はい、ギルマスの指示で……ええ」

我々にも内容を確認できるよう、わざと声を出しての念話らしいのですが……残念ながら、スキル使用者以外は向こうの声までは聞こえないようですね。

ぺこぺこしながら腰を低くして話しているガリュードさんを見ていますと、新人営業マンのお得意様へのセールス電話を彷彿《ほうふつ》させます。耳と口元に手を添えて話す仕草も、世界共通のようですね。

ガリュードさんは、サルリーシェさんの指示を仰ぎながら会話を進めています。

それにより得た情報は——

・王城に避難した住民に新たな死傷者は出ていない。城内でわずかな小競《こぜ》り合いはあるものの、ギルド職員と王都兵士の管理下で比較的落ち着いている。物資には備蓄があり、食料問題も現状発生していない。

・王城を取り囲む魔物から、昼夜問わず力押しによる特攻が繰り返されているが、『賢者』の障壁《しょうへき》で危なげなく防げている。

・王都内に入り込んだ魔物は、探知《たんち》スキルにより約三万と見込まれている。それ以外の大多数の魔物群は、王都の外壁周辺で停滞《ていたい》している模様。

・外壁正門以外に破られている箇所《かしょ》はない。今回襲撃してきた敵軍は、比較的脅威《きょうい》ランクの低い魔物が占めており、外壁を破るほどの力を持つ個体は感知できない。
・襲撃当初には指揮官らしき強力な個体が感知されたが、現状では見受けられず。魔王軍の動向からも、王城包囲以降は統率を欠いており、現状では指揮官不在と推測できる。
・メタボーニ国王とアーガスタ宮廷魔術師長の両名は、連日の捜索《そうさく》のかいなく現時点でなおも行方不明。ただし、探知スキルにより、王城敷地《しきち》内で存命していることは判明している。

などということでした。

わずか数分に満たないやり取りにしては、こちらが欲《ほっ》する要点を的確に押さえてきていますね。

「さすがは事務局長だ。こちらが〈伝心〉のスキル持ちを連れてくることを見越して、情報を収集・精査《せいさ》していたとみえる」

サルリーシェさんが得意満面です。

ヘイゼル事務局長という方は、よほど有能な人材のようですね。きっと一を聞いて十を知る、聡《さと》い方なのでしょう。

「なんと有益な情報だ！　ここは素直に冒険者ギルドに称賛《しょうさん》を贈《おく》らせてもらおう！　特に

陛下の所在と、敵指揮官不在の新情報はありがたい！　こうしてはおれん、さっそく会議を再開しようぞ！　ぐわっはっはっ！」

気の早いケランツウェル将軍などは、すでに配下の方々のもとへと向かっています。まだ通信による確認が終了したわけではないでしょうに。

案の定《じょう》、通信にはまだ続きがありました。

「最後になりますが、これは『賢者』様に関することらしいのですが……」

それまで淡々《たんたん》と相手側の言葉を繰り返していたガリュードさんが、若干《じゃっかん》、困惑した様子で告げました。

ケンジャンのことでしたら、私も是非《ぜひ》知りたいですね。とはいえ、わざわざ前置きされたのが、少しばかり不安ではありますが。

「ヘイゼル事務局長が述べられたお言葉をそのまま伝えます。これは、『賢者』様が呟《つぶや》いておられたことだそうです。では……こほんっ。『マジヤバ、もう落ちそ。なにこのデバフ。なんでこの俺が芋《いも》プレイなんだよ。ラグひでーし、こっちがキレ落ちすんぞ』──だそうです……暗号文でしょうか？」

サルリーシェさんも困惑して渋《しぶ》い顔です。

私もガリュードさんと同意見ではあるのですが、ここでケンジャンが暗号文を発する意味がわかりません。もしや、極限《きょくげん》の環境下で、精神に異常を──

「眠気《ねむけ》が限界で、軽く意識が飛びはじめているようですね。誰ともなしに怒って愚痴《ぐち》を漏らしています」

悩む面々をよそに、さらりとネネさんが答えました。

……日本での若者言葉かなにかだったのでしょうかね。同郷の私ですが、全然理解できませんでしたよ。

「と、ともかく、この情報もケランツウェル将軍に伝えておきましょう。今の小康《しょうこう》状態は、『賢者』殿のスキルがあってのこと。あまり時間はないようですな」

サルリーシェさんの言う通りですね。

やはりケンジャンの限界を考慮《こうりょ》しますと、遅くとも今日中には動き出すべきでしょう。

ケランツウェル将軍ではありませんが、行動は早いに越したことはないようです。

ただ、会議を再開しようにも、まだ壊れてしまった円卓や椅子の代わりの用意もできていません。会議室の中央からは、懸命《けんめい》に設備を整える方々に将軍の怒声《どせい》が飛んでいます。

どれだけ急《せ》かしても、最低でもあと十分くらいは待つことになるでしょう。

では、私も時間を無駄にすることのないように、準備を進めましょうか。

ネネさんのご教授により、神聖魔法での攻撃手段の目処《めど》もつきました。後はサルリーシェさんにお願いして、この砦に集《つど》う冒険者の中に、エルフの冒険者さんがいるのなら紹介してもらわないといけませんね。

サルリーシェさんは、ガリュードさんを通じて、向こうのヘイゼル事務局長と今後の打ち合わせを行なっています。話しかけるタイミングを見計《みはか》らっているとき――ネネさんに呼びかけられました。

「先ほどは中断されてしまいましたが、セイント・ノヴァの他にも、使徒様に覚えていただきたい神聖魔法があるのですが……」

「ほお、それは興味深いですね。どういったものでしょうか？」

ネネさんが推《お》されるほどですから、知っていて損《そん》することはないでしょう。

「回復魔法です。傷を癒《いや》し、失われた体力を回復する……HPと表わしたほうが伝わりやすいでしょうか？」

「もしかして、〝ヒーリング〟のことですか？　それでしたら知っていますよ」

「では、〝エリアヒール〟はご存知ですか？」

エリアヒール、ですか……ふうむ？

首を傾《かし》げていますと、ネネさんは微笑《ほほえ》みながら続けてくれました。

「単体にかける癒し、それが俗《ぞく》に言うヒーリングです。エリアヒールとは、多大なMPを引き換《か》えにして、文字通り範囲にかける癒し魔法です。通常のヒーリングでは、ステータスのINT賢《さ》に効果が比例します。使徒様ほどのパラメータでは、初級のヒーリングでもハイヒーリングすら超越しましょう。部分欠損《けっそん》をも再生可能なフルヒーリングに匹敵《ひってき》するかもしれません」

フルヒーリングは初耳ですが、ハイヒーリングは聞いたことがありますね。かつてノラードの牢屋《ろうや》でご一緒した……名前は聞いていませんでしたが、妹思いのお兄さんも口にされていましたね。

あのときは、私のかけたヒーリングにとても驚いていましたっけ。同じ神聖魔法の癒しでも効果が違う——そういうことだったのですか。

「エリアヒールではさらに、ＩＮＴが効果のみならず範囲にまで影響します。通常のエリアヒールでは半径十メートル前後。しかし、使徒様のパラメータでしたら、おそらくもっと広範囲をカバーできるはずです。しかも、疑似《ぎじ》生命体である魔物には、生物としての構造が違うために影響しません」

「おおっ、そんな便利なものが——いいですね！」

なんという、お得感なのでしょう。

大規模な戦《いくさ》ともなりますと、想定される友軍の被害に苦慮《くりょ》していたのです。私の力でそれが抑《おさ》えられるのでしたら、これに勝ることはありません。

「問題は、効果範囲がどの程度かということですか……手っ取り早く、この場で試してみましょう」

通常で十メートルでしたら、せめて一キロくらいは拡大してほしいものです。後ほど、砦にいる方々を訪ね回り、その影響範囲のほどを確かめる必要がありそうですね。

「それでは、いきますよ――エリアヒール！」

ぶわっ！

私の足元を中心に、微《かす》かな光と衝撃《しょうげき》を伴う波動《はどう》のようなものがさざ波のごとく広がったかと思いますと、一気に拡散《かくさん》しました。

私自身には回復した感じも、魔法使用による反動や虚脱感《きょだつかん》もありませんでしたが、室内にいる方々には確実に回復効果があったらしく、多くの方が身体のあちこちを触りながら、不思議そうに周囲を見回しています。

「どうやら成功したようですね。後は効果範囲ですが――」

「ヘイゼル事務局長より緊急速報！」

ガリュードさんが突然叫《さけ》びました。広い会議室に響き渡るほどの絶叫《ぜっきょう》に、全員が一斉に向き直ります。

緊急――王城のほうで戦況に変化があったのでしょうか。もしや、もうケンジャンが限界に達して、敵の大群《たいぐん》が王城に――

「王城の者が次々に回復する不可解な現象が起っている模様です！　なにかの前触《まえぶ》れかと――」

……このザフストン城砦からカレドサニア王城まで、何十キロありましたっけ。

ネネさんと顔を見合わせて、苦笑《くしょう》し合いました。

どうやら私のエリアヒールの効果範囲は、戦場どころか周辺一帯を補《おぎな》って余りあるようですね。

◇◇◇

ようやく準備が整い、円卓会議が再開されることになりました。

急遽《きゅうきょ》用意したこともあってか、最初の円卓よりはずいぶんと小振りのものです。サイズに合わせたというわけではないのでしょうが、各勢力の人数もかなり絞《しぼ》られています。

円卓を囲むのは総勢八人で、国軍からはケランツウェル将軍とその副官さん、教会は『聖女』ネネさんと年配の神官さん、冒険者ギルドからはギルドマスターのサルリーシェさんに『剣聖』井芹くん、それに情報伝達役としての『炎獄愚連隊』のガリュードさんが同席しています。

一応、私は神の使徒として総司令官のような役目に任命されましたので、別枠《べつわく》参加です。

そうそうたる面々が居並《いなら》ぶ中で、ガリュードさんだけが緊張でそばかす顔を青くしています。お気の毒ですが、大役を担《にな》うのですから、我慢《がまん》していただくしかありません。

司会進行も私の役目となりましたので、黒板を用意してもらい、みなさんの前に立ちます。

「会議にボードが必要なのですか？」

サルリーシェさんの言葉に、ケランツウェル将軍も同意するような素振《そぶ》りを見せています。

「あったほうが便利ではないですか？　全体の流れが一目瞭然《いちもくりょうぜん》ですし、言った言わないの水掛け論も避けられます。図解したほうがわかりやすい場面もありますよ」

「なるほど、一理ありますな」

素直に納得してもらえてなによりです。

なにせ、ただでさえ主張の激《はげ》しい方々が多いですから、少しでも会議が円滑に進むように手を打っておかないといけません。

「これより作戦会議を再開します。意見のある方は、まずは挙手《きょしゅ》でお願いします」

即座にケランツウェル将軍とサルリーシェさんから手が挙《あ》がりました。

「我が軍は――」

「あ、将軍。発言は司会進行役の私が指名してからお願いします。では、ケランツウェル将軍、どうぞ」

「う、うむ。かたじけない。魔王軍に比べ、我が軍は寡兵《かへい》。まずは全軍一丸となり突撃により頭数を減《へ》らす。混乱したところを速《すみ》やかに撤退《てったい》。負傷者《ふしょうしゃ》を神聖魔法で回復し、態勢を立て直し再度突入。これを繰り返す。いかがですかな？」

　意見を簡潔《かんけつ》に黒板に書き留めます。

「そのような――」

「サルリーシェさん。発言前に挙手、そして指名されてからですよ。あと、無闇に席を立たないでくださいね」

「ぐっ！」

　サルリーシェさんは着席し、わなわなと震えながら手を挙げます。

「サルリーシェさん、どうぞ」

「ど、どうも。こほんっ――ケランツウェル将軍！　我が軍と申されますが、その中に冒険者は含まれておりますまいな⁉　前にも申し上げたが、冒険者の特性を活かすは遊撃！　冒険者同士によるレギオンでの連携《れんけい》ならともかく、軍兵とともに正面からの突撃など、自殺行為に他なりませぬぞ⁉」

「ギルドの、貴様はわかっておらんのだ！　本来、王都とは国の最終城塞《じょうさい》――その性質上、外敵に対する防御に特化して造られておる！　それは周囲の地形とて変わらん！　だだっ広い平地が囲み、大軍は身を潜《ひそ》める場所もない！　搦《から》め手のような策も弄《ろう》することができぬのだ！　ここは正面突破、それしかない！」

「貴殿自身が申された寡兵《かへい》の意味を考えられよ！　相手は二十万もの大軍、二十倍もの敵に対して根性論が通じるわけありませぬぞ⁉　後退に失敗し、包囲殲滅《せんめつ》されるのが落ちでしょうに！」

「みなさん静粛《せいしゅく》に、静粛《せいしゅく》にですよー？　繰り返しますが、発言は挙手して指名を受けてからですよ？　従わない方は退場です。あと、そこの副官さん。野次《やじ》も禁止です」

窘《たしな》めつつも、出された意見を次々と黒板にまとめていきます。

想像通り、初《しょ》っ端《ぱな》から紛糾《ふんきゅう》しましたね。

会議時間の短縮《たんしゅく》のためには、参加人数が削減されていて正解でした。人数が増えれば増えるほど、各々の私見や思惑が絡《から》み、長引いた末にまとまらないなどよくあることです。

通常の会議でしたら、それも様々な角度からの意見をまとめるという点で有用かもしれませんが、今回はなにせ時間がありません。早々に代表者同士で作戦をまとめ、トップダウンで周知して実行に移さなければいけません。

会議は踊《おど》る、されど進まず、では困るのです。神の使徒権限《けんげん》で、異世界ではあまり見られないというこの司会進行型の会議形式をゴリ押ししたのも、時間の短縮を考えてなのですから。

ならば、いっそのこと私の一存で決めてしまうとよいのでは、という考えもあるでしょうが、争いごとに関して私はずぶの素人《しろうと》です。軍兵さんたちのように戦略に聡《さと》くはありませんし、冒険者さんのように戦術に通じてもいません。だからこそ、まずはプロのみなさんの意見を聞きたかったのです。

それに、いくら神の使徒と認めてもらえたとはいえ、上からの押さえつけには反発してしまうものでしょう。お互いの意見を出し合ってから、妥協点《だきょうてん》を見つけて納得してもらったほうが、結果的によい方向へと向かうはずです。

「教会からはどうでしょうか？　聖女様、意見はありませんか？」

「そうですね……当方の聖騎士、神官戦士は近接戦闘に加えて、攻撃系神聖魔法に、補助や回復も担《にな》えるオールラウンダーです。どのような戦局にも対応できるかと存じます。また神官団は、戦闘に関しては他の者に見劣《みおと》りしますが、こと回復にかけては卓越しており、位《くらい》も全員が中位以上と選《え》りすぐっております」

「それは頼もしいですね。そちらの神官さんはいかがですか？」

「すべては御心のままに」

意見を訊《き》いたのに、拝まれてしまいました。

教会側は、会議の結果――というよりも、最終的には私の判断に一任するスタンスのようですね。

その後も会議は主に二勢力と言いますか、サルリーシェさんとケランツウェル将軍のおふたりによって荒れました。

黒板の文字もだいぶ埋《う》まってきています。学校の黒板並みに大型のものを用意してもらっていてよかったですね。その内容を眺めていますと、だいぶ方向性はまとまってきたように感じます。そろそろ、取りまとめに入ってもいいかもしれませんね。

「国軍としては、あくまで真《ま》っ向《こう》勝負を望むというわけですよね？」

「応《おう》よ」

「冒険者ギルドは、行動について各パーティごとの特性を活かしたものにしたいと」

「その通りですな」

両者とも共闘自体に不満はないようですね。問題はその戦闘形式ですか。

国軍は対軍相手の正面切っての集団戦闘を得意とし、冒険者は対個体への変則的な戦闘に慣れている――そもそも想定する相手が違いますから、戦闘スタイルが変わってくるのは当然でしょうね。

構成人数の差からか、双方ともに国軍を主戦力に据えるのは一致しており、後は冒険者の位置づけをどうするか、そのことに注視《ちゅうし》しているようです。

「でしたら、完全に分担作業にしてみてはどうでしょうか？　国軍と教会戦力の混合軍が魔王軍に相対《あいたい》し、冒険者さんたちには近隣に点在する魔窟を各個撃破《げきは》してもらうというのは？」

「……こう言ってはなんですが、使徒殿よ。冒険者が稀有《けう》な戦力であることは、わしとて認めておる。その戦力を主力から削《けず》るというのは、下策《げさく》ではありませんかな？」

「わたしも、魔窟による戦力増強を防ぐ狙いはもっともかと思います。その任に冒険者をあてるのも適任でしょう。ただし、将軍が申されたように、全体からすると少数とはいえ、冒険者が抜けたことによる穴は決して小さくないかと。敵の増援《ぞうえん》を断《た》っても、本隊が勝てないのでは意味がありませぬ」

ふむ。おふたりの反応からして、私の見解《けんかい》で間違いはないようですね。

「要は、全戦力をあてないことには勝てる見込みが薄い――そういうわけですよね？」

「なにせ、二十万相手ですからな」

「でしたら、相手が三万ではどうでしょう？　三万対一万二千。しかも神聖魔法による支《し》援《えん》付き。それでも相手は倍以上ですが……勝ち目はありますか、ケランツウェル将軍」

「その程度の戦力差ならば、低俗な魔物どもなど――我が国軍の威信《いしん》にかけて、如何様《いかよう》にもしてみせましょう！」

「使徒殿、発言の許可を。三万ということでしたら、王城内の魔物の数と一致しますな。その言い方では、まず王都外にたむろする魔物の包囲網《もう》を無傷で突破すると聞こえますが、使徒殿に秘策《ひさく》でも？　よもや、その他の十余万の魔物の群れを、使徒殿おひとりで相手すると？」

「前半は正解ですね。後半については、私だけで相手できなくもないでしょうが、多数相手にひとりではどうしても打ち漏らしが出てしまいます。それに王都内に侵入され、みなさんが挟撃《きょうげき》されでもしたら、目も当てられません」

「相手はできるんだ……」

空気と化しているガリュードさんが愕然《がくぜん》として呟《つぶや》いていました。申し訳ないですが、今は置いておきましょう。

「ということは――秘策があるのですな⁉　我らを無傷で王都内まで送り届ける秘策が！」

律儀《りちぎ》に挙手をしてから、ケランツウェル将軍が叫《さけ》びます。

「無傷は保証できませんよ。大仰《おおぎょう》に秘策というほどではありませんが――」

黒板に丸を描き、その隣に〝王都〟と記入します。離れた場所にさらに丸と、今度は〝砦〟と記入して、両方の丸を線で結《むす》びました。

そして、簡単に概要を説明します。

「――よもや、そのようなことを……不遜《ふそん》ながらあえて恐るべきと評しますが、さすがは神の使徒殿ですな」

ケランツウェル将軍が感心したように頷《うなず》いています。

「王都内に送り届けた後は、国軍のみなさんの戦力が頼りとなります。私も戦闘には加わる予定ですが、私の力は敵味方入り乱れる混戦向きではありません。それに、王都外からの新たな魔物の侵入を防ぐ役割も、忘れるわけにはいきませんから」

王都内の入り組んだ街並みは、いわば迷宮《めいきゅう》です。どこまで入り込んでいるかわからない魔物の殲滅《せんめつ》には、人海戦術しかありません。

「提案なのですが、使徒殿」

「サルリーシェさん、どうぞ」

「王都を護《まも》る外壁はいまだ健在《けんざい》。破られたのが外壁正門のみということでしたら、突入後に正門を修復《しゅうふく》して閉鎖《へいさ》するのはどうでしょう？　ここに集まっている冒険者の中には、〈復元〉スキル持ちが複数います。彼らを国軍に同行させるというのは？　まずは外部からの増援を断ち、王城内の魔物を殲滅《せんめつ》したのち、外の魔物の駆逐《くちく》に専念するとよいでしょう」

「そいつは面白い！　こちらが攻《せ》め手ながら籠城《ろうじょう》するというわけか！　ならば、その欠けた冒険者の人数分は、軍から斥候《せっこう》部隊を貸し出そう。共同作戦ならば、作戦の進捗《しんちょく》状況を共有しておく必要があろう？　連中ならば、あらゆる連絡手段に通じている。専門の特殊《とくしゅ》訓練を受け、各種隠密《おんみつ》スキルを身につけた者たちだけに、個々の能力でも冒険者に引けを取るまい。少なくとも、足手まといにはならんはずだ」

「ありがたいですな。冒険者は主にパーティ単位で行動するものですから、集合体としての行動には不慣れなのです。これで魔窟の発見や成否《せいひ》の伝達、各パーティの危機管理にも対応できそうですな」

なにやら、盛《も》り上がってきましたね。

籠城《ろうじょう》作戦、非常によいと思います。王都の解放後でしたら、外の魔物の群れに対して心置きなく創生兵器が使用できますしね。

「儂からもひとつ」

それまで腕組みしたまま耳を傾《かたむ》けるに留めていた井芹くんの手が挙がりました。

「王都の魔物の制圧が完了するまで、門を守る役目も必要であろう？　修復した先から壊されては意味がない。その役目、儂が引き受けよう」

井芹くんの突飛《とっぴ》な意見に、否定と疑問が囁《ささや》かれます。

なにせ、相手は王都内の数を差し引いても十七万以上の大軍です。こちらが王都に侵入したとなれば、こぞって門へと殺到《さっとう》してくるはず。それらすべての相手をするとは、常識からしますと無謀や無茶の部類でしょう。

「囀《さえず》るな。『剣聖』の名を侮《あなど》るなよ、若造ども。儂はそもそもソロだ。周囲によけいな者がいないほうが、思う存分に刀を振るえるというものだ」

「確認ですが、井芹くんひとりだけで大丈夫なのですね？」

「門を背に、正面からの魔物を斬り捨てるだけの簡単な仕事だ。有象無象《うぞうむぞう》が何万いようと関係あるまい」

あっさりと言い切る井芹くんに、周囲が静寂から称賛の声に変わります。

「了解しました。お任せしますよ」

「任されよう」

私も、井芹くんでしたら問題ないと思います。

彼は常識など打ち破るだけの強さを持っていることを知っています。なにせ、神とて斬れる猛者《もさ》なのですから。

「では、作戦の大筋《おおすじ》がまとまってきたところで、私からも提案があります。国軍に編入する予定の教会の方々ですが、なるべく矢面には立たさないでほしいのですが」

「使徒様っ！　我らは使徒様の御為ならば、身命を賭《と》す覚悟です！」

即座に顔色を変えた神官さんが、身を乗り出してきました。

神に仕《つか》える敬虔《けいけん》な信者として、己を捧げて信仰を示したいという意気込みはわかるのですが、できることでしたら私のためではなく、王都のみなさんのために尽くしていただきたいものです。

「落ち着いてください。使徒様のお話には、まだ続きがあるようですよ？」

隣のネネさんがやんわり制してくれます。

「ありがとうございます、ネネさん」

「ええ、どういたしまして」

「いえですね。あなた方の信仰心を疑っているとか、そういったことではないのですよ。

単なる役割分担です。戦闘開始以降、私は五分おきにエリアヒールをかけ続けます。あなた方の役割は、致命傷《ちめいしょう》を負った方でも、五分間だけ絶対に生き永《なが》らえさせてほしいのです」

そこからの言葉は、円卓に座するすべての方に向かって宣言しました。

「今回、私が目指すのは、死傷者ゼロの完勝です。みなさん、絶対に死なないでください。生きてさえいてくださったら、私がなんとかしてみせますから」

どよめきが走ります。

「なんと慈悲《じひ》深きお言葉……」

神官さんが、感涙しながら筆記用具を懐《ふところ》から取り出しています。

「いえ、そんなメモるほどのことでは」

ともあれ、それが私の本心です。

若い頃よりも死が身近《みぢか》になってから、命の大切さを痛感《つうかん》しています。そして、それが若い方であればなおのこと。人を救助する崇高《すうこう》な行為のためとはいえ、あたら命を散《ち》らしていいはずがありません。

誰からなのかはわかりませんが、私は『神』としてあらゆることを実現できるだけの力を授《さず》かっているのです。それでやらないことこそ、罪でしょう。

「ならば、我らは体力配分や維持も考慮せずに、常に全力を尽くせるというわけか、それ

「はいい！」

「将軍。でしたら、冒険者のパーティ構成を戦術に取り入れるのはいかがですかな？　教会の人員は二千名。兵五人に神官ひとりの構成とすれば、手狭《てぜま》な王都内でも小回《こまわ》りが利くのでは？」

「ギルドの、それは一考に値するな。小隊単位で分けたほうが、戦力を面で広げて戦域を狭《せば》めるよりは、全軍を有効活用できそうだ。副官！　これから軍の再構成は可能か!?」

ふーむ。荒事《あらごと》専門の方々は、どうしても戦闘方面での益不益に考えが傾くようですね。私としては被害が減り、短時間で戦闘が終わるのでしたら、どちらでもいいのですが。

そうして、会議は終了しました。

後は各々で調整を行ない、来《きた》るべき出陣のときに備《そな》えてもらいます。

ザフストン城砦から王都カレドサニアまでの距離は、直線にして約四十キロ。移動時間としては、概算《がいさん》で八時間といったところでしょう。

夜闇に紛《まぎ》れて行軍し、翌早朝――夜明けと同時に開戦するのでしたら、今日の深夜には出発しないといけません。明日は長い一日になりそうです。夜まで寝ておき、体力を温存しておいたほうがいいでしょうね。

退室間際《まぎわ》、サルリーシェさんに呼び止められました。何事かと思いきや、いきなり頭を下げられます。

「最初に『剣聖』から使徒殿を紹介されたとき、半信半疑だった無礼《ぶれい》をお許しいただきたい」

「気にしていませんから、頭を上げてください。私たちは目的を同じくする仲間なのですから、そういう堅苦《かたくる》しいのはやめましょう」

それにあれは、井芹くんの紹介の仕方にも問題があると思うわけですよ。私でしたら無理半信半疑でも、あれで納得したサルリーシェさんはすごいと思います。

かもしれません。

「そう言っていただけると救われます。どうやら、天罰がくだる心配はしなくてよさそうですな」

珍しく冗談《じょうだん》めいた台詞《せりふ》で笑ってから、サルリーシェさんは真摯《しんし》な面持《おもも》ちに変わりました。

「死傷者ゼロの件の配慮《はいりょ》、誠にありがとうございます。ギルド支所の奪還はギルドマスターとしての責務《せきむ》。しかしながら、わたし個人としては、これまで苦難《くなん》を乗り越えて育ってきた冒険者を、みすみす死地に送り出すのには抵抗があったのです」

再び先ほど以上に頭を下げられましたが、今度は素直に受けることにしました。

床に落ちた水滴は、見間違いでもないでしょう。責任と人情の狭間《はざま》で揺《ゆ》れていた彼女の気持ちは、察するにあまりあります。これで気が済んでくれるのでしたら、彼女のためにもそれがいいでしょう。

ややあってサルリーシェさんは顔を上げましたが、鱗に覆われたその頬《ほお》は赤味を帯《お》びていました。

「感極《かんきわ》まったあまり、お見苦しいところをお見せしました。立場上、種族の違いや性別で舐《な》められない態度を常日頃から心掛けておりまして。できましたら、ご内密にしていただけるとありがたい」

「もちろんですよ」

照《て》れて頬《ほお》を掻《か》く仕草など、人も龍人も変わりませんね。

厳しさだけではなく、人情味に溢《あふ》れた今の姿をもっと見せてもいいかと思うのですけれど。

「しかし、惜《お》しいことをしたものです」

「なにがでしょう?」

「いえ、貴殿が神の使徒でなかったのでしたら、是《ぜ》が非《ひ》にも我らギルドに冒険者としてスカウトしていたところですよ。さすがにこれだけ名が知れ渡った後では、無理がありますからな」

「ははっ、そうでしたか」

「今、ギルドがスカウトしたい人物は三人おりまして。ひとり目はもう諦《あきら》めましたが、使徒殿。ふたり目はSSランクにも匹敵《ひってき》すると目《もく》されている〝タクミ〟なる人物。こちらは賞金首として捕まったなどという噂《うわさ》もありますが。三人目は、最近各地で正体不明の強者として囁《ささや》かれる黄金《こんじき》の髑髏仮面という者ですな。ご存知ですか？」

「……いえ、まったく。そんな方々がおられるのですね。ははは！」

って、すみません。それ全部私です……

第二章　王都奪還《だっかん》作戦

ザフストン砦の大門を隔てた王都側。

時刻は午前零時《れいじ》に差しかかろうといった頃でしょうか。月明かりに照らされた平野には、夥《おびただ》しい数の人影が整然《せいぜん》と並んでいます。

剣に槍に杖に弓と――各々の武器を携《たずさ》えて武装したシルエットは、国軍・教会・冒険者による総勢一万二千名を超える混成軍です。

足元を吹き抜ける音すら聞き取れる静けさは、これだけの人数にして彼らがいかに統制が取れているかの証《あかし》でしょうね。

砦の三階に位置するバルコニーから、私はその全容を見下《みお》ろしています。

視界いっぱいの人数ではありますが、敵となる魔王軍はこの十五倍ほどにもなるわけで、頭が痛いところです。

私のそばには、各勢力の代表が揃っています。

国軍からはケランツウェル将軍。教会からは『聖女』ネネさん。冒険者ギルドからはギルドマスターのサルリーシェさん。そしてその他には、SSランク冒険者の『剣聖』イセリュートこと井芹くんに、王城との連絡係として『炎獄愚連隊』ガリュードさんです。すでに、決定した作戦内容は周知されていて、各勢力間での打ち合わせも完了していると聞いています。

準備は万全、そうなりますと、後は出陣するばかりですね。

目的地の王都はここから四十キロは先、フルマラソンに相当しそうな距離です。

夜の帳《とばり》に紛《まぎ》れて、遥《はる》か彼方《かなた》にマッチの火よりも小さな灯《あか》りが見えます。

あれは魔法の光。遠目《とおめ》には薄ぼんやりとして、星の明かりより頼りなげですが、それでも芯《しん》は力強い。つまり、あれこそケンジャンが心身を削《けず》りながらも、王城の数多《あまた》の人々を守っている証《あかし》です。

ようやく、みなさんを助けに行けます。今しばらく、待っていてくださいね。

王都内に攻め入っている魔物を退治するためには、こちらの総員を無事に送り続ける必要があります。

しかしながら、王都の周辺を囲む十七万以上の魔物の群れ――しかも、なおも魔窟により数が増え続けている中を軍勢が敵中突破するなど、困難どころか無謀でしかありません。

――だからこそ、私が出した答えはこれでした。

突破が無理でしたら、連中の頭の上を越えていけばいいわけです。王城と砦――このふたつを直接繋《つな》いでしまえばよいではないですか、物理的に。

さて、準備も大詰《おおづ》めですね。本来は、ここで総司令官役の私から出陣前の鼓舞《こぶ》などあるのでしょうが、私の柄《がら》ではありません。

ですので、これを私からの挨拶《あいさつ》と代えさせていただきましょう。

『万里の長城、クリエイトします』

三階バルコニーの縁に立つ私の足元から、地響きを立てて巨大な――と言いますか、長大な建造物がせり上がり、地平の果ての魔法の光を目印に、怒涛《どとう》の勢いで一直線に伸びていきます。

世界遺産《いさん》でもある万里の長城の総距離は約三千キロだけに、四十キロ程度などわけありません。モーセの海割りならぬ盛り上がりでしょうか。

「ヘイゼル事務局長より入電です！　連《つら》なる城壁が、王都の外壁と接岸したのを目視にて確認したそうです！」

ガリユードさんを通じた事務局長さんからの報告です。王城側でも上手くいったようですね。

バルコニーの面々も、目前で繰り広げられた光景に唖然《あぜん》としています。事前に説明してあったとはいえ、現実として目の当《ま》たりにするのは大違いだったのでしょう。

かくいう私も、実はあまりのスケールの大きさに、身震いするくらいにはおったまげてしまいましたが……それはあまりに格好悪いので、表面上は平静としています。

砦前に集うみなさんから、鬨《とき》の声とばかりにどよめき混じりの歓声が上がります。

「いよいよ世紀の王都大奪還作戦の幕開けですか。武人の血が騒ぎますする」

全身武装したケランツウェル将軍が、得物《えもの》の巨大なハルバードの柄尻を床に打ちつけていました。

フルフェイス型の西洋兜の隙間《すきま》から覗《のぞ》く目元が、言葉通りに興奮しているのがわかります。会議室にいたときよりもよほど自然体なのは、さすがは武人といったところでしょうか。

「まさに。国軍と教会と冒険者――常時は相容《あいい》れない三者がこうして目的を同じくして集うのも、歴史的瞬間かもしれませんな」

サルリーシェさんも、いつものチャイナドレスの上に、胸当て肩当てに手足の小具足と、要所要所に防具を装備しています。

体形や身のこなしからして事務方ではないと思ってはいましたが、彼女もやはり元は冒険者のようですね。

両手に装着《そうちゃく》した棘《とげ》付きの鉄甲《てっこう》が、両手を打ち鳴らすたびに痛そうな音を奏《かな》でています。

見た目通りの武闘家さんなのかもしれませんね。

「喜ばしいことです。願わくは戦時のみならず、平時も肩を並べて協力して歩みたいものですね」

ネネさんは、普段の聖女服にさらに華《はな》やかさが増したような衣装《いしょう》を着ています。戦装束《いくさしょうぞく》といったところでしょうか。

武器の類《たぐい》は持たれていませんが、彼女にそれは無粋《ぶすい》ですね。戦場にありてはその艶姿《あですがた》こそが、皆《みな》を奮《ふる》い立たせ導く光となるのでしょう。

「そうですね……よろしければ、この集団に名前をつけてみませんか？　単に混合軍というのも味気《あじけ》ないですから」

「それはよいですな、聖女殿！　遠征軍に特別な名をつけるは、兵たちの士気向上にも繋がりまする！」

「わたしも異論ありません。もとより冒険者とはそういう趣向《しゅこう》を好むもの。皆《みな》をひとつの大レギオンと見立てるのも面白いですな」

満場一致《まんじょういっち》のようですね。

戦《いくさ》を前にして、こういう空気もいいでしょう。変に凝《こ》り固まるよりはよほどよいかと思います。

「それでは、使徒様。お願いします」

ネネさんに、とてもにこやかに振られてしまいました。

「ええっ！　私が決めるのですか⁉」

「総司令なれば適任かと」

「他におりますまい」

「そういうことですよ。さあ」

これまた満場一致です。困りましたね、アドリブとか弱いのですが。

名前、名前と……サルリーシェさんが、レギオンと言ってましたね。となりますと、冒険者パーティの名前をつけるような気分でいいのでしょうか。

そういえば、パーティ名でしたら以前に考えた名前がありましたね。あれはサランドヒルの街でダンフィルさんと話していたときで、たしか――

「〝涼風《すずかぜ》青年団〟などいかがでしょう？」

不意に沈黙《ちんもく》が訪れました。

「……使徒殿、あまりにそれはなんというか……戦意向上どころか畑でも耕《たがや》したくなるような……」

「そ、そうです。もっとこう、名付けのわびさびや形式美と申しますか、語感《ごかん》や美的センスも大事だと思うわけですよ」

「では、〝涼風青年団〟に決定ということで」

「「聖女殿⁉」」

「素敵ではないですか。吹き抜ける一陣の風のように清廉《せいれん》な感じではないでしょうか？」

さすがはネネさんです。わかっておられます。

なぜかお二方には不評でしたが、ネネさんの笑顔の押しに負けたようで、最後には了承《りょうしょう》されていました。いいですよね、涼風青年団。

速《すみ》やかにその名が全軍に通達されます。

万里の長城を創生したときのようなどよめきが起こった気がするのは、きっと気のせいでしょう。そうに違いありません。

士気も大いに上がり、いよいよ出陣の刻です。目指すは遥《はる》か前方——万里の長城にて繋がる、悪鬼羅刹《あっきらせつ》の巣食う地です。

彼方《かなた》を見据えて、思いを新たにします。仲間を、知人を、そこに住む人々の安寧《あんねい》を——取り戻させていただきますよ。覚悟してください。

「ここからは、ずっとこちらのターンです」

ネネさんに教えてもらった決め台詞《ぜりふ》ですが、いまいち意味はわかりません。

◇◇◇

万里の長城を渡りはじめてから六時間ほど。夜を徹《てっ》しての行軍も三分の二ほどに差しかかり、空もだいぶ白《しら》んできました。

背後を振り返りますと、長城の上には長い長い人の行列ができ上がっています。私のいる先頭から最後尾《さいこうび》までは二キロほどありそうですから、まさに長蛇《ちょうだ》の列といったところでしょうね。

この状況で思い出されるのは桶狭間《おけはざま》の戦いでの今川義元《いまがわよしもと》軍ですが、なにせ万里の長城は三階建《だ》てのマンションに匹敵《ひってき》する地上九メートルほどの高さがあるため、側面からの急襲《きゅうしゅう》などの警戒《けいかい》は必要ないはずです。

王都までの道のりとしては、残り十キロほどでしょうか。そろそろ長城の連なる前方に、王都らしきシルエットが目視できるようになりました。

それに伴い、眼下《がんか》の大地にはぽつりぽつりと魔物の姿も見受けられますね。

視界にも入らないほど頭上高くにいるこちらには、あまり興味がないようです。数もまばらですから、本隊からはぐれてうろうろしているだけなのかもしれません。もしくは新たに魔窟で産まれ、これから合流しようとしているのかもしれませんが。

「では、ギルマス。定刻にて我らはこれで」

「うむ、頼んだぞ」

「私もこれから五分おきのエリアヒールを開始することにします。くれぐれも命を大事にお願いしますね」

「言われずとも。冒険者稼業《かぎょう》は命あっての物種《ものだね》ですからね」

ギルドマスターのサルリーシェさん、『剣聖』井芹くん、連絡係のガリュードさん、そして王都の正門修復役の三人を除いた二百人弱の冒険者さんたちが、一斉に長城から飛び下りて各所へ向けて散開します。下りるついでとばかりに、手近なはぐれ魔物をあっさり屠《ほふ》るあたり、腕も確かなようですね。

今回、冒険者のみなさんは、魔窟の討伐組です。

涼風青年団別働特務部隊、といったところでしょうか。特殊部隊っぽくって、なにか格好いいですね、ふふ。

予定通り、私たち王都攻略組とは別行動を取り、王都付近に点在する魔窟の駆除《くじょ》にあたってもらいます。これで魔物の増援を抑えることに成功すれば、後顧《こうこ》の憂《うれ》いなく王都奪還に専念できるというものです。

「これからは、本格的に魔物の数も増えてくるかと思います。打ち合わせ通りに、長城の通路の両端に攻撃魔法の使える神官さんや魔法兵の方々を配置して行軍してください。この高さの壁を越えてくる魔物は少ないでしょうから、基本は無視する方向で。飛行する魔物や、壁を越えてこようとする魔物だけ対応するようにしてくださいね」

伝令が将軍を介して、即座に後方の部隊まで伝わっていきます。練達《れんたつ》した軍隊とは、こういった統率の面でも見事なものですね。

「敵魔物発見！　脅威《きょうい》度Aランクのキュクロプスだ！」

壁際《かべぎわ》の兵士さんから、驚嘆《きょうたん》の声が上がりました。

前方の長城の縁から、巨大な手と腕が覗《のぞ》いています。あの高さの壁に手が届くとなりますと、身長が六メートルほどもある巨人でしょうか。そんな魔物もいるのですね。

低ランクの魔物が多いとの予想でしたが、高ランクの魔物も少なからず交ざっているのでしょう。

腕力で強引に壁をよじ登ってこようとしているらしく、腕の次には肩、さらにひとつ目を持つ頭が突き出てきました。魔物だけあり、漆黒《しっこく》の体躯《たいく》の中で真《ま》っ赤《か》に染《そ》まった単眼が、訝《いぶか》しげにこちらを睨《ね》めつけています。

その単眼巨人だけではなく、長城の通路の先にもちらほらと魔物の姿が見受けられますね。

万里の長城を創生してから、結構な時間が経過しています。警戒するだけではなく、物珍しさに上ってきた魔物もいるでしょう。なにせ、あれだけの数ですから、これから王都に近づくに従い、そういった手合いも増えてくるかもしれませんね。

「それでは、私が先行して露払《つゆはら》いをしておきます。その後は、王都前で邪魔《じゃま》な魔物を排除しておきますから、みなさんはなるべく戦闘を避けて進行を乱さないようにお願いしますね」

「心得ております」

「使徒殿、ご武運《ぶうん》を」

「神のご加護《かご》があらんことを」

「行ってこい」

後押しの声を背に受けて、私は単独で走り出します。

『ハーケン、クリエイトします』

両手にそれぞれ現われたのは、長さ十五メートルほどもある三日月鎌《みかづきがま》です。もとは巨大ロボット用だけあり、人の身で振り回すのには手にあまりますが、非凡《ひぼん》なこの身にはちょうどいいでしょう。

ようやく長城に身を乗り上げたキュクロプスとやらでしたが、さっくりと右手のハーケンで刈《か》り取ります。いかに巨人であろうとも、こちらは倍以上の大きさの得物ですから、なんということもありませんね。胴を断たれた巨人は、黒い霧《きり》となって消え失《う》せました。

「さて、お次は――セイント・ノヴァ！」

次いで繰り出すは、神聖魔法の最上位、破邪滅殺魔法です。

私の存在を察知し、長城を突進してきた魔物の一団が、直径二十メートルほどの青白い光の球体に閉じ込められます。球体はにわかに縮小し、白銀の稲光《いなびかり》が内部に閉じ込めた魔物だけをあっさり爆散《ばくさん》、消滅《しょうめつ》させてしまいました。

……なかなかエグイ効果ですね、これ。

人間の私相手にこれを躊躇《ちゅうちょ》なく使おうとした前大神官様、やはりかなりの人でなしだったようですね。

なにはともあれ、多数の魔物相手には有効です。

長城を駆《か》け抜けながら、壁を越えてきた魔物を狩り、周辺の目につく集団をセイント・ノヴァで根こそぎ駆逐《くちく》していきます。両手でハーケンを操《あやつ》りつつ、魔法も並行して使用できますので、かなり効率的ですね。

進むに従い、長城の下の地面は魔物の黒一色と化しています。見渡す限りの黒い大地というのも、笑えません。殲滅《せんめつ》魔法で黒い群れにぽっかりと丸い空白《くうはく》ができ上がろうとも、即座に再びの黒で埋《う》め尽くされます。

かつての召喚初日の光景が思い出され、いささかうんざりしますね。こんな経験は一度だけでもお腹《なか》いっぱいなのですが、二度目ともなれば憂鬱《ゆううつ》です。

今また、数ダース単位で魔物を消し去りました。

ただこれでも、相手の総数からすれば焼け石に水ですし、魔物は王都の全方位を囲っているだけに、王都の向かい側――大半の魔物はこちらの存在に気づいてもいません。

とはいえ、万里の長城近辺の魔物は、確実に数を減らしているわけです。これも魔王軍側の指揮官不在の弊害《へいがい》でしょう。こちらとしては、狙い目なわけですが。

涼風青年団《すずかぜせいねんだん》味方の軍勢を無事に王都に送り届けることが私の役目なのですから、なるべく長城付近魔物を減らし、同時に私が魔物の攻撃を一手に引き受けることが肝要です。私の行動がそのまま味方の優位に働くわけですから、ここは派手に行っちゃいましょう。張り切っちゃいますよ～。


そうして、ようやく私は万里の長城の終端《しゅうたん》、王都の外壁まで到達しました。

後方からは涼風青年団のみなさんも続々と追いかけてきているはずですが、私が十キロ弱の間を暴れに暴れながら移動した甲斐《かい》もあり、魔物は一心不乱《いっしんふらん》に私を目掛けて迫ってきています。なんでしたっけ、出発前にネネさんに教えてもらった――ヘイトを稼《かせ》ぐとかいうやつですね。

わざわざ壁を越えてちょっかいを出してくる魔物がいても、神官さんや魔法兵さんたちの魔法で充分に対処できています。

ちなみにこの情報は、後続に同行しているガリュードさんの〈伝心〉スキルでもたらされたものです。双方向の会話はできませんが、一方的でもリアルタイムで情報が得られるのは便利ですよね。携帯電話代わりに私も欲しいくらいです。

王都の外壁を背にして長城に陣取り、今度はこちらから魔物を待ち受けます。押し寄せる魔物の数が数ですから、互いを踏み台にするなどして長壁を越えてくる魔物も増えるでしょう。ですので、味方がここを通り抜けるまでの間、迫りくる魔物を迎撃《げいげき》しつつ、この場を確保しておかないといけません。

背後の壁の向こうに、王城を包む魔法障壁の明かりが見えました。

あそこには王都のみなさんがいます。このまま助けに行きたいのは山々ですが、不用意にここから離れてしまっては、味方が行軍している長城自体が消えてしまうため、それは無理な話です。ここは我慢するしかありません。

「さて……」

距離を詰めつつある黒山の人だかりならぬ、魔物だかりを見下ろします。数えるのも馬鹿らしい——と言いますか、あまりに多すぎて数えるのは不可能ですね。

私の武器は両手のハーケンと、神聖魔法のセイント・ノヴァ。どちらも強力な武器ですが、この数相手ではいささか火力として心許《こころもと》ないですね。

「でしたら、今こそあれを実践《じっせん》してみましょうか」

架空《かくう》兵器は威力がありすぎて、友軍のいる長城ごと破壊しかねません。それに、どのようにに強力なロボやメカの類《たぐい》を創生しても、使用する私が〝個〟であることには変わりがなく、大軍相手には手数が足りません。そもそも簡単な遠隔操作《えんかくそうさ》くらいならいざ知らず、素人に複雑な操縦《そうじゅう》系は無茶が過ぎるというものです。自立稼働《かどう》できるといいのですが、以前の大怪獣の創生時からなんとなくわかっていましたが、やはりこの〈万物創生〉スキルでは、生き物はもとより人工でも知能的なものは再現できないようでして。

身から離すと消えてしまい、創生物は自分では動いてくれない。一見、万能なスキルでも、その特徴《とくちょう》が唯一（唯二？）の欠点ですね。

それで今回の作戦に際して、ほどよく攻撃の手数を増やせないかと考えあぐね、思い至ったことがあります。

身体能力、神聖魔法にスキルと、持てる手札《てふだ》はそれだけと思っていた私ですが、かつての世界樹の森での出来事を思い出しました。

瀕死《ひんし》の重傷《じゅうしょう》のエルフのみなさんを救った奇跡《きせき》――力を貸してくれた大いなる存在。今でこそあれは、『神』である私の願いを聞き届けてくれた精霊さんだと心得ています。

であるのでしたら。

私はエルフのみなさんが使うもうひとつの魔法、〝精霊魔法〟を使うこともできるはずですよね。

「風の精霊王ジンさん！　火の精霊王イフリートさん！　水の精霊王レヴィアタンさん！　地の精霊王ベヒモスさん！　私に力を貸してください！」

私に精霊の知識を授けてくれた冒険者のエルフさんは、彼らを四大精霊王と呼んでいました。

決して小さき者の喚《よ》びかけに応じることはないそうですが、今回も耳を傾けてくれる――そんな確信めいた予感すらあります。

朝焼けに彩《いろど》られる上空の、空中といいますか空間がぐにゃりと歪《ゆが》みました。それも、ちょうど四つ。

どこか別の次元との穴が穿《うが》たれ、そこから膨大《ぼうだい》な圧力を持った存在感がせり出してくるのがわかります。

大気がびりびりと鳴動《めいどう》し、顕現《けんげん》した大いなるもの――それは半透明《はんとうめい》の巨大な存在でした。

遥《はる》か上空で渦巻《うずま》く烈風《れっぷう》の上に人型の上半身が浮かぶのは、風の精霊王でしょう。

全身に紅《あか》い焔《ほのお》を纏《まと》いながら大地に佇《たたず》む有角赤色の巨人は、火の精霊王でしょう。

渦潮《うずしお》と共に現われた数キロに及ぶ長い胴体の鱗持つ蛇は、水の精霊王でしょう。

地面を震わせ大地に鎮座《ちんざ》した甲羅《こうら》に角《つの》持つ巨大な牛亀は、地の精霊王でしょう。

そのどれもが圧倒的の一言で、こうして同じ視界に収めるだけで、身が震えてくるようです。

ですが、私の敵ではないことは声なき意思で感じ取れます。しかも、ちゃんと協力してくれるようですね。

「みなさ～ん！　お手数ですが、長城に近づく魔物を駆逐《くちく》しちゃってくださ～い！　思いっきりやっちゃって構いませんが、絶対に長城自体には当てちゃ駄目ですよ？　そこだけはくれぐれもお願いしますね？　絶～対に、駄目ですからねー！」

　大声での呼びかけに承諾《しょうだく》の意が返ってきまして、精霊王さんたちが動きはじめました。

　風が切り裂《さ》きすべてを巻き上げ、轟炎《ごうえん》の柱が噴き上がり一帯を消し炭《ずみ》とし、爆流《ばくりゅう》が巻き込みすべてを押し流し、隆起《りゅうき》した岩の槍衾《やりぶすま》が突き刺し地割れが呑《の》み込みます。

　なんと言いますか……これはもう戦闘というより蹂躙《じゅうりん》ですね。雲霞《うんか》のごとく散らされていく魔物の姿に、若干《じゃっかん》の憐憫《れんびん》すら覚えます。味方でよかったです。

　精霊王のみなさんには固定砲台として周辺をお任せするとしまして、これで私は長城に群《むら》がる魔物に集中できますね。

「し、使徒殿！　こ、これはいったい――!?」

「あ、将軍。到着されましたか」

　縦横無尽《じゅうおうむじん》に空中を飛び交う精霊王さんたちから身を隠すように、後続のケランツウェル将軍ら本隊が、おっかなびっくりこの王都外壁まで到着しました。

「大丈夫です。味方の精霊王さんたちですから。それよりも、そちらに大事はありませんでしたか？」

「精霊の王……これが……」

「なんともはや、怪獣大戦争の様相《ようそう》だな」

　将軍に同行していた井芹くんが、呆《あき》れたように呟《つぶや》いています。

「使徒殿のおかげで、一兵たりとも欠けてはおりませんぞ！」

ケランツウェル将軍が甲冑《かっちゅう》の胸元を誇らしげに叩《たた》きます。

「よかったです。それでは、次の作戦段階に移行しましょう」

「応《おう》よ！　おかげで万全の状態で戦《いくさ》に臨めるというもの！　よし、皆《みな》の者、わしに続け！　まずは王都内から外壁正門の魔物を制圧する！　ここまで使徒殿におんぶに抱っこだったのだ！　今こそ国軍としての武勇《ぶゆう》を示すときぞ！　突撃――！」

長城から王都を囲む外壁に、国軍の兵士さんたちが我先にと乗り移っていきました。

「よし、こちらも作戦を開始するぞ！　正門を押さえた後、〈復元〉スキル持ちは即座に正門の修復にあたれ！　わたしと『剣聖』は、修復が完了するまでの援護《えんご》を受け持つ！」

「うむ。引き受けよう」

サルリーシェと井芹くん、他の冒険者さんたちも遅れまいと外壁へ飛び移ります。

井芹くんなどは誰よりも活き活きとしており、外壁へ移るどころかそのまま飛び越えてしまい、直接、王都内に下り立っていました。先に突入した国軍にも先んじて、近くの魔物へと斬り込んでいるようです。私だけが暴れていることに、よほどフラストレーションが溜《た》まっていたのでしょうか。

「お先いたします」

その後にはさらにネネさんも続きます。

早くも外壁の向こう側――王都内からは、たくさんの怒号《どごう》と剣戟《けんげき》の音が響いています。

王都内の魔物と、本格的に戦端を開いたわけですね。

万里の長城の中央に陣取る私の横を、大勢の兵士さんたちが通りすぎていきます。

通行の邪魔になってしまいますので、しばらくハーケンはお休みですね。とりあえず消して、神聖魔法を中心に戦闘を継続します。

全員が王都内に無事に突入するまでのこの場の死守と、戦っているみなさんへのエリアヒールでの定期回復が、今の私の仕事です。気合《きあい》を入れ直していきましょう。

そんなとき、続々と脇を抜けていく兵士さんたちの中に、見慣れた役人の制服姿が見えた気がしました。

（レナンくん？）

思わず振り返りましたが、人波に紛《まぎ》れてしまい、目では追えませんでした。

昨日、砦前で別れたきりでしたが、レナンくんとて見習いとはいえ国直轄の役人。緊急事態に国軍に徴用《ちょうよう》されていてもおかしくはありませんでしたね。

これでまた、この作戦を是が非でも成功させないといけない理由が増えました。目指すは完勝。死傷者ゼロの完全無欠の大勝利ですよ。

三十分程度を費《つい》やして、どうにか涼風青年団の全員が王都内への進攻を果たしました。

これでようやく、ここで私はお役御免《ごめん》ですね。

王都内での戦況が気掛かりです。いくら戦略的に優位とは言いましても、数の対比では一対三で、こちらが圧倒的に不利であることは否《いな》めません。

正門の修復は無事に完了したのでしょうか。それが確認できない内は、役目を終えたからと安易にこの場を離れるわけにもいきませんよね。

「待たせたな、斉木」

ナイスなタイミングで、井芹くんが長城に戻ってきました。

井芹くんは正門修復後に、正門外の敵から門を守る役目です。その彼が来たということは。

「門の修復は完了した。ここからは儂の出番だな」

「よかった。待っていましたよ」

経過は順調というわけですね。

「まずはこの長城を消せ。邪魔だ」

「大丈夫です。私がここから離れますと勝手に消えますから」

「そうか。ならば……あれもどうにかならんか？」

井芹くんが顎《あご》でしゃくったのは、悠然と戦場を闊歩《かっぽ》する四大精霊王の姿です。

王都の外では、彼らが魔物を無慈悲《むじひ》に追い立てる、相変わらずの混沌《こんとん》とした光景が繰り広げられています。

「……問題ですかね？」

私の分もあわせて相当数の魔物を減らしたでしょうが、それでも二千～三千、どれほど多く見積もっても五千未満。王都の外に徘徊《はいかい》する魔物だけでも、いまだその総数は軽く十万を超えるでしょう。

王都解放後も見据えますと、外の敵は減らせるだけ減らしておいたほうがいいように思えますが。

「問題だな。ただでさえ精霊はその地に影響を与える。王ともなればなおさらだ。四大精霊がこれほど長時間集うとなると、この地での精霊力のバランスが崩れ、どれくらいの悪影響を及ぼすかわからん。王都が死の大地と化してもいいというなら構わんがな」

「えええ!?　それは構いますよ！　困ります！」

そんなデメリットもあったとは。エルフの方は教えてくれませんでしたが、そもそもこうして四大精霊王を召喚し続けるこの状況が、最初から想定外だったのかもしれませんね。

「ですが、精霊王さんたちに戻ってもらって、井芹くんは大丈夫ですか？　みなさんがいなくなったら、次は確実に井芹くんのいる正門に殺到《さっとう》しますよ？」

「それこそいらぬ世話だ。たかが数万の魔物ごときに、この儂が後れを取るものか」

井芹くんが刀の鯉口《こいぐち》を切り、にやりと笑みを見せます。

なんという絶対の自信でしょう。井芹くんらしいといいますか。

「わかりました。精霊王のみなさ～ん！　今日はそれぐらいで切り上げちゃってくださいね～！　ご苦労様でした－！　ものすごく助かりましたよ、本当にありがとうございました－！」

大きく手を振りますと、精霊王さんたちはど派手に登場したときとは違い、空気に溶《と》け入るように、すうっ……と消えていってしまいました。これも様式美《ようしきび》ですかね。

「行ってしまったようですね……」

本来でしたら、精霊とは人の身では語りかけることすら畏《おそ》れ多い存在と聞き及んでいます。こうして願いを聞き届けてくれたのは、私が『神』などと過分《かぶん》な立場にあるからでしょうが……それでも言葉だけでは感謝のしようもありませんね。

「井芹くんと入れ替わりになりますが、今度は私も王都に入りますね。あちらもどうなっているか心配です」

「ああ」

井芹くんが、すっと拳を突き出してきます。

これはあれですか？　映画などでよく見かける拳をごんって打ちつけ合うやつ！　漢《おとこ》同士の友情のワンシーンぽくって、実は年甲斐《としがい》もなくちょっと憧《あこが》れでもあったのですよね～。

「ええ。お互いに頑張《がんば》りましょう」

私も拳を合わせせようと腕を伸ばしたのですが――

拳が触れ合う瞬間に井芹くんの拳の軌道《きどう》が変わり、なんとそのまま私の顔面にカウンターが炸裂《さくれつ》しました。

「ふっ」

いえいえ、クールに「ふっ」じゃありませんよ？　なぜそのように嬉しそうなのです？　痛くはありませんけれど！

「さあ、行けっ！」

言うが早いか、井芹くんは万里の長城から飛び下り、正門の前に走り去ってしまいました。

私、置いてけぼりですね。いろいろな意味で。

井芹くんらしいといえばそれまでですが、あの掴めない性格はなんなのでしょう……今さらながら、フリーダムですね。

ここは、井芹くんが私の緊張を解《ほぐ》すために気を遣ってくれたと思っておきましょう。多分。きっと。そうだといいなーと。

それはさておき。あまり悠長《ゆうちょう》にしている暇はありませんね。

定期的にエリアヒールで援護していますが、戦場の全域が把握《はあく》できていない私には、戦況を知る術《すべ》がありません。早いところ、私も参戦することにしましょうか。

「とうっ！」

万里の長城から王都の外壁に飛び移りますと、あれだけの偉容《いよう》を誇っていた長城が幻のように消え去ってしまいました。

ありがとうございます、世界遺産。永らくお世話になりました。

外壁の縁に立ち、王都内を見渡しますと、あちこちに戦闘の爪痕《つめあと》が刻まれていました。ちょっとした火災も起こっていたようで、燻《くすぶ》っているところもありますね。

視界の範囲には、先行したはずの兵士さんたちの姿はひとりも見受けられません。魔物も、倒すと消えてしまいますので、王都はまるで無人の廃墟《はいきょ》のようです。以前、あれだけ人で賑《にぎ》わっていた都と同じ場所とは、にわかに信じられませんね。

しかしながら、感傷《かんしょう》に浸《ひた》っている場合でもありません。誰もいないということは、主戦場が王都のもっと内部へと移動したということでしょう。遠くから風に乗り、微《かす》かに戦闘音も聞こえています。

王都の奥に進むその先には王城が。そして、ケンジャンの魔法の障壁が望めます。それは、ケンジャンと王城がまだ健在であること、同時にまだ解放には至っていないことの表われでもあります。

王都内は密集《みっしゅう》する建物によって狭く入り組んでおり、広域攻撃の神聖魔法も取り回しづらく、創生武器も役に立ちません。ここは、ステゴロ勝負というやつですね。まずは王城への道すがらに魔物を駆逐《くちく》し、できるだけ早く味方と合流したいところですね。

◇◇◇

王城前の広場は、濃《こ》い血臭に包まれていた。

元は優美であったろう白亜《はくあ》の大理石の噴水《ふんすい》は、根元を残して残骸《ざんがい》を晒《さら》し、汚泥《おでい》混じりの汚水《おすい》を垂れ流している。整然と並んでいたはずの石畳《いしだたみ》は盛大に砕《くだ》け散り、破壊の痕跡《こんせき》を残すばかりだ。樹木はことごとくへし折れ、断面《だんめん》は黒く焦《こ》げて鼻を突く異臭を放っている。

最後に訪れたときには、美しい広場だったのに——ネネは、眼前の魔物と対峙しながら、現実逃避気味にそんなことを考えていた。

王都に進攻してからの経過は上々だった。

事前情報通りに、王都内に侵入している魔物は脅威《きょうい》ランクの低い魔物ばかりで、三倍という数のハンデがあろうとも、涼風青年団の進軍はまったく危なげないものだった。

やはり、〝神の使徒〟という存在が大きいのだろう。

あの鬼神のごとき強さもそうだが、王都進入時に目にした四大精霊王が従うさまは、偉大なる神の御使いが後ろ盾になっているという、絶大な精神的支柱となっていた。

それに、定期的に回復されていることが、どれほどの救いであるか。戦場において死なない――それに勝る兵の励みはないだろう。

兵たちは憂《うれ》いなく全力を尽くして戦い続け、実力以上の力を発揮《はっき》していた。現にひとりの戦死者も出すことはなく、ここまで一方的といえる戦果を挙げている。

そう――あの魔物が出てくるまでは。

それは、どこからともなくふらりとやってきた。

体長三メートル、珍しい昆虫型をしており、下半身が蜘蛛《くも》、上半身が蟷螂《かまきり》、背には蝙蝠《こうもり》のような翼《はね》を生やし、頭部は人間っぽいという悪趣味な見た目をしていた。

ネネの頭に浮かんだのは、キメラという単語だった。いろいろな部位を勝手気ままに付け替えでもしたような作為的《さくいてき》なものを感じる。

さりとて異形《いぎょう》であろうとも、それも魔物であることには変わりない。その証拠に、全身が黒く澱《よど》んでおり、三対の縦に並ぶ鋭角《えいかく》の目は真っ赤に染まっている。

だからこそ、ネネは驚いた。その魔物が話しかけてきたことに。

「ニンゲンが、なにをシニにここまでキタ？　よもヤ、王都奪還ナドと、クダらないことヲほざくマイな？」

抑揚《よくよう》もなく、くぐもった聞き取りづらい声ではあったが、それは確かに人間の言葉だった。

人間と同じ口らしき器官があることは見て取れていたが、魔物に言語を解する知能があるとは知らなかった。少なくとも、ネネはそんな魔物をこれまで見聞きしたことはない。

「そうか、こいつが脅威《きょうい》度Sランク……魔王の側近クラスか……！」

同行していたサルリーシェが呟《つぶや》く。

つまり、これが不在とされていたはずの魔王軍の司令官、ということなのだろう。

なぜ今頃になって姿を現わしたのか意図は定かではないが、こうして出会ってしまった以上、お互いに見過ごす選択肢などない。

（魔王の側近……噂には聞いていたけれど、これは……）

たしかに、並々ならぬ異様な気配を感じる。

『聖女』の職業《クラス》は感知に長《た》ける。ネネにとって相手の正体を看破するのはお手のものだが、このときばかりはちっともありがたくなかった。明らかにこの魔物の強さは、こちらを凌駕《りょうが》している。

敵が動いた――とネネが察知したと同時に、護衛《ごえい》の聖騎士と神官戦士が血の海に沈《しず》んだ。

蜘蛛《くも》の八本脚による速度は、四足歩行の獣すら上回《うわまわ》っており、目にも留まらぬものだった。

また、血の滴《したた》る蟷螂《かまきり》の鎌は、祝福を受けて防御力の増した聖騎士の鎧すらあっさり貫いている。折よく定期回復のエリアヒールがなければ、ふたりとも絶命《ぜつめい》していただろう。

「ワレは魔将ゾリアンティーネ。コノ名をキザんでシヌがよい」

「みなさんはいったん下がってください！　現存戦力の再編成を！　魔法持ちはサポートを中心に！　そして、将軍に救援《きゅうえん》要請をお願いします！」

ネネは即座に指令を出す。

集団行動を義務付けてあっただけに、周囲には味方の兵が多い。しかし、不用意な攻撃では無駄な犠牲《ぎせい》が増えるばかり。今は運よく定期回復が間に合ったが、次もそうだとは限らない。

この戦《いくさ》で死者だけは出してはならない。それは、死傷者ゼロを願った彼の思いに傷をつける。

運よく、近くに展開していたケランツウェル将軍率いる部隊が駆けつけて参戦したが、旗色《はたいろ》は悪いままだった。

『聖女』の固有スキルに補助系の神聖魔法、あらゆる能力の底上げを施しても、あの魔将には届かない。

数多《あまた》の兵が圧倒的な戦力差に心折れて戦意を喪失《そうしつ》し、また限界まで気力を摩耗《まもう》して気絶《きぜつ》し、戦線から脱落《だつらく》していく。

今現在、辛《かろ》うじて魔将と渡り合えているのは、たったの四人のみ。ネネとサルリーシェ、ケランツウェル将軍に、後は劣勢《れっせい》を見かねて飛び込んできた若き役人服姿の剣士だけだ。

すでに四人が四人とも、幾度《いくど》となく致命傷を負っている。それでも生き永らえているのは、定期回復のおかげに他ならない。

ただし、次第にその五分を保つのが難しくなってきていた。傷や欠損部位が再生し、体力が全快したとしても、受けた怪我《けが》の痛みは精神にも刻まれる。気力までが戻るものではない。

ケランツウェル将軍の甲冑の大半は破壊され、自慢のハルバードも大きく歪《ゆが》んでしまっている。

サルリーシェの手甲《しゅこう》は破損《はそん》してすでに形を成しておらず、肩口から大きく斜《なな》めに切り裂かれた黒いチャイナドレスが、自身の血で赤黒く染まっていた。

名前も知らない若き剣士は、剣ごと斬り飛ばされた右腕がつい今しがた再生したばかりだ。精神的ショックも計《はか》り知れないだろう。

ネネとて、鎌が貫通《かんつう》した戦装束《いくさしょうぞく》の腹部と背中には、放射状に血を撒《ま》き散らした大穴が開いている。

「……シブトい。さっきカラ忌々《いまいま》しい回復魔法ダ。貴様ラでは勝チメがないト悟《さと》れヌか、ニンゲン風情《ふぜい》ガ……ワレもそろそろ飽《あ》イテきタ。モウ諦《あきら》めてハどうダ？」

「低能な魔物ごときが、尊大な口を利く……！」

ケランツウェル将軍が嘲《あざけ》るが、すでに覇気《はき》は残されていない。

このままでは到底勝ち目がないのは、ネネにもわかっていた。

ケランツウェル将軍は猛将のふたつ名が示す通り、個の武勇でも高名だが、より得意とするのは軍団指揮である。そもそも指揮官が率先《そっせん》して最前線に出ることはあり得ないため、高レベル同士の個人戦闘ではどうしても地力で一歩譲ってしまう。

サルリーシェは龍人として基本身体能力が高く、卓越した拳闘士でもある。しかしながら、現役を退いてからのブランクがあり、実戦勘《かん》も鈍《にぶ》ってしまっている。格下相手との戦闘では歯牙《しが》にもかけないであろうが、僅差《きんさ》で勝敗を分《わ》かつような接戦では大きく影響してしまう。

若き剣士は単純な経験不足だろう。スキルを含めた基礎《きそ》能力は他を圧倒してもおかしくないが、剣筋が教科書通りで素直すぎた。それだけに、攻防ともに動きの応用が乏《とぼ》しい。さらには相手は人外。人相手を想定した剣術では思うように対応できないのも仕方ないといえる。

四人の中で身体パラメータが一番高いのは『聖女』であるネネだ。数値的には魔将とも遜色《そんしょく》ないだろう、しかし生物の身体構造として出せる速度にあまりに差がありすぎた。慣れない体術による接近戦はもとより、広域神聖魔法ホーリーレインの降り注ぐ光線群すら体捌《たいさば》きで躱《かわ》すような相手だ。いくら一撃必殺の攻撃力があっても、攻撃自体が当たらなけ

れば意味がない。

最初の万全での攻勢が通じなかった時点で、ネネたちに勝機はなかった。

四人だけで持ちこたえるのにも限界がある。それでもこうして踏ん張っているのは、この場を逃げおおせたとしても、代わりに他の者たちが犠牲《ぎせい》になるのがわかり切っているからだ。

ネネたちでさえ辛《かろ》うじて耐えているような相手では、一般兵などなす術《すべ》なく瞬殺《しゅんさつ》されてしまうだろう。

ネネはこの異世界へ召喚されてすぐの、膨大《ぼうだい》な魔物の脅威《きょうい》に晒《さら》されたあの絶望的な状況を思い出していた。

あのときは彼が助けに来てくれた。今回も助けに来てくれるかもしれない。でも、間に合わないかもしれない。

しかし、そうであったとしても、諦《あきら》めずに足掻《あが》いてみせる。逃げ出すことはもうやめる——ネネはそう誓っていた。

今また前衛《ぜんえい》三人が意を決して突貫《とっかん》したが、今度もろくに打ち合うこともできずに迎撃されてしまった。盛大に血飛沫《ちしぶき》が舞う。通常であれば充分な致命傷だ。

まだ定期回復の五分は先のため、後衛《こうえい》役のネネが即座にフルヒーリングの連続詠唱《えいしょう》で回復させる。

「マダ抗《あらが》うカ、ニンゲン。ならバ、次は確実にクビを刈ってやろウ。首ト胴ガ離れテモ、回復できルカ試してミるがイイ」

鎌を持つ黒き死神は、確実に死を届けようと迫ってきていた。

◇◇◇

「どうやら、想定以上に戦況は優勢《ゆうせい》のようですね。よかったよかった、と――エリアヒール」

入り組んだ王都を駆けずり回っていますと、ついつい時間を忘れがちになってしまいます。

アラーム付きの腕時計を創生し、五分ごとに鳴るたびにエリアヒールで広域回復です。これでばっちりですね。

戦線もだいぶ押しているのでしょう。魔物に会うより味方に会うことが多くなってきています。この分ですと、王都内は予定より早く制圧できそうですね。王城で救出を心待ちにしている方々のためにも、頑張《がんば》りましょう。

考え事をしながら走っていますと、路地《ろじ》の曲がり角で出会い頭《がしら》に魔物に遭遇《そうぐう》してしまいました。

人間とほぼ同じ大きさの体躯《たいく》ですが、頭部が豚《ぶた》の形をしていまして、お腹がでっぷりと張っています。

これって、あれ、オークとかいう魔物でしょうか。見た目が特徴的でしたから覚えていますよ。長城での移動時に、せっかくですからと、ネネさんからいろいろと教えてもらったのですよね。

……でも、なんでしょう。

この太鼓腹《たいこばら》のシルエットといい、鼻息荒く人を小馬鹿にしたような態度といい、よくわかりませんが誰かを思い出しますね。はて。

「成敗《せいばい》です」

とりあえず、フライパンで横っ面《つら》をぶん殴《なぐ》ります。

「明日はホームランですね」

オークは比喩《ひゆ》ではなく空の彼方《かなた》に飛んでいきました。

「ふう、なぜかすっきりです」

そろそろ誰かと合流したいところですね。

ケランツウェル将軍やサルリーシェさん、ネネさんたち主要メンバーは王城のほうに向かっているでしょうから、私もそちらに向かえば合流できるはず。

レナンくんも王都に来ているようですので、偶然、出会うかもしれませんね。強くなったレナンくんでしたら、この程度の魔物などに後れを取ることはないでしょう。油断は禁物ですが、私と違ってレナンくんは慎重派《しんちょうは》ですからね。

私はこうして顔を隠して変装していますが、レナンくんは気づくでしょうか。気づいてくれると嬉しかったり。ふふ。

ですが、その前に。唯一の問題として……ここ、どこでしょうね？

最初の意気込みはよかったのですが、勘《かん》に任せて突き進んでいたら、すっかり迷《まよ》ってしまいました。周囲はただでさえ背の高い建物の住宅密集地です。王都内はあまり詳しくありませんから、どこの建物も同じに見えてしまいますね。

「せめて、ケンジャンの魔法の光でも見えるといいのですが……」

そうこうしている内に、魔物の団体さんのご来訪です。

狭い道路を横隊《おうたい》して、こちらに向かってきますね。数は十体ほど。まあ、私のフライパン二刀流の前にはものの数ではありません。

かくして魔物の団体さんは、先ほどのオークと同じく星になりました。合掌《がっしょう》。

ちなみに、このフライパンが今のマイ武器です。思いの外《ほか》、便利なんですよね、フライパン。

当初は裸拳《ステゴロ》で——などと思っていたのですが、訓練も経験もない慣れていない者にとって、殴《なぐ》るという行為は存外に難しく。力《りき》んで狙いが外れ、距離が掴めずに空振《からぶ》り——あと、殴《なぐ》った感触《かんしょく》が気持ちのいいものではありません。そもそも荒事《あらごと》は苦手《にがて》ですしね。

そこで、咄嗟《とっさ》に思いついたのが、フライパンでした。

リーチはないですが、狭い場所でも素手《すで》と同じく小回りが利き、平《ひら》べったいので打撃面が広く、まず外れることがありません。中華鍋《なべ》と迷いましたが、取っ手が持ちやすそうだったもので。

もともと異常な腕力のせいで、斬ろうと打とうと殴《なぐ》ろうと、一撃必殺という意味ではさしたる違いはありませんし。料理によし、戦闘によしとは、万能包丁も真《ま》っ青《さお》ですね。

さらに魔物を退治しつつ、路地裏《ろじうら》をうろうろしていましたら、幸いにも数組の兵士さんたちに出会えましたので、王城の方向を教えてもらいました。

やや遠回りをしてしまいましたが、これでようやく見覚えのある道に出ることができました。

この通りからでしたら、ほぼ一本道で王城まで向かえるはずです。通りの伸びる方向には、王城の魔法の光もしっかり確認できましたから、後は道なりに進むだけですね。

普段は馬車が行き交っているような割と大きめの道路なのですが、魔物の姿は一切見受けられません。目立つ魔物はほぼ一掃《いっそう》したということなのでしょう。みなさん今頃は、狭い路地の索敵《さくてき》へと移っている段階かもしれませんね。頼もしいことです。

無事に王都内の魔物を排除できたら、次は外の分ですね。

正門前で頑張《がんば》っている井芹くんも、まさか単独で敵を斬り伏せて全滅――なんてことはさすがに不可能でしょうから、こちらが一段落しましたら、早急に加勢に戻る必要がありますね。

王都の外にはまだ十万以上の魔物がいますが、王都や住民の安否《あんぴ》という枷《かせ》がないのでしたら、〈万物創生〉スキルを思う存分に振るえますから、さほど問題はないはずです。

無人の通りを足早に駆け抜けます。このまま進みますと、脇道から王城前広場に出られたはずです。

王都をあらかた制圧したら、いったんは王城前に集結する手はずでした。この分でしたら、案外、みなさんもう集まっていて、私待ちで待機しているのかもしれませんね。急ぎましょう。

（……うん？　なんでしょうね？）

風に乗り、妙にすえた臭いが鼻を突きます。

どうも、広場のほうから漂《ただよ》ってくるようですが……生臭《なまぐさ》いこれは……血？

曲がり角ひとつ残して広場に出られるというところで、そこに大勢の兵士さんたちが蹲《うずくま》っていました。一様《いちよう》に抜け殻《がら》のように虚《うつ》ろな目をしていて、意識を保っているかもわかりません。

（……おかしいですね）

定期的なエリアヒールは継続していますから、身体的には問題ないはずです。現に装備は傷ついていていても、傷を負っている方はいないようです。しかしみなさん、なにやら怯《おび》えた表情が同じ方向を向いています。いったい、なにを見て――

「……は？」

私もそちらに向いた瞬間、思考が停止しました。

王城前広場は多大な破壊の跡《あと》により、見るも無残な様相を晒《さら》しており、特に中央の砕《くだ》けた噴水の残骸《ざんがい》付近は、石畳一面がどす黒い血の海に染まっています。

そこにいるのは、よく知る四人と見知らぬ異形の魔物です。

巨躯《きょく》の魔物が振り下ろす大鎌と、その足元にしゃがみ込んで動けないネネさん。

そして、ネネさんを庇《かば》おうと割って入った小柄《こがら》な人影が、夥《おびただ》しい血の雨を降らしながら宙を舞いました。

「……レナンくん？」

私の中で、なにかが千切《ちぎ》れる音が聞こえました。

「な――なにをやっているのですかぁー‼」

直線上には柵《さく》と樹木がありましたが、一足飛びに柵を飛び越え、ついでに圧《へ》し折った邪魔な樹木を魔物へと投げつけます。

意図したことではありませんでしたが、飛来《ひらい》した樹木を避けたことで、魔物が後退して両者の距離が開きました。

「レナンくん！」

身体が地面に落ちる前に、なんとか滑《すべ》り込んでキャッチします。

白いボディスーツが、レナンくんから流れ出た血で赤く染まりました。上半身をほぼ縦《じゅう》断《だん》するようにざっくりと切り裂かれた傷口からは、全身の血液がすべて噴き出していると思えるほど大量に出血していて、しかもそれが止まりません。

流血に伴い、まるで命も流れ出ていっているかのごとく、急速に体温が失われています。すでに血の気《け》を失った顔は死人のようです。

「エ——エリアヒール！　エリアヒール！　エリアヒール！　エリアヒール！　エリアヒール！　エリアヒール！　エリアヒール！　エリアヒール！　エリアヒール！　エリアヒール！　エリアヒール！　エリアヒール！」

レナンくんを抱き締《し》めながら、無我夢中《むがむちゅう》で叫《さけ》びます。

どうか——どうか——

「大丈夫！　もう大丈夫だから！　落ち着いて！」

腰にしがみつくネネさんの声で、我に返りました。

「え……？　あ……」

おそるおそる腕の中のレナンくんを見下ろしますと、小さく息をしていました。

胸に触れた二の腕に、心臓の鼓動《こどう》を感じます。出血は収まり、制服の裂け目から覗《のぞ》く肌《はだ》は、あのひどかった傷痕《きずあと》もなく、きれいなものです。

まだ意識は取り戻していないようですが、顔の血色も戻っています……確かに生きています。

生きて……生きていてくれた……よかった……よかった、本当に……

「すみません……取り乱しましたね。面目《めんぼく》ありません」

傍《かたわ》らで不安そうに見つめているネネさんを安心させようと笑いかけます。

今になって思い出したように腕の震えが止まらなくなり、上手く笑えたかは疑問でしたが。

「なんダ、おまエは……そうカ、先刻カラの邪魔ナ回復はキサまの仕業《しわざ》だったカ……チョウどいい。ココでまとめテ、皆《みな》ゴロしにしてヤろう」

悠然と虫の魔物が近づいてきます。

「……」

私はあらためて周囲を見回しました。

精も根《こん》も尽き、怯《おび》えた様子の兵士の方々。

見る影もないほどに装備を破壊されたケランツウェル将軍。

並び立つサルリーシェさんは、あの見事だった真紅の長髪が半ばで断たれてしまっています。先頭に立って戦ったのでしょう、服も半裸《はんら》に近いほどボロボロです。

そして、レナンくん。腕を切り落とされて再生したのでしょうか、制服の右袖《みぎそで》が肘《ひじ》から先がなく、右半身部分が血で変色してしまっています。

意識を失ってなおも苦悶《くもん》の表情で、それに涙の乾いた痕《あと》……もともと気弱な子ですからね。きっと内心震えながらも、歯を食いしばって耐えていたのでしょう。

痛かったですよね、辛《つら》かったですよね、怖かったですよね……でも、本当に強くなりました。頑張《がんば》りましたね。

「ネネさん……」

見かけは気丈《きじょう》にしていますが、彼女だってほんの数ヶ月ほど前までは、ただの日本の平凡な女子大生でした。命の危機に晒《さら》されて、平気なわけがありません。身体が小刻《こきざ》みに震えているのは、見間違いではないでしょう。

戦装束《いくさしょうぞく》も大きな裂け目がいくつも刻まれていて、あちこちの素肌《すはだ》が剥《む》き出しになっています。回復したにせよ、どれほどの傷を負ったのか、窺《うかが》い知れるというものです。

特に腹部と背中を貫く大穴は、即死していてもおかしくないほどです。婦女子の腹部を狙うとは、なんたる鬼畜《きちく》の所業《しょぎょう》でしょうか。

「この子をお願いします。少し……離れていてくださいね」

ネネさんにレナンくんを預けて、私はゆらりと立ち上がりました。

「許せませんね……言語道断《ごんごどうだん》です……！」

頭が煮《に》え返りそうになるのを必死に我慢します。

一歩一歩と歩を進めるごとに、怒りの矛先《ほこさき》が一点に集中、さらに研《と》ぎ澄《す》まされていくのがわかります。

「なにヲ許さナイと？　たカだかニンゲンごときガ」

上段から蟷螂《かまきり》に似た鎌が、私の脳天《のうてん》目がけて振り下ろされました。

避けるという意欲も湧《わ》かずに、そのまま直撃を受けます。メットの一部が欠け、黒髪が飛び出ましたが――それだけです。

無表情に近かった魔物の顔に、わずかな戸惑いが見て取れました。

「ヌ……？」

「その罪、万死《ばんし》に値《あたい》します……！」

二度三度と繰り返して鎌が叩《たた》きつけられますが、私としてはなすがままです。

「ナ、なんなのダ……キサまハ……？」

相次《あいつ》ぐ斬撃にボディースーツが裂けましたが、とにかくお構いなしに歩を進めます。

魔物はその体躯《たいく》に加え、長い前脚と備えた大鎌により射程《しゃてい》がとても長く――そのため、こちらの手を届かせるためには、よほど懐《ふところ》に入らないといけません。

「その罪、万死に値します……！」

こんな非道《ひどう》な輩《やから》は、この手でぶん殴《なぐ》ってやらないと気が済みません。世に仇《あだ》なす害虫など、叩《たた》き潰《つぶ》してあげましょう。

「クっ……」

さらに踏み出した足が、ねちゃりと粘液質《ねんえきしつ》な感触に覆われました。

それは蜘蛛《くも》の糸でした。その糸は、魔物の蜘蛛《くも》の形状をした下腹部から伸びています。

「ククくっ……カカったな、ニンゲンが……我ガ糸は鋼《はがね》以上ノ強度ヲ持つ。もはヤ、逃ゲラれぬ」

糸はしゅるしゅると足を伝ってのぼり、瞬《また》く間に私の首から下を簀巻状《すまきじょう》にしてしまいました。

「そしテ、圧迫《あっぱく》スルと、みすりるノ武具すラ押し潰《つぶ》ス……シヌがよい」

一気に糸が締《し》めつけてきます。

「で、それがなんなのです？」

硬《かた》いということは、伸縮性《しんしゅくせい》に欠けるということ。ぶちぶちと鈍《にぶ》い音を立て、耐久性《たいきゅうせい》の限界を超えた糸がいとも容易《たやす》く引き千切《ちぎ》れます。

「馬鹿ナ――!?」

魔物が怯《ひる》んだ隙《すき》に、ようやく懐《ふところ》に潜り込めました。

怒りを抑えておくのも、そろそろ限界です。

「その罪、万死に値します――よ！」

全力を籠《こ》めて、右拳を叩《たた》きつけます。

しかしながら、力みすぎなのか、相手の回避が速かったのか、その両方でしょうか。拳は空《くう》を切り、振り抜いた余波《よは》の衝撃が地面にクレーターを穿《うが》ちました。

「な、ナンとイウ破壊力ダ……だガ、速度はワレが上！　これデ終わリダ」

瞬間的に背後に回られ、首筋の頸動脈《けいどうみゃく》に鎌の鋭い刃が触れました。自慢げに言うだけあり、なかなか素早いですね。

ですが、いったん逃れた間合いにわざわざ戻ってきてくれるとは、ありがたいことです。

鎌が引かれる一瞬に身体ごと向き直り、鎌を持つ前脚をそれぞれ両手で鷲掴《わしづか》みにしました。

「捕まえました」

「ハ？」

いくら自身の動きは速くても、こちらの動きは捉《とら》え切れなかったようですね。

よっぽどスピードに自信があるようでしたので、逃げ出されると厄介《やっかい》でした。もう逃げられませんし、逃がしません。

そのまま両前脚を握り潰《つぶ》します。

「グあ⁉」

痛覚《つうかく》があるのでしょうか。それとも反射的な？

他の魔物と同じく、傷口から血も粘液も流れ出ることはありませんでしたが。

どちらにせよ、この程度で許すつもりは毛頭《もうとう》ありません。レナンくんもネネさんも他のみなさんも、もっと苦痛を味わったはずです。神代の太古《たいこ》より決まっています、罪は罰をもって償《つぐな》われないといけません。

「おノれ……我ノ前脚ガァぁ……」

「大丈夫ですよ」

私はにっこりと笑顔で告げました。

「脚なら後八本も残っているではないですか」

「——ヒっ⁉」

魔物は、潰《つぶ》れた前脚を自ら引き千切《ちぎ》り、蝙蝠《こうもり》の羽を広げて上空に飛び立ちました。

まさかあの体躯《たいく》で飛べるとは盲点《もうてん》でした。あんな奥の手もあったのですね。一目散《いちもくさん》に王都の外へと向けて飛んでいきます。

ただ、何度も繰り返していますが、逃がす気も許す気も毛頭ありませんので、あしからず。

むしろ、空を飛んでもらえるのでしたら、こちらとしては好都合です。空中なら射線上に障害物はありません。周囲に無用の被害を出すこともないでしょう。

『リフレクション・キャノン、クリエイトします』

〈万物創生〉スキルにより広場に出現したのは、大地に座する巨大な砲塔《ほうとう》。

宇宙艦すら消滅させる、一節ではかの艦隊砲をも凌駕《りょうが》するという決戦兵器です。

「その罪、万死に値します。身をもって償いなさい！　発射します！」

ぽちっとな。

発射された超熱量のレーザー砲が一直線に、空の彼方《かなた》へ逃げ出していた魔物に、コンマ数秒で追い縋《すが》ります。

「ウォぉ――‼」

魔族の絶叫《ぜっきょう》が届きました。

ただ、狙いが少々逸《そ》れてしまったようですね。レーザー砲は余波が魔物を掠《かす》めただけで、上空の雲を消し飛ばしながら、そのまま突き抜けていってしまいました。

魔物が上空に静止し、こちらの様子を窺《うかが》っています。こちらの攻撃が外れ、逃げ切れたと安堵《あんど》したのでしょうか。

「まだ甘いですね。これは、反射キャノン《リフレクション》ですよ？」

飛び去ったはずの光線の軌跡《きせき》が、白《しら》んだ超上空で鋭角に曲がり――いえ、反射しました。

さらには反射を繰り返し、空に大三角形を描きます。

予想だにしなかったであろう真横から迫りくる白い光によって、油断していた魔物の黒い影はあっさり塗《ぬ》り潰《つぶ》されました。

ふう。終わりましたね。つい、かっとなってしまいました。私もまだまだですね。

創生した砲塔が消えると同時に、周囲からにわかに歓声が湧《わ》き起こりました。よほど危機的状況にあったのでしょう、兵士さんの中には抱き合って喜んでいる方もいるほどです。

「使徒殿！　お見事です！」

ケランツウェル将軍とサルリーシェさん、それにレナンくんを抱《かか》えたネネさんが駆け寄ってきました。

いやはや、見事にみなさんボロボロですね。私も他人のことは言えませんが。

怒りに任せて無意味に攻撃を受けすぎました。メットもボディスーツも傷だらけです。

「正直に申して助かりました。王都制圧の任を受けておきながら、使徒殿の前でかような無様《ぶざま》を晒《さら》し、面目《めんぼく》次第もありません」

「ああ、やめてください。将軍、頭を上げて！　私だって順調すぎて、すっかり油断していましたから同じですよ」

「将軍に、使徒殿。油断していたのはわたしもです。事務局長からの指揮官不在の報を真に受けるばかりで、まだ王都内に潜んでいる可能性を考慮していませんでした」

「あの魔物が指揮官だったのですか？　へんてこな虫っぽい魔物でしたけれど」

「はい。魔将と自称しておりました。魔将ゾリアンティーネと。あれが噂に聞く脅威度《きょうい》Sランク、魔王の側近でしょうな」

魔将……以前にもそう名乗る別の魔物に、世界樹の森で会ったことがありますね。名前は忘れましたが。

もしかして、もう少し情報なりなんなりを引き出したほうがよかったのでしょうか。

……まあ、無理とは自覚していますが。みなさんのあんな状況を目の当たりにしては。

いまだネネさんの腕の中で眠《ねむ》るレナンくんの額《ひたい》を撫《な》でます。本当に一時はどうなることかと思いました。

「……心配したのですよ？」

「そこの少年とはお知り合いですかな、使徒殿？」

「ええ」

あ。まずかったでしょうか。

不意でしたから、サルリーシェさんの問いに反射的に本当のことを答えてしまいましたね。今の私はあくまで神の使徒。レナンくんの知人なのは、中身の〝タクミ〟ですから。

「ふうむ……今時の若者にしては、なかなか勇猛《ゆうもう》で見所《みどころ》がある。砦にて徴用した地方役人がいると聞いてはいたが、役人ごときで留めておくのは惜《お》しい人材だ」

ケランツウェル将軍が、レナンくんの寝顔を見つめながら、真剣な顔で呟《つぶや》いています。

サルリーシェさんの目つきも鋭いですね。獲物《えもの》を狙う鷹《たか》の目のようです。

「ああ！　見ろ、王城が！」

誰かの声で一斉に背後を見上げますと、それまで城壁から王城をすっぽりと覆っていた魔法の光が薄れていくところでした。

ついに、ケンジャンが限界に達したということでしょうか。

「よし、こうしてはおれん！　わしは軍を再編成して王都内に潜む魔物を一掃《いっそう》しようぞ。魔将が失われた今、残るは殲滅《せんめつ》戦のみよ。来い、副官！」

「わたしは王城の事務局長と合流し、城内の保全に努《つと》めましょう。一連の騒動にきっと混乱しているはず。聖女殿、神官を何人か同行させても構いませぬかな？　住民の安否も気になります」

「ご随意《ずいい》に」

各々が自分の役割を心得ており、即座に行動に移しています。

私もケンジャンや城内の方々のことは心配ですし、レナンくんについていたいのも山々です。

しかし、今は私情を優先すべき場ではありませんね。王都はいまだ数多くの魔物に包囲されている状況です。これをなんとかしないと、現状の打破《だは》とはなりません。

「私は王都の正門に戻りますね」

「わたくしも随伴いたします」

「ネネさんもですか？」

「はい。お邪魔にならないようにいたしますので、よろしいでしょうか？」

すでにネネさんは、レナンくんを近くの神官さんに託しているところでした。

ボロ衣のようになってしまっている戦装束《いくさしょうぞく》の上に、神官さんから渡された上着《うわぎ》を羽《は》織《お》っています。私が答える前から、行く気満々のようですね。

「そうですね。お願いします」

正門を守るのは、井芹くんです。私も含めて、いかんせん大雑把《おおざっぱ》ですから、しっかり者のネネさんがいてくれたほうが、なにかと助かるかもしれませんね。

「使徒殿！　我らもこちらが済みましたら合流しますゆえ、それまでお頼み申す！」

「わかりました、将軍！　お互いに頑張《がんば》りましょう！」

「それではみなさま。神のご加護を」

「ええ、聖女殿も！」

私たちはふたり、みなさんと分かれて、王城とは反対方向に走り出しました。

◇◇◇

結構な速度で走っているのですが、さすが『聖女』のネネさんは余裕でついてきますね。といいますか――

「あ、そっちは遠回りになるからこっちよ」

王都の地理に明るくない私より、ネネさんのほうがよっぽど頼りになりますね。すぐに道を間違えそうになる私に代わり、先導してもらっている有様《ありさま》です。

ときには壁を乗り越え、屋根に飛び移りと、身軽に道なき道を行くさまは、日頃の私のお株を奪《うば》うようですね。

おかげで、ずいぶんと早く正門まで着きそうです。これだけでもネネさんがついてきてくれた甲斐《かい》があるというものですね。

そうして行きよりもずっと短い時間で、正門まで戻ってこられました。

当然ながら、内側から正門は閉じられています。扉を一枚隔て、向こう側は井芹くんの戦場です。

こちらから開けるわけにもいきませんので、いったん外壁の上に移動することにしました。

「これはまあ……なんとも壮観《そうかん》ね……」

ネネさんが呆《あき》れるのも無理はありません。なにせ壁の外は、押し寄せる魔物の黒一色です。床に黒いペンキをぶちまけた状態とでもいいましょうか。それぐらいに真っ黒です。

それが視界一面を埋《う》め尽くして、遥《はる》か地平の果てまで続いていました。

最初より明らかに数が増えていますね。王都周辺を包囲するように徘徊《はいかい》していた魔物たちも、さすがに騒動に気づいて集まってきたのかもしれません。それにしても、すごい数です。

◇◇◇

「斉木、戻ったか」

下からの声に見下ろしますと、正門の前で刀を振るう井芹くんの姿がありました。

これだけの黒い魔物だかり中で、その部分だけが空白地帯となっています。取り囲む魔物の数にも呆《あき》れますが、難《なん》なく相対している井芹くんにも呆《あき》れてしまいますね。

「お待たせしました！　このまま加勢しますね！」

上から見ているとよくわかるのですが、やはり『剣聖』の強さは圧倒的です。

あれだけの魔物に間断《かんだん》なく襲われていても、行なっているのは単なる作業でしかありません。無造作に魔物を斬り捨てていますね。

今もってエリアヒールはずっと続けているのですが、井芹くんにはその必要もなさそうです。

「ちなみに、どのくらいの数を倒したのですかー？」

「五十から先は数えるのを諦《あきら》めた」

ずいぶんと諦《あきら》めが早いことで。このペースでしたら、もう千単位で倒していそうですが。

「斉木、そろそろどうにかしろ。有象無象の相手も、いい加減に飽きてきた」

さらに、飽きたときましたか。この状況で言ってのけるのは、井芹くんくらいでしょう。

井芹くんとは初対面に近いネネさんも苦笑していますね。こういう人なんです。

軽口《かるくち》はこのくらいにするとしまして。

それにしてもこの数……いざ目の前にしますと、難儀しそうですよね。

試しに攻撃してみます。

「セイント・ノヴァ！」

もはやお馴染《なじ》みとなった破邪滅殺の広域神聖魔法ですが、十万を優に超える大軍の前には、何度繰り返しても焼け石に水以下です。

隣でネネさんも神聖魔法で攻撃されていますが、ふたり分をあわせてもまったく減ったように見えませんね。

精霊王さんたちの召喚はやめておくとして、他に有効な手段はないのでしょうか。

「ホーリーライト！」

小型の太陽のごとき閃光《せんこう》が、周囲を照らし出します。

発想を変え、単に倒すだけではなく、怯《ひる》ませてみるのはどうでしょう。上手くいけば逃げ出したり――

「たわけが！　いきなり眩《まぶ》しいだろうが!?」

下の井芹くんに怒られてしまいました。

こうなりますと、ここは〈万物創生〉の出番なのですが……あまりいい創生のアイディアが浮かびませんね。

『ロケットランチャー、クリエイトします』

懐かしき日の再来です。ロケット砲の釣瓶《つるべ》打ちですが……爆発は派手なのですが、効果はいまいちといったところでしょうか。

これでしたら、セイント・ノヴァのほうが威力がありますよね。

『ガトリング砲、クリエイトします』

砲身《ほうしん》六本の回転式、毎分六千発の銃弾の嵐です。

素晴らしい連射能力ですが、魔物相手には効果が薄い気がします。私の腕のせいかもしれませんが一撃必殺とはいかず、かなりの弾数を命中させないと倒せないようですね。射程が短く、効果範囲が狭いのも厳しいです。

あと、隣でネネさんが羨《うらや》ましそうに見ているのはどうしてでしょうね。

携帯兵器では駄目ということでしょうか。大型ミサイルでしたら威力がありそうですが、そういう系統は無理ですね。創生だけはできても、そもそも専門知識や発射技術、操作技能がありません。できるのであれば、最初から大型ロボットなりに搭乗《とうじょう》し、思いのままに暴れていますしね。

やはりここは、時間をかけてでも地道に数を削《けず》っていくしかないのでしょうか……二、三時間――いいえ、遠くの魔物は健在で、順当にこちらの射程内に来てくれるとも限りませんから、もっとかかるでしょうか。倍くらい？

あまりに時間をかけて、方々に散っていかれても困りますしね。魔物が野放しになっている間は、王都の脅威《きょうい》が取り除かれたことにはなりません。

ここはどうにか高出力で広範囲、射程もミサイル並みで、素人でも引き金を引くだけのようなお手軽兵器で一気に殲滅《せんめつ》――といったものはないでしょうか。あまりに都合よすぎますかね。

「それって、自由にものを創り出せるの？」

外壁の上で胡座《あぐら》をかいて思い悩んでいますと、隣にネネさんがちょこんと屈《かが》んできました。

「ええまあ。私が形と名前を知っているものでしたら、大丈夫みたいです」

「現物を見たり触ったりしなくても？」

「理屈はわかりませんが、そうですね。実際、銃なんてテレビでしか見たことありませんから。あと、テレビマンガで見知りしたものも立体的に再現できますね。どういうわけか」

「そうなんだ……ふ〜ん」

なんでしょう。ネネさんになにか妙案《みょうあん》でもあるのでしょうか。

「ちょっと試してみていいかな？　スキル〈念写《ねんしゃ》〉――どう？」

「なにか映像が頭に浮かびましたが……なんです、これ？」

「〈念写〉は、念話系スキルの亜種《あしゅ》なの。〈念話〉は声を思念として伝えるけど、〈念写〉は映像を伝えるの。上手くいった？」

「ええ、やたらと厳《いか》ついものが解説図付きで頭に浮かびましたが……これを？」

「そう、できるかな？」

せっかくですので、やってみましょう。

『スラスターライフル、クリエイトします』

「おおっ⁉」

その大きさに思わず驚いてしまいました。

現われたのは、全長十メートルを超える馬鹿でかいライフルでした。

明らかにこれ人間用じゃありませんよね。形状としては片手で撃《う》つタイプなのですが、引き金だけで頭と同じくらいあります。とてもではないですが片手で持てるわけがなく、肩に担《かつ》いでようやくです。私じゃなければ、持ち上げることもできないのでは。

「すごいすごい！　本物だ！」

ネネさんが興奮して手を叩《たた》いています。

おそらくテレビマンガに出てくるロボット用なのでしょうが、マンガ特有の造形の曖昧《あいまい》さがなく、ずいぶんと精巧《せいこう》ですね。弾倉《だんそう》はないみたいですので、ロボットマンガやＳＦ映画でありがちな光線系のライフルでしょう。

「よっこいしょ、っと」

とりあえず遠くに狙いを定めてみて、撃ってみることにします。これだけの大きさですから、反動で弾き飛ばされないように注意しないといけませんね。

今度こそ、それなりに効果を見込めるといいのですが――などと、安易に考えていましたら。

引き金を引き絞《しぼ》った瞬間、予想以上に巨大な金色の光の渦《うず》が一直線に地平まで伸びました。

着弾による閃光――数秒も遅れて、ものすごい炸裂音《さくれつおん》が響いてきます。追って届いた風圧で、吹き飛ばされてしまいそうです。実際、外壁近くの魔物が、壁に叩《たた》きつけられて絶命していました。

彼方《かなた》の地に、キノコ雲が立ち昇っています。これは戦術級の携帯兵器ではなく、戦略級兵器というものではありませんか？　地上で使っていい類《たぐい》のものなのでしょうか……

知ってか知らずか、隣のネネさんはやんややんやの大喝采《だいかっさい》です。

遠目にも、着弾点が更地《さらち》になっています。当然、そこを埋《う》めていた魔物の姿もきれいさっぱりなくなっていますね。

かつての艦隊砲のような大地を消滅させるほどの威力はないようですから……まあ、今回は許容《きょよう》範囲ということで。

「では、第二射を発射しましょう。よいしょっと」

「今！　そこで砲身を右にスライドさせて！」

ネネさんの言われるがままにやってみます。

光線の帯が線を描くように横に流れて、その軌跡に爆炎《ばくえん》の壁が発生しました。

なるほど、効果が着弾地点に限定されるミサイルと違い、引き金を引いている間は照射《しょうしゃ》される光線の特性を利用することで、有効範囲を広げたわけですね。よくもまあ、咄嗟《とっさ》に思いつくものです。

とにかくこれでしたら、効果的に魔物の大軍を一掃《いっそう》できそうですね。続けていきましょう。

「薙《な》ぎ払え！」

はい？　……なんだか、ネネさんが水を得た魚のようにすごくノリノリなのですが……どうされたのでしょうね。

妙にハイテンションなネネさんのもと、私はライフルを撃ち続けました。

途中、なぜか二挺《ちょう》で持って撃ってみてとせがまれたのでとりあえずやってはみたものの、このサイズで両手同時打ちはとても無理でした。

すごく残念そうにしゅんとするネネさんでしたが、若い方の感性はよくわかりませんね。

他にも、「次はこれで！」と紹介された兵器がありましたが、今度こそ地上が灰燼《かいじん》に帰そうでしたので、ご遠慮しときました。

とにもかくにも、この高威力の光線砲のおかげで、一時は無謀とも思えた魔物の数も、およそ八割方は削《けず》ることができました。散り散りになった魔物は、残り三万にも満たないでしょう。

王都内の制圧を終えたケランツウェル将軍率いる国軍に、教会所属の聖騎士さんと神官戦士さんに神官さん、それに魔窟の排除を完了した冒険者のみなさんも合流し、涼風青年団のほぼ総員が正門前に一挙勢揃《せいぞろ》いしました。

人数としては一万ちょっと。対する魔物の半数以下ではありますが、なにせこちらは勢いが違います。

相手は指揮官も失った烏合《うごう》の衆。一騎当万の『剣聖』井芹くんも参戦し、今後はもはや残党《ざんとう》狩りに過ぎません。

これまで王城に籠《こ》もっていた鬱憤《うっぷん》晴らしとばかりに、王都の守備兵と思われる方々も加わりまして、一気呵成《いっきかせい》の勢いです。

その中には、戦線復帰《ふっき》したレナンくんの姿もありました。トラウマになったのではないかと心配していたのですが、杞憂《きゆう》だったようで、とても元気そうです。

ここは、私も頑張《がんば》っちゃいますよ～。

私が手にしている武器は、超巨大なハンマーです。

どのくらい巨大かといいますと、全長三十メートルもあったりします。私が手にしていますと、遠目にはハンマーだけが勝手に動いているように見えるでしょうね。対比としては、普通のハンマーの柄に、小さな虫がくっついているようなものですから。

周りに味方がいる状況で、振り回す系統の武器は危ないですが、振り下ろして使うハンマー的なものでしたら攻撃範囲が制限できて都合がよいかと思いまして。

そういうわけで、なにか手頃なものがないかとネネさんに相談したところ、「専門外で詳しくはないけれど」という前置きで、例のスキルで教えてもらったのがこれでした。

たしかに、少ない手数でも多くの魔物が倒せそうな、〝できるだけ大きいもの〟がいい、とは言いましたが……それにしても大きすぎはしないでしょうか。

これもまた先ほどのライフルと同じく、絶対に人間用ではありませんよね。グレートクラスの巨大ロボット用でしょう。

ただこれは、由緒正《ゆいしょただ》しき『勇者』――エイキとは違うそうですが、しかもその中でも王様が使う武器だそうです。

なるほど、王様御用達《ごようたし》だけに、どんな敵でもあっさりと押し潰《つぶ》すことができそうな気がします。真の力を発揮しますと、なんでもぶつけたものすべてを光の粒子《りゅうし》に変えてしまうとかなんとか。それはさすがに物騒ですので、単に物理攻撃用として使用中です。

おそらく、とんでもない重量があるでしょうから、その重さだけでも必殺です。いわゆるモグラ叩《たた》きの要領で、テンポよく魔物を叩《たた》き潰《つぶ》していきます。

それから一時間も待たずして――

戦況は各個撃破から殲滅戦《せんめつせん》へと移行していました。

すでに数で拮抗《きっこう》し、個の強さではこちらに軍配《ぐんばい》が上がります。魔王軍はなおも数を減らされ、もはや軍と呼べるほどの体を成していませんでした。

（そろそろ終わりのようですね）

敵を倒しがてら、道路舗装《ほそう》前の地均《じなら》しのごとく、ずいぶんと広い土地をハンマーで打ち固めてしまいましたね。石畳よりもよほど頑丈《がんじょう》になってしまっているのが、少し気掛かりなところです。

なんにせよ、大勢は決したようです。逸《はや》って早々と勝鬨《かちどき》を上げている部隊もあるようですね。

今回は私もとても疲れました。心的疲労以外にも、神聖魔法の使いすぎなのかもしれませんね。ほぼ無尽蔵《むじんぞう》の魔力に任せて、無茶をしていた自覚はあります。それに、ずっと魔法を唱《とな》えっ放しで、喉《のど》もからからになってしまいました。

そうこうしている内に、魔物の残党も根こそぎ退治されたようです。

いつの間にか、味方ともだいぶ離れてしまいました。もとから同士討ちを避けるために距離を取っていましたので、はぐれてしまったみたいですね。

「……さて」

ちょうどいいシチュエーションでしょうか。そろそろ潮時《しおどき》かもしれません。

私の――〝神の使徒〟の出番も終了のようです。

最後に私に残された仕事は、戦勝のどさくさに紛《まぎ》れて、こっそりこの場を去ることですね。まあ、実際には扮装《ふんそう》を解いて、いつもの〝タクミ〟に戻るだけなのですけど。

もとは井芹くんのアイディアでしたが、ここは閉幕まで素直に乗っかり、「使命を果たした神の使徒は帰ってしまいましたとさ。めでたしめでたし」で、大団円《だいだんえん》でしょう。無駄に目立ちたくもありませんし、今回はあくまでなりゆき上の特別でしたから、今後までご大層な扱《あつか》いはご遠慮したいところですね。

「結成した涼風青年団も、ここいらで解散ですかね……」

「もし、そこの」

そんなとき、背後から声をかけられました。

「そこの白いの。この軍の長《おさ》はそなたか？」

見慣れない格好をした馬上の一団がそこにいました。

〝白いの〟といいますと、まあ私で間違いないですよね。他に誰もいませんし、実際に全身ボディスーツで白いですしね。

「一応そうなりますが、そちらはどちら様でしょうか？」

◇◇◇

夜も明けやらぬ早朝からの奇襲《きしゅう》攻撃。総数二十万にも及ぶ魔王軍との戦闘。

本来でしたら十六倍以上の戦力差という無謀どころの話ではありませんでしたが、結果的には戦死者ゼロ負傷者ゼロの完全勝利に終わりました。負傷者のほうは、あくまで結果的にという回復魔法頼りではありましたが。

昼過ぎには王都に避難していた住人の方々も順次解放され、夕刻を迎えるまでには王都は復興《ふっこう》の意欲に漲《みなぎ》っていました。なんともみなさん、逞《たくま》しいものですね。

城下は多くの人々でごった返し、住人・商人・作業員・兵士――大勢の方が通りを忙しそうに行き交っています。

変装を解いた私は、今は涼風青年団の総司令〝神の使徒〟ではなく、ごく普通の一般人です。人混みに紛《まぎ》れて、こうして買い物袋ひとつ下げながら、気楽に王都内を歩いている次第です。

ダミ声を張り上げつつ、往来《おうらい》で陣頭指揮を執《と》っているのは、ケランツウェル将軍ですね。部下を大勢引き連れて、次々と指示を与えていて忙しそうです。戦《いくさ》のときと変わらず、見事な采配《さいはい》っぷりですね。

王都を奪還したとはいえ、まだ魔物の影が完全に拭《ぬぐ》えたとは限りません。ですが、将軍でしたらきっと王都の治安回復も大丈夫でしょう。すれ違いざまに会釈《えしゃく》をして、脇を通り抜けます。

王都の冒険者ギルド、カレドサニア支部に顔を出してみます。こちらには初めて伺《うかが》いましたが、さすがに支部と銘《めい》打《う》たれているだけあり、外観は他の土地の支所よりもずいぶんとご立派です。

壊れた正面口から中を覗《のぞ》き込んでみますと、職員さんたちが駆け回る中でサルリーシェさんが気難《きむずか》しそうに多くの方々と話し合っているのが見えました。隣にいる片眼鏡の方が、おそらく事務局長のヘイゼルさんなのでしょう。

こちらもギルドの早期復帰を目指して、頑張《がんば》られているようですね。壁にはすでに、王都復興関連の依頼書がところ狭しと貼《は》り出されており、依頼を出しに来た住人の方、依頼を受けに来た冒険者さんたちの姿も多数あります。

建物自体は魔物の侵攻で損壊《そんかい》している箇所も目立ちましたが、さすがはカレドサニア王国で活動する冒険者さんたちの中枢《ちゅうすう》、威厳《いげん》は損《そこ》なわれていないようですね。頼りになります。

サルリーシェさんとふと目が合いましたが、忙しそうな彼女はすぐに目を逸《そ》らし、業務に戻ってしまいました。邪魔になりそうですので、そろそろお暇《いとま》しましょうか。

アバントス商会のラミルドさんにお会いしましたが、お元気でした。娘さん夫婦にも大事なく、なによりです。

お孫さんなどはむしろ元気いっぱいでして、魔物が来ていたことなど露知《つゆし》らず。周りが大変なこんなときこそ、赤子《あかご》の無邪気《むじゃき》さには癒されますね。普段は毅然《きぜん》としたラミルドさんが、デレデレの好々爺《こうこうや》と化していました。

商会自体は被害が少なかったそうで、さっそく店を開けていました。とは言いましても、住民のために採算度外視《さいさんどがいし》で、ほぼ無償《むしょう》に近い捨て値で倉庫の中身を開放しているようですね。

ただただ感心していましたら、「善意ばかりではなく、先を見通した下心《したごころ》あってのことですがね」と、祖父孫《そふまご》ともどもきら～んと目を輝かせていました。う～む、さすがは商売人。抜け目がないですね。

あの激闘《げきとう》があった広場はきれいさっぱり清掃《せいそう》されていまして、その一角でネネさん率いる教会の神官団が、住民のみなさんのケアにあたっていました。

エリアヒールで外的な傷は癒されているはずですが、内的な傷はそう簡単には癒えないでしょう。なにせ何日も、明日をも知れぬ状態で王城に押し込められていたのです。心を患《わずら》った方もいるに違いありません。

そこに、かつての王都の危機を救った『聖女』の、再度の救済です。彼女の存在だけでも、王都のみなさんには計り知れない励みとなるでしょうね。

建物の陰《かげ》から、その様子をこっそり眺めます。私にはほんの数時間前まで一緒にいた感覚ですが、ネネさんにとってはファルティマの都で別れたきりのはずです。賞金首の事情もあります。いきなり目の前に現われては驚かせてしまうでしょう。

と思ったのですが、視線を察したのかこちらを向いたネネさんは、何気《なにげ》ないふうに笑顔で手を振っていました。はて。

広場を抜けて王城に行ってみますと、城門は解放されていました。この状況では、門を閉ざしている意味も暇もないのでしょうね。門番さんなども当然おらず、素通《すどお》り状態でした。

城門を潜《くぐ》った先には、通路に庭園に空《あ》き地にと、いたるところに人々の生活の跡がありました。

万単位の人数だけに、城内に入り切らなかった方々は屋外《おくがい》で野営をされていたのでしょう。即席のテントなども数多く見受けられます。今はそれらの撤去《てっきょ》に、城の守備兵のみなさんが大わらわのようですね。

城内に入りますと、ここでも大勢が生活していたのでしょうが、割ときれいになっていました。とはいえ、ゴミの多くを隅に寄せただけの大雑把《おおざっぱ》なものでしたが。

こちらは、お城のメイドさんや使用人さんたちが掃除《そうじ》にあたっているようですね。

（さて……ケンジャンの部屋はどこだったでしょうか？）

以前に案内された記憶を頼りに、城内を進みます。

訪れたのは一度きりでしたが、案外、覚えているものですね。迷うことなく、部屋までたどり着くことができました。

おそらく寝ているでしょうから、起こさないように申し訳程度にドアをノックして部屋に入りました。

人影はありませんが、どこからか豪快なイビキが聞こえてきます。

（間違いないようですね）

間取りは覚えていましたので、イビキの発生源――前に見かけた寝室のほうに足を向けました。

大きなベッドの上に、こんもりとした塊《かたまり》があります。頭からシーツを被って丸まっているのは、部屋の主のケンジャンでしょう。あの力士のような体形ですから、単に仰向《あおむ》けでも丸く見えるのかもしれませんが。

枕元まで近づきますが、まったく起きる気配はありません。よく眠っているようですね。回復魔法は傷を治し疲労を癒すことができますが、睡眠《すいみん》欲や食欲といったものには作用しません。本来でしたら、目が覚《さ》めてから訪ねるのが常識かもしれませんが、今度ばかりは待ち切れませんでした。

(ありがとうございます。みなさんが助かったのは、あなたのおかげですよ、ケンジャン。あなたがいなければ、王都の方々がどうなっていたことか)

今回の一番の功労者《こうろうしゃ》は間違いなく彼です。

彼が食い止めてくれなければ、奪還うんぬん以前に、王都は終わっていました。全員虐《ぎゃく》殺《さつ》され、とんでもないことになっていたでしょう。だからこそ、こうして真っ先にお礼を述べたかったのです。

いったい、何日徹夜《てつや》して頑張《がんば》ってくれたのでしょう。

三大欲求とも称される通り、人間は眠らないといけないようにできています。さらには自分の双肩に、たくさんの人命がかかっている状態で、いかほどのプレッシャーだったことか。辛《つら》く、苦しい孤独《こどく》な、自分との戦いの日々だったはずです。

「お疲れ様でした。思う存分に休んでくださいね」

起こすのは忍びないので、小声でそっと囁《ささや》きました。

「うーん……」

あ、まずいですね。その声に反応したのか、シーツがもぞりと動きます。

思わず硬直《こうちょく》してしまい、しばらく様子を窺《うかが》ったのですが、単に寝返りを打っただけのようでした。よかったです。

さて、そろそろお暇《いとま》を――と思いまして、退室しようとしたところ……再度ケンジャンが寝返りを打ち、シーツがはらりとはだけました。そして、シーツに丸く包まるケンジャンの寝姿が露《あら》わになります。

「……え？」

驚愕《きょうがく》に声が漏れます。

足ががくがくと震え、いつの間にか一歩後退っていました。渇《かわ》いた喉《のど》が水分を求めて、ぐびりと鳴ります。

こんな――こんなことがあっていいものでしょうか？　おお、神よ。いったいどうしたことなんでしょう⁉　って私のことですが！

私は心の底から湧《わ》き上がる衝動《しょうどう》を、声にせずにはいられませんでした。

「えええー‼　や、痩《や》せてるぅー⁉」

ケンジャンがものすごく痩《や》せてました。それはもうガリガリに。なぜ？

「……う……ん？」

あ、起こさないようにと思っていた先から叫《さけ》んでしまいましたね。

もぞもぞと蠢《うごめ》いたケンジャンが、眠《ねむ》たげに瞼《まぶた》を持ち上げました。

幽鬼《ゆうき》のようにゆらりと上体を起こしてから、右手が「眼鏡、眼鏡」とシーツの上を往復《おうふく》しています。

「どうぞ」

ベッドの傍《かたわ》らの台に置かれていた眼鏡を手渡しました。

「……なんだ。誰かと思ったらタクミか……ってことは、終わったのか？」

「ええ。無事に王都は奪還されましたよ。もう少し眠っていてはどうですか？」

「うんにゃ。僕はもともと睡眠時間は短いんだ。この感じじゃあ、五、六時間は寝ただろ。充分すぎる。にしても、たった四日ばかりの完徹で寝落ちとは、僕も鈍《なま》ったものだな……ふっ」

最後の無意味にポーズを決めての笑みはよくわかりませんが、何日も徹夜できるのはすごいと思いますよ。

それに徹夜って、技能のように鈍《なま》る鈍《なま》らないとかあるのですね。初めて知りました。知らなくても問題ない気もしますけれど。

「……あの伝説のレイドバトルを思い出したな。凶悪なワンキルブレスの範囲攻撃に不死《ふじ》身《み》で知られるレイドボス。百名の勇士を募《つの》ってバトルしたはいいものの、中盤《ちゅうばん》からはエスケープ不可、リープ不能のフィールド効果のおまけ付き……死に戻った仲間からのリアルコールで、デスペナが全アイテムロストという新事実を知ってからは、生き残った者とで力をあわせて延々とマラソンしながら削《けず》り続ける日々……あれは辛《つら》かった。なにが一番辛《つら》かったかというと、学校や会社で仲間がリログするまでの間、複垢《ふくあか》で孤独な戦いを強《し》いられたことだな。駄目押《だめお》しは、五日を費やしミッションコンプリートした後に、公式からバグ告示があってレイドボスが弱体化されたことだな。死にゲーすぎて、いろいろとおかしいと思ったんだよ。でも、僕らは公式も意図していなかった偉業《いぎょう》を成し遂《と》げたんだ……！」

遠い目をしながら、歴戦《れきせん》の戦士の面差《おもざ》しでケンジャンが語ります。

とりあえず相槌《あいづち》を打ちましたが、私には話の半分もわかりませんでした。すみません。

「で、実際、外ではなにがあったんだ？　僕はここに籠《こ》もりきりで魔法に集中してたから、詳細がわからなくてな」

「そうでしたか」

それでは無理もないですね。さらに途中で意識不明となってしまい、目覚《めざ》めたのがたった今でしたら。

私はこれまでの状況を掻《か》い摘《つま》んで説明しました。もちろん、私のことは伏せて、戦闘が終わってからこちらに来たということにしています。

「ほほう、神の遣いね、興味深い。この世界には神まで実装されているのか。僕の『賢者』もチートだとは思っていたが、そのぶっ壊れ具合の〝神の使徒〟とやらは、すでにチートどころかバグキャラだな。戦闘が終わって還《かえ》ったとなると、ユニークイベントのイベントキャラかなにかか？」

「さあ？　私にはわかりかねますが」

チートという単語はネネさんも使っていましたね。なんでも、英語の意味合い的な〝ズル〟ではなく、ズルいほど高性能の俗語《ぞくご》だとか。

言われてみますと、私のこの能力はズル程度ではないような気もします。まあ、本来〝神〟とは万物を司《つかさど》る存在ですから、それを与えられていて当たり前なのかもしれませんね。

「ですが、王都の人々が生き延《の》びられたのは、神の使徒ではなくケンジャンのおかげですよ」

「ケンジャンじゃなくて、タンジな」

そうでしたね。

「ケンジャンの献身《けんしん》があってこそ、みなさんが助かりました。私がお礼を述べるのは筋違《すじちが》いかもしれませんが、それでも言わせてください。ありがとうございました」

深々と頭を下げます。

「タンジな。よせよ、背中がむず痒《がゆ》くなるだろ。それにそう——あれは、僕のためなんだ。連中がいなくなったら、美味《おい》しい飯が食えなくなるからな。そうだ、そうそう！　僕は僕のためにやってんであって、決して他人のためじゃないからな？　僕はそんな殊勝《しゅしょう》な人間でもお人好《ひとよ》しでもない！　無償で他人のために命かけるかよ、誤解《ごかい》すんなよ？」

ケンジャンが、そっぽを向きます。

間違いなく照れ隠しでしょう。そんな理由で身体を張る人はいません。保身第一でしたら、ケンジャンの能力をもってすれば、いの一番に逃げ出せたはずです。あのメタボな王様のように。

それなのに、ケンジャンはそれをしませんでした。救援がなければ絶命必至という状況でも、利己的《りこてき》に逃げ出すことはありませんでした。それは誰にでもできることではない、素晴らしいことだと思います。そして、それを自分のためだといい張り、誇ることもしない。人として尊敬《そんけい》しますね。

これって、最近の若者言葉でなんと言いましたっけ……ツンドラ？　言葉の響きは近いと思うのですが。

「……いつまでニヤニヤしてんだよ、野郎同士でキモイだろ！　それはそうと、さっきからずっと気になっているんだが、それ」

ケンジャンが指差したのは、私が下げている買い物袋ですね。そうそう、すっかり忘れていました。

「差し入れです。飲まず食わずだったと聞いていましたから、城下の露店《ろてん》で買ってきました。まだまだ混乱していますから、大したものではありませんで、ただのローストしたチキンですが……」

焼かれてから割と時間は経過していましたが、袋を開けますと、香《こう》ばしい匂《にお》いが広がります。

商魂逞《しょうこんたくま》しい商人さんたちの中には、店舗《ろてん》の修復そっちのけで、さっそく路端《みちばた》で商売をしている方もいました。

炊《た》き出し目的もあるようですが、何日も保存しっ放しだった生鮮《せいせん》食材を傷《いた》む前に捌《さば》きたいという意図が大部分を占めていたらしいですね。破格値《はかくね》で大盤《おおばん》振る舞いされていたものですから、大量に買い込んでしまいましたよ。

「……ふむ。よく考えたら、何日も食べていない胃には重すぎますかね？」

「でかした！」

あまり聞かない感謝を述べられ、袋をぶんどられました。

ケンジャンは両手にチキンを握《し》り締め、がつがつと貪《むさぼ》るように食べています。ガリガリな見た目通りに、よっぽど空腹《くうふく》だったのでしょうね。人体の神秘を窺《うかが》わせる痩《や》せ方ですから。

「助かった！　んがんん！　ぷっは！　眠気より空腹のほうが辛《つら》かったからな！　背と腹がくっつきそうだった」

以前との対比としては、その比喩《ひゆ》も間違っていないでしょうね。

「んぐんぐ！　気のせいか、身体が萎《しぼ》んだと思えるくらいに、げっそり感があったしな！」

それは気のせいではありませんね。目分量として三分の一くらいに体積が減っています。ガリガリは不健康ですが、超肥満体よりは幾分マシかもしれません。むしろ、健康的になったというべきでしょうか。

「ふ〜、食った！」

「お粗末様《そまつさま》でした」

バーレルパックに相当するチキンが瞬《また》く間に、ケンジャンの胃に呑《の》み込まれてしまいました。私の知らない魔法かなにかでしょうか。

……あるべきはずのチキンの骨までが残っていないのは、どうしてでしょうね？

「ケンジャン、そんなに一気に食べて大丈夫だったのですか？」

あと、骨も。

ガリガリになった痩躯《そうく》に、お腹の部分だけがぽっこりと突き出しています。テレビのミステリー特集で、こんな感じの宇宙人がいませんでしたっけ。

「タンジな。おまえ、絶対、あらためる気ないだろ?!」

バレましたか。いいではないですか、ケンジャンで。

「まあいいか。腹も一応は膨《ふく》れた。一息つけたところで、ようやく頭も冴《さ》えてきたな。そういや、あの王はもう発見されたのか?」

「その口ぶりからしますと、王様のことをケンジャンも知っていたのですか?」

先ほどの話では触れていませんでしたが、実はあのメタボな王様もすでに発見されていて、保護されています。

王様が見つかったのは、城内——厳密《げんみつ》には、お城の地下でした。王家に伝わるという秘密の脱出口から王都外に逃げ出そうとしていたところを閉じ込められ、飢餓《きが》と脱水症状で動けなくなっているところを発見されたそうです。

「ははは っ! そりゃあ、いい気味だ! あの王、早々に王都の連中を見捨てて、宮廷魔術師長の野郎と勝手に逃げ出す算段してたからな。ボディガードに僕も誘ってきたが、当然断った。んで、ムカついたから、あいつらが秘密の脱出口に入った段階で、僕の〈絶界〉を発動させたんだ、ふふっ。ああいった緊急脱出路《だっしゅつろ》は、外から逆行《ぎゃっこう》して利用されないように一方通行になってるからな。そして、地中を貫く魔法壁で先にも進めないから、進めず戻れずで予想通りだ!」

してやったとばかりに腹を抱えて、ケンジャンがベッドを転げ回《ころ》っています。

ずいぶんといいタイミングで閉じ込められたとは思っていましたが、そういうことでしたか。彼らしい意趣返《いしゅがえ》しでしたね。

王様のほうは、人民を導く王という責務を放棄して逃げ出した報《むく》いでしょう。発見されたときには威厳どころか外聞《がいぶん》もなく、暗闇の中で糞尿《ふんにょう》を漏らし、泣きべそかいていたそうですし。

「それはいいとしても、タクミ。おまえ、あの王から指名手配食らってたろ？　いくら戦後で混乱しているとはいえ、呑気《のんき》に王城をうろついて大丈夫なのか？　王が生きてるならヤバくないか？」

「そうでした。それもありまして、これからその王様と会うことになっているのでした」

寝たきりのケンジャンの様子をちょっと確認して、差し入れだけ置いてお暇《いとま》するはずだったのですが、思いの外長居《ほかながい》してしまいましたね。気がつきますと、もうすぐ〝あの方〟との待ち合わせの時間です。遅れるのはまずいですね。

「お元気そうな姿を見て、安心しました。私はもう行きますね。それではケンジャン、お大事に」

「タンジな。じゃあな、タクミ。また」

「ええ。またいずれ」

お互いに手を合わせて別れを告げます。

これで、一通りの用事は済みましたね。残るはメタボな王様――今回の旅路《たびじ》の、当初の目的を完遂《かんすい》するとしましょうか。

◇◇◇

もう四ヶ月ぶりでしょうか。異世界に召喚された初日。茫然《ぼうぜん》と佇《たたず》んでいたのが、この王城の謁見《えっけん》の間《ま》でしたね。

あのときは、本当に驚きましたよ。なにせ、自宅の居間にいたはずが、気づいたら異世界の王城でしたからね。

驚愕《きょうがく》の出来事の連続だっただけに、あの日のことは鮮明《せんめい》に思い出せます。決していい思い出ではありませんので、懐かしさによる感慨《かんがい》こそ覚えませんが、ようやく戻ってきたという感じは受けますね。

謁見《えっけん》の間《ま》には、国の重鎮《じゅうちん》が軒並《のきな》み集まっており、さながら国会議事堂でのテレビ中継の様相を呈《てい》していました。

これまで城内に監禁《かんきん》されていたも同然でしたから、停止していた国家運営の再開に、議題は山積《さんせき》していることでしょう。臨時《りんじ》の会議場と化した謁見《えっけん》の間《ま》では、あちこちで小集団が形成されては、小難《こむずか》しそうな話し合いが執《と》り行われています。

お行儀《ぎょうぎ》よく椅子に座ってという余裕もないようで、みなさん立ち話ですね。入れ代わり立ち代わり絶え間なく決定事項の連絡に奔走《ほんそう》する伝令係さんと、さらには大量の資料を運び込む役人さんとで、かなりの面積があるはずの広間が、祭りの最中とばかりにごった返しています。

おかげで、こうして正面扉から堂々と入り、すんなり紛《まぎ》れ込むことができました。私たちを気に留める方もいないようですね。

「ふははははぁ！」

そんな中、壇上《だんじょう》の玉座《ぎょくざ》に踏ん反《ぞ》り返っているのは、あのメタボな王様です。壇下《だんか》では皆《みな》が皆《みな》忙しそうにされているのですが、お隣の宮廷魔術師長さんと一緒に呑気《のんき》に高笑《たかわら》いをしています。発見当初はかなり衰弱《すいじゃく》していたそうですが、この数時間で体調もすっかり回復したみたいですね。過分なほどに。

「いや、めでたい！　此度《こたび》の戦勝、わしの睨《にら》んだ通り、籠城《ろうじょう》の策が当たったな！」

「さすがは陛下。類稀《たぐいまれ》なるご慧眼《けいがん》かと」

「そうだろう、そうだろう！　一度ならず二度までも、あの凶悪な魔王軍の大軍を退けた者なぞ、王国の歴史上おるまいて！　そうは思わぬか、のう、アーガスタ？」

「まさに。陛下は紛《まご》うことなき傑物《けつぶつ》。賢王《けんおう》として歴史にも名を遺《のこ》しましょうぞ」

階段を挟んだ上と下で、温度差がすごいですね。こんなときにまで見栄を張り、自画自《じがじ》賛《さん》とは呆《あき》れてしまいますよ。

時折、壇下から向けられている冷ややかな視線にも気づいていないようですね。地下での発見時の件は私の耳にも入るぐらいですから、ここにいる重鎮のみなさんもとっくに知っているはずです。あれだけの醜態《しゅうたい》を晒《さら》しておいて、とてもいい根性をしていますね。面《つら》の皮が厚いなどというレベルではありません。羞恥心《しゅうちしん》などが欠如《けつじょ》しているのでしょうか。

「ちょっとすみません。通りますよ」

人混みを縫《ぬ》うように、壇上へと続く階段に進みました。すれ違いざまに、ぎょっとされる方もいるようですが、この人波ですから多くの方はまだこちらの存在に気づいていなそうですね。

聞くに堪《た》えない戯言《ざれごと》を撒《ま》き散らしながら、壇上で馬鹿笑いを続けるふたりのもとへ歩み寄ります。普段でしたら、衛兵さんに止められそうなものですが、広間のこの混雑の中ではよけいな邪魔も入りません。

階段に足をかけるところにまで迫ったところで、独自の世界に浸っていた王様たちの視線がこちらに向きました。

「……なんだ、貴様は？」

胡散臭《うさんくさ》そうにする王様に、宮廷魔術師長が耳打ちしています。

はっとした顔をしているところを見ますに、私の顔など忘れていたようですね。自分が冤罪《えんざい》をかけて陥《おとしい》れようとした者の人相くらい、覚えていてほしいものですが。

「そうか、貴様。あのときの……」

「その節《せつ》はどうも。お世話にはなっていませんが」

「おのれ、下郎《げろう》！　陛下に対して無礼であろう⁉」

身を乗り出した宮廷魔術師長を、メタボな王様が余裕しゃくしゃくの態度で制します。

「まあよいではないか、アーガスタ。して、国家反逆罪の賞金首がなんの用だ？　わざわざ家臣の並ぶこの場に、慎《つつ》ましやかに出頭《しゅっとう》でもしに来たか？　それとも、この混乱に乗じての助命嘆願《たんがん》の直訴《じきそ》か？」

「期待を裏切ってしまい、申し訳ありませんが……率直《そっちょく》にいいますと、冤罪《えんざい》を晴らしに来ました」

「冤罪《えんざい》？　異《い》なことを。このめでたい日だ、貴様が床に頭を擦《こす》りつけて頼むのであれば、減刑《げんけい》を一考しないでもなかったが……この偉大なる国王、メタボーニ・オブ・カレドサニアを前にして、その尊大なる態度――許しがたい」

「そうですか。残念です」

周囲がしきりにざわついていますが、それが私に対してではないことを、この人たちはいつ気づくのでしょうかね。

「よし決めた！　貴様はさっそく明日にでも王都前広場で公開処刑としよう。この偉大なる王が魔王軍を殲滅《せんめつ》せしめ、王国を救った記念の余興《よきょう》にもなろう！　衛兵！　この者を――」

「誰が――」

私の背後から、ひとりの人影が飛び出しました。ドレス姿ではありますが、軽快な足取りで壇上までの階段を一足飛びに駆け上ります。

「――偉大なる王か！　このたわけが‼」

「ぎょぶ⁉」

翻《ひるがえ》したドレスの裾《すそ》から伸びた足が、玉座に座る王様の鼻面にクリーンヒットしました。いわゆる空手《からて》でいう中段回し蹴《げ》りですね。椅子に座った頭の位置は、女性の身長でも蹴り抜くのにちょうどよかったようです。

潰《つぶ》れた蛙《かえる》か豚の寝息か、聞き苦しい声を上げながら、王様が玉座から転げ落ちました。見事に噴き出た鼻血の噴水が、床に汚《きたな》い血の花を咲《さ》かせています。

「このこのっ！　王家の面汚《つらよご》しめ！　痴《し》れ者が！　恥を知れ！」

「痛っ！　痛い！　やめてやめて！」

倒れて丸まる王様の弛《ゆる》んだ腹に、なおもヤクザキックの連発です。時折、顔面にも直撃していますね。あれは痛い。えげつない。

傍《そば》に控《ひか》えていた宮廷魔術師長が我に返って止めに入ろうとしましたが、王様を足蹴《あしげ》にする人物を見て、にわかに硬直しました。

「べ、べべべ——ベアトリー様ぁ⁉」

敬称《けいしょう》付きでベアトリーと呼ばれた壮齢《そうれい》の女性は、とどめとばかりにヒールの踵《かかと》で王様を踏みつけ、そのままの勢いで玉座に腰を下ろしました。

「うむ！　妾《わらわ》こそは、ベアトリー・オブ・カレドサニア！　カレドサニア王国の正統なる女王である！」

天雷《てんらい》のごとき一喝《いっかつ》に、その場にいるすべての者が跪《ひざまず》きます。

打ち合わせよりも若干《じゃっかん》——どころではなく、かなり過激《かげき》な登場シーンとなってしまいましたね。

人知れず溜《た》め息を吐《つ》いてしまった私に、女王様はにっこりと微笑《ほほえ》みを返してきました。

◇◇◇

謁見《えっけん》の間《ま》での一騒動を終え、私は女王様とともに王専用の執務室《しつむしつ》へと移動していました。

つい先ほどまではあのメタボな王様の部屋だったのでしょうが、今ではこの国の正統な主、ベアトリー女王の専用となったわけですね。

「どうぞ、タクミ様」

「私はこちらで結構ですよ。ここの主人は女王様なのですから。それから何度も言いましたが、様付けはやめていただけるとありがたいのですが」

上座《かみざ》のソファーを王女様に譲りまして、下座《しもざ》に座ります。

「畏《おそ》れ多くも本来なれば御身の前に跪《ひざまず》き、首を垂《こうべ》れるべきところです。せめて、敬称などという不遜《ふそん》だけは、何卒《なにとぞ》ご容赦《ようしゃ》くださいませ」

女王様は真面目《まじめ》な方ですね。これまでも、なにかと畏《かしこ》まろうとする女王様に無理強《じ》いさせてしまったきらいがあります。むず痒《がゆ》いのですが、ここら辺が妥協点でしょうか。

「わかりました。これ以上はパワハラですね」

「寛大《かんだい》な御心に感謝いたします」

優雅《ゆうが》な所作で謝辞《しゃじ》を述べる女王様は、さすがに生まれついての王族だけあって、気品に満ち溢《あふ》れています。腰まで伸びたウェーブがかった金髪に鮮《あざ》やかな碧眼《へきがん》は、ルネサンス期の西洋絵画《かいが》から抜け出てきた淑女《しゅくじょ》のようです。

とても先刻、伴侶《はんりょ》であるあのメタボな王様にヤクザキックを連発していた荒《あら》くれ者と同一人物とは思えませんね。それほどに腹に据えかねていたという表われでもあるのでしょうが。

それに、血色良く傍目《はため》にも健康的なこの女性が、昨日まで死の淵《ふち》を彷徨《さまよ》っていた病人だったとも思えません。

今日の戦《いくさ》の終結《しゅうけつ》間際、私に声をかけてきた馬上の一団は、女王様率いる親衛隊《しんえいたい》のみなさんでした。

その際に教えてもらったのですが、カレドサニア王家は代々女系の一族であり、歴代《れきだい》女王が治めてきたお国柄とのことでした。王位継承権《けいしょうけん》は直系の血筋にこそあり、早くに母親である先代女王を亡《な》くしたベアトリー女王は、わずか十三のときに即位したそうです。

王位に就《つ》くと同時に国内有力貴族から配偶者《はいぐうしゃ》を選び――つまり、あのメタボな王様は入《い》り婿《むこ》だったわけですね。

しかしながら、王家の直系女児は血筋とともに先天的《せんてんてき》な病《やまい》も受け継いでおり、ベアトリー女王も若くして先代と同じ病を発症《はっしょう》してしまったそうです。おそらくは、遺伝子疾患《いでんしっかん》の一種だったのでしょう。生まれてくるのが女児ばかりだというのも関連しているのかもしれませんね。

それがおよそ十年前のこと。彼女が第一子の王女を出産してから、まもなくのことだったそうです。

以来、執政《しっせい》は王配《おうはい》のメタボな王様に任せることになり、彼女自身は療養地《りょうようち》で何年もの間、静養《せいよう》することになってしまいました。

先天的な病だけに回復の見込みは薄く、お付きの高位神官の神聖魔法で命を繋ぐだけの日々……病状は年々悪化《あっか》の一途を辿《たど》り、いよいよ駄目かというところに、今回の魔王軍による王都陥落《かんらく》の報が入ったとのことでした。

　明日をも知れぬ死の淵にありながらも、王家の責任を全《まっと》うすべく、女王様はわずかばかりの親衛隊を引き連れて、まさに命がけで王都へと馬を走らせたそうです。保身のために即座に王都から逃げ出そうとしたあのメタボな王様とは、えらい違いですね。

ただし、何年も寝たきりの身にとり、その行為は確実に命を削《けず》る暴挙《ぼうきょ》となりました。

「今でも忘れませぬ。このままでは王都にすらいたらぬ内に尽きようとしていたこの命に、奇跡が起こったのです。大いなる神の奇跡が……」

　女王様が涙の浮かぶ目を閉じ、胸の前で両手を組みました。

　面と向かって祈られますと、非常に落ち着かなくなってしまいますね。

とにかく、悔恨《かいこん》と無念に苛《さいな》まれながらその生を閉じようとしていた女王様に、彼女のいう奇跡が舞い降りたそうです。それは、幾重《いくえ》にも身を貫き浸透《しんとう》する怒涛《どとう》の聖なる癒しの法――つまりは、私のエリアヒールだったわけです。

　時間的に、魔将とやらにレナンくんが殺されかけて、無我夢中で連続エリアヒールを行なったときですね。私自身はあまり記憶にないのですが、どうにもあまりに必死すぎて、とんでもない出力の魔法が一帯を覆っていたようでして。

　結果的には偶然の産物ではありますが、フルヒールですら延命《えんめい》しかできない悪質な遺伝子疾患を、度《ど》を超えた回復魔法の波状《はじょう》作用により、病魔《びょうま》ごと消し去ってしまったようなのです。

「あらためてお礼を述べさせてくださいませ。御身はこの命を――なにより、我が国の民の命を救ってくださいました。これに勝る感謝はありません」

「わかりました！　ですから、頭を上げてください！　それはもう何度も聞きましたから！」

このやり取りを何度繰り返したことか。

国の頂点たる身分の方ですし、なによりその実直な人柄《ひとがら》から誤魔化《ごまか》すのは失礼かと思い、『神』は無理でも〝神の使徒〟として、これまでの経緯含めて明かすことにしたのですが……逆にこのようなことになってしまうとは。

女王様自身は秘匿《ひとく》を約束してくれていますが、これではせっかく正体を隠していても、女王様に崇《あが》められる時点であっさりと露見してしまいそうです。

ただ、気持ちはわからなくもありません。

王家の血筋に生まれた者の覚悟に加え、その根底には使命を遂《と》げずに果てるしか道のなかった諦観《ていかん》があるのでしょう。諦《あきら》めや絶望しかなかったところに、思いがけずにこうして好転したのです。いかばかり救いとなったのか、察してあまりあるところです。

それだけに、きっと死の淵から生還《せいかん》した彼女は、素晴らしい女王として民を導いてくれるでしょうね。

「それで、今後は事前の打ち合わせ通りに進みそうなのですか？」

「はい。妾《わらわ》がこうして回復した今、あのような男を国政に携《たずさ》わらせるわけには参りません！　仮にも王家の一員として名を連《つら》ねた者が、民を見捨てて真っ先に逃げ出すなど言語道断！　許されざることです！　すでに裏で行なっていた悪行《あくぎょう》の数々も報告が上がってきております。メタボーニは王家より追放処分——追従《ついじゅう》した宮廷魔術師長のアーガスタ・アドニスタも同罪と見做《みな》し、爵位剥奪《しゃくいはくだつ》の上、同じく追放といたします！」

メタボな王様が行方不明と聞き、もしやと王家専用の秘密の脱出路を教えてくれたのも彼女でした。本心ではそこにいないことを祈っていたようですが、淡《あわ》い願いはあえなく打ち砕《くだ》かれました。

地下での王様発見の報に、愕然《がくぜん》としていた女王様の痛《いた》ましい表情が思い出されます。だからこそ謁見《えっけん》の間《ま》にて、当初の打ち合わせではメタボな王様の責任を追及《ついきゅう》し、女王様が王位に返り咲くことを宣言するだけのはずが、堪《たま》りかねてあのようなバイオレンスな流れになってしまったわけです。

どちらかといいますと、激情派《げきじょうは》ではなく冷静な方なのですけれどね。

「よろしいのですか？　一応は旦那《だんな》さんなのでしょう？」

「……よいのです。もともと世継《よつ》ぎを授かるためだけの政略《せいりゃく》結婚でした。あの者とて、妾《わらわ》のことを日の上のたんこぶ程度にしか思っていなかったのでしょう。もう何年も、見舞いどころか顔すら合わせていませんでしたから。妾《わらわ》が死したる後は、娘を王位に就《つ》けて傀儡《かいらい》とし、実権《じっけん》を握ろうとしていたことなどわかり切っていました。それを知りながら、なにもできないこの身をどれほど嘆《なげ》いたことか……！」

瞳を怒りに燃やしていた女王様でしたが、不意にふっと目を細めました。

晴天の空のように碧《あお》い目が、わずかに光を湛《たた》えて揺らいでいます。

「……ただそれでも、あの者は娘の父です。婚姻《こんいん》当初は多少なりとも気概《きがい》のある男であったのに、権力への固執《こしつ》というものはかくも心身を蝕《むしば》んでしまうものなのでしょうか……」

女王様は、取り繕《つくろ》うように穏《おだ》やかな笑みを作りました。

「それも、もはや過ぎたること。戯言《ざれごと》ですね、忘れてくださいませ。それよりも、あの者が犯《おか》した御身への愚行《ぐこう》、並びに数々の不敬、追放程度で済ませてよいものかと。そちらのほうが気掛かりです」

主従《しゅじゅう》と使命。夫婦、そして親子。そういった機微《きび》に、他人の私が踏み込むべきではありませんね。

ただでさえ原因は、あの王様自らの行ないが招いた自業自得《じごうじとく》であることは明白です。ここはあえて触れずに、そっとしておきましょう。

「私としましては、国家反逆罪の賞金首さえ取り消してもらえるのでしたら充分ですよ」

「ご安心くださいませ。処分取り消し並びに事の詳細の再調査はすでに手配済です。この女王ベアトリーの名におきまして、御身の名誉の回復は確約いたします」

「それは頼もしいですね。ありがとうございます」

これで、ようやく私の目的も果たせますね。

思えば最初は物見遊山《ものみゆさん》気分でしたが、ずいぶんと長い旅路になってしまいました。これからは大手《おおで》を振り、お天道様《てんとさま》の下を歩けるというものです。

「本当にそのようなささやかなことだけで、よろしいのでしょうか？　我が国としましては、御身を天主《てんしゅ》として迎える用意もございます。民の導き手となってはいただけないのでしょうか？　それでなくとも救国の大恩があります。せめてその栄誉《えいよ》を称《たた》えさせてはいただけませんか？」

「申し訳ありませんが、どちらもご遠慮します。人民を導くなど柄《がら》ではありませんし、浅《せん》慮《りょ》な私には無理ですよ。国を導くのは女王様にお任せします。それに救国は私ではなく、〝神の使徒〟が行なったことです。その彼も、もう姿を消してしまったようですしね。それでいいではありませんか」

「そうですか……返す返すも残念でなりません。しかし、これ以上はご迷惑《めいわく》となってしまいましょう。御心に従います」

「ええ。そのようにお願いしますね」

さて、こんなところでしょうか。

一通りの用件は済みましたから、もう長居は無用ですね。今の私は単なる一個人ですから、いつまでもこうして一国の女王様と過ごすのもまずいでしょう。いくらベアトリー女王が正統な王とはいえ、国のトップのすげ替えですから、なにかと問題も多いはずです。

十年も王位から退いていたからには、これからが大変でしょう。大事の前のこのような些事《さじ》に、いつまでも付き合わせ、貴重《きちょう》な時間を浪費《ろうひ》させるわけにはいきませんからね。

◇◇◇

王都奪還から半月あまり。みなさんの努力の甲斐《かい》あり、王都の復興も順調に進んでいます。一丸となって事に当たる人々の意志の強さを感じられる日々でしたね。

私も微力《びりょく》ではありますが、以前にアルバイトで身につけた技能を発揮し、主に土建関連などで修復作業をお手伝いしてきました。ラレントの町での日雇《ひやと》い暮らしを思い出して、なんだか懐かしかったですね。

無事に冤罪《えんざい》も晴れましたので、知人のみなさんにはその旨《むね》をすでに伝えてあります。

特にラレントの町でお待たせしている『青狼のたてがみ』のみなさん――私のわがまま

で、さらに王都復興のための期間まで貰《もら》ったのですから、とても申し訳なかったですね。

十日前には、正式にベアトリー女王の復調《ふくちょう》と王位復帰が公布されました。

通常でしたら、代理王の追放に突然の交代劇と不穏《ふおん》な憶測《おくそく》も飛び交いそうなものですが、国民にはすんなりと受け入れられたようですね。女王様の人望のなせる業《わざ》か、それとも元王様の人柄《ひとがら》か――両方のような気もしますが、やはり人間、日頃の行《おこな》いは大事ですよね、はい。

ネネさんは、一週間ほど前にファルティマの都に戻られました。

あちらも大神官の交代劇があったばかりでしたから、まだまだ大変のようですね。本来はもっと早くに戻られてもおかしくなかったそうです。

それでもギリギリまで滞在《たいざい》を延ばした上、一部の神官さんを住民のケアのために残し、名残惜《なごりお》しそうにしながら王都を後にされました。またいつかお会いしたいものですね。

ケンジャンは今度の献身的な行為が評価され、一時は空席《くうせき》となった宮廷魔術師長のポストに推挙《すいきょ》されたそうです。

名誉なことでしょうから、私も当然ケンジャンは受けると思っていたのですが……あっさり辞退《じたい》したみたいです。

私がまた部屋を訪問した際に、こっそりと教えてくれたのですが、なんでも「リアルで働くとか無理！」だそうです。ひとり気ままにしている方が好きみたいですね。ケンジャンらしいといえばらしいですが。今でもこれまで通りに王宮の一室を借り受けて、賓客扱《ひんきゃく》いで悠々自適《ゆうゆうじてき》に暮らしています。

そうそう、ちなみにあのわずか数日後には、ケンジャンの体形はすっかり元に戻ってしまいました。どれだけ食っちゃ寝したというのでしょうね。たしかに何度か話す機会があったのですが、始終《しじゅう》なにかを食べていました。よりパワーアップした感すらあります。人間ってあんなに短期間で増減《ぞうげん》できるものなのですね。人体の神秘です。

冒険者の『剣聖』イセリュートこと井芹くんは、あの戦《いくさ》の後にふらっといなくなりました。伝え聞く話では、冒険者ギルドで今回の依頼料はきっちりと貰《もら》ってから姿を消したようですね。

私にも一言挨拶《あいさつ》くらいしてほしかったですが、それほどまめな性格の井芹くんでもないでしょう。またひょんなところで、ばったりと出会いそうではありますよね。

そして、今日。ついにレナンくんともお別れの日が来てしまいました。

もともと彼も私の護送という任務で王都に来ていたのですから、それが終了した今、ノラードの町に戻るのが普通です。

それをいいますと、本来は半月前には戻らないといけなかったそうなのですが、ここまで長引いたのには訳がありました。

「……タクミさん。実は僕、将軍から軍へ移籍《いせき》しないかとの誘いを受けていまして……」

レナンくんから相談を受けたのは、王都奪還後すぐのことでした。

当時のケランツウェル将軍の様子からも、スカウトの可能性を匂《にお》わせていましたが、やっぱりでしたか。

今回の戦いぶりを高く評価され、その後の戦勝表彰《ひょうしょう》で勲章《くんしょう》まで授与《じゅよ》されたレナンくんですから、今さら地方の一役人に戻すのかと疑問視《ぎもんし》してはいました。

ずいぶんと悩んだようですが、結局は受けることにしたようですね。

今度の旅で、なにかに目覚めたのでしょうか。軍に入って鍛《きた》え直し、剣の腕を磨《みが》き強くなりたいそうです。

やはり強さに憧《あこが》れるのは、男の子の性《さが》でしょうかね。最初は軽いジョークだった剣鬼《けんき》の字も、将来的にはあながち冗談《じょうだん》ではなくなるかもしれません。

今回のノラードへの帰参は、任務達成の報告と、役人の退任や引継《ひきつ》ぎなどのためらしいです。

次に王都に戻ってくるのは、なんだかんだでひと月後くらいになるとか。そのときには、さすがに私も王都を離れているでしょうから、実質的には今日でお別れとなってしまいます。次に会えるのは、いつになることやら。

「お世話になりました、レナンくん」

「こちらこそ、タクミさん。今回の旅では、いろいろと勉強になりました」

出発に際して、護送馬車の御者台に座るレナンくんと握手を交わします。

今生《こんじょう》の別れでもないでしょうが、これまで毎日一緒だった分、別れは切《せつ》ないものですね。

この護送馬車にも、本当にお世話になったものです。何度も曲げ伸ばししてしまい、歪《ゆが》んだまま戻らなくなった鉄格子にも愛着がありますね。

「おや？　旅ではなく、護送ではありませんでしたか？」

黙っていては目頭が熱くなってしまいますので、思わず茶化してしまいます。

「もちろんですよ。ようやくわかってくれたようですね、タクミさん？」

「ええ。何度も怒られてしまいましたからね。さすがに覚えましたよ。それ以外にも、レナンくんにはなにかと迷惑をかけてしまいまして……」

「ええっ⁉　どうしたんです、タクミさん。天変地異《てんぺんちい》の前触れですか？　やけに殊勝《しゅしょう》じゃないですか！」

「私だって、こんなときくらいは空気を読みますよ」

ついついふざけたり甘えたりと……レナンくんには悪いですが、まるでいもしない孫と戯《たわむ》れているようで、楽しませてもらいました。

「えええ～！　なんですか、それ！　できるんだったら、最初からしてくださいよね、もー！　僕がどれだけ――ど・れ・だ・け！　苦労させられたと思っているんですか？　ほ～んと、大変だったんですからね！」

レナンくんが腰に両手を添えながら、頬《ほお》を膨らませています。

「いやはや、申し訳ありません」

そのまま数秒も見合ってから――どちらからともなく噴き出しました。

「あははっ。でもね、僕は正直、タクミさんとこんな関係になるとは思ってもみなかったです。最初はなんて破天荒《はてんこう》な行動ばっかり取る厄介《やっかい》な囚人だろう、って驚いてましたけど……そのうち、凶悪犯《きょうあくはん》なはずなのに根はいい人で、意外に頼りになる人だって感じるようになって」

「私も同じですよ。最初はなんて健気《けなげ》で可愛《かわい》らしい子だろうと思いましたね」

「……それ、褒めてませんよね？」

なぜか、レナンくんがじと目です。

「いえいえ、最大の賛辞《さんじ》のつもりですよ。そんな健気《けなげ》で頼りなかった少年でしたが、心根はまっすぐで。それが日を重《かさ》ねるごとに、どんどん立派になっていって」

まるで孫の成長を間近で見守っているかのように錯覚《さっかく》したものでした。

最終的には、身を挺《てい》して他人を救えるほどの、優しさと勇気を兼《か》ね備《そな》えるようになって。

それが嬉しくもあり、そして――

「なんと言いますか……楽しかったですね……」

「僕も……楽しかったです」

……ちょっとしんみりとしてしまいますね。

レナンくんもそうかもしれませんが、楽しい思い出だっただけに、やはり別れは寂《さび》しいものです。

ですが、ここは年長者として、気持ちよく送り出してあげるべきでしょう。別れは辛《つら》く悲しいですが、人を強くします。これもレナンくんの成長の一助ですね。

「なに、今後もう二度と会えないわけでもありませんよ、レナンくん。次回会うときまでに、どれほどレナンくんが成長しているか、楽しみに待っていますね」

「え～？　あまりハードルを上げないでくださいよ、タクミさん。僕のステータスの低さ、知ってるでしょう？」

「いえいえ。なにも身体能力ばかりが成長ではありませんよ？　むしろ、精神的飛躍《ひやく》が人を成長させるものです。まあ、身体的成長も、あるに越したことはないですが」

「心身ともにかあ……頑張《がんば》ってはみますけどね。そこまで期待しないでくださいよ？」

「とんでもない！　大いに期待するに決まっているじゃないですか！　あ、でも、身長はあまり伸ばさないでくださいね。頭が撫《な》でやすい、今くらいがベストです」

「ぷっ、なんですか、それ～？」

レナンくんが苦笑《にがわら》いしてみせます。

こうした他愛もない会話を、毎日のように御者台と檻《おり》の中――のんびりとした日和《ひより》の中で交わしたものです。

……名残惜《なごりお》しくはありますが、いつまでもこうして引き止めるわけにもいきませんね。

「……そろそろ出発したほうがいいでしょうね。馬車の歩みは遅いですから、次の町に着くまでに日が暮れてしまいますよ」

「そうですね……そうします」

レナンくんも名残惜《なごりお》しそうではありましたが、馬車の正面に向き直り、手綱《たづな》を構えました。

「最後にタクミさん、これまで本当にありがとうございました。タクミさんには苦労をさせられっ放しでしたけれど、それ以上にいろいろなものを貰《もら》いました。陰からさりげなく助けてくれていたのも知っています。それに、あのときは命まで救って――」

「……？　あのとき、ですか？」

「……いえ、なんでもないです。僕、タクミさんと一緒に過ごしたことを忘れません。この旅をこれからの人生の糧《かて》にします！」

まっすぐに私を見つめながら、やや緊張した真摯《しんし》な面持ちでレナンくんが告げます。

本当に……立派になりましたね。

「レナンくん――」

「『旅ではなく、護送です』」

「――でしょ？　へへっ」

いつも気を張っているレナンくんが、年相応《としそうおう》に悪戯《いたずら》っぽく笑います。緊張を解《ほぐ》そうとしたつもりが、これは一本取られましたね。

「覚悟しておいてくださいね、タクミさん？　今度会うときまでに、タクミさんがびっくりするくらいに成長してみせますから！」

「ええ、楽しみにしていますね」

「はいっ！　じゃあ、これで。はいやっ！」

手綱を打たれた馬車が、ゆっくりと進んでいきます。

これは別れではなく、レナンくんの門出《かどで》ですね。私は護送馬車が見えなくなるまで、手を振り続けるのでした。

第三章　王都での日々

私は今、冒険者ギルドのカレドサニア支部に来ています。

かねてよりの約束通りに、後日『青狼のたてがみ』のみなさんと合流することになるわけですが、王都にいる今のうちに冒険者登録だけでも済ませておいたほうが手っ取り早いかと思いまして。

王都の冒険者ギルドは支所ではなく〝支部〟と銘打たれているだけありまして、カレドサニア支部は他の支所に比べてすごい賑《にぎ》わいですね。

当初は内密にしてあった、王都での魔王軍との攻防戦が、女王様復位《ふくい》と同時に国内に公表されました。

二度にわたる魔王軍撃破、しかも今回は『英雄』のみならず、国軍と教会、冒険者との連合軍、〝涼風青年団〟の活躍が取り沙汰《ざた》されており、軍への志願者はもとより冒険者への志望者も増えているみたいですね。

ちなみに、突如《とつじょ》現われて消えた〝神の使徒〟に関しては、緘口令《かんこうれい》が敷《し》かれました。これも、私の意を汲《く》んでくれた女王様の計《はか》らいによるものです。

ただでさえ人気《にんき》職の冒険者ですので、支部の登録窓口も長蛇の列を作っています。大型施設であるはずのギルド支部にも入り切れずに、列の後方は表通りにまで延びているほどです。

私もどうにか眠気を我慢して昼前から並んでいるのですが、時刻はすでに午後一時を回り、ちょっぴり後悔《こうかい》しはじめています。

おそらく、昼頃が一番混む時間帯だったのではないでしょうか。せっかく城下で寝泊まりしているのですから、朝一で並ぶとよかったのですが……これまでの馬車旅では毎朝レナンくんが起こしてくれていたものですから、ついつい寝過ごしてしまいました。

レナンくんに甘えていた弊害《へいがい》がこんなところにも。レナンくんはもういないのですから、直さないといけませんね。

単なる順番待ちとは違い、ひとりひとりの登録作業に時間を要するのは理解できますが、昔から並ぶことには慣れていないだけに、挫《くじ》けてしまいそうです。

我慢すること一時間。ようやく施設内に入ることができ、さらに一時間を費やすことで受付の順番が回ってきました。

この時点で、すっかり気疲れモードでぐったりです。魔物の大軍を相手にしていたときのほうが、よっぽど気が楽でしたね。

「いらっしゃいませ！　冒険者ギルド、カレドサニア支部へようこそ！」

受付の制服姿のお嬢《じょう》さんが、営業スマイルで応対してくれます。

さすがはプロですね。これまで延々と三桁《みけた》ほどの来訪者に同じ台詞《せりふ》を繰り返しているはずですが、疲れた様子どころか一分《いちぶ》の隙《すき》もありません。

「注意事項に目を通された上、問題ないようでしたら、登録用紙の必要事項にご記入をお願いします」

流れるように――と言いますか、完全にマニュアル化された流れ作業で、目の前に二通の紙が差し出されました。

これまで訪れたことがある支所では、ひとりの職員さんが複数の職務《しょくむ》を担《にな》っておられましたが、人員に余裕のあるこの支部では、銀行のように窓口ごとに役割分担されているようですね。

手間が省《はぶ》けて効率的なのでしょうが、事務的な対応がＡＴＭを相手しているみたいで、どことなく侘《わび》しさを感じますね。

そうは言いましても、私の後ろにもまだまだ人の列は続いています。ここで手間取って他の方に迷惑をかけるわけにもいきません。過去にＡＴＭを扱った際には操作ミスをしてしまい、舌打ちと反感を買ったこともある私ですが、こういうアナログなものでしたらそういったこともないでしょう。

（さっさと手続きしてしまいましょう）

まずは注意事項をまとめた用紙に目を通します。

今回は新規登録である、過去に冒険者登録を抹消《まっしょう》されたことがない、他ギルドに現在属していない、などのごく一般的な注意事項が箇条書《かじょうが》きにされています。

あ、種族や出生《しゅっせい》の制限はないようですね。〝異世界人は駄目〟など書いていないか、実は少し心配していたのですが、よかったです。

逆に、王族や貴族家当主は特例以外は登録をお断りされるようですね。政治的な観点からでしょうか。

他にも項目はいくつかありましたが、基本的に別世界出身の私にはこちらとの接点がありませんから、引っかかるような項目もないでしょう。手早く目を通していきます。

しかしながら、最後の事項に目が留まりました。そこには、〝国家機関より犯罪者指定を受けていないこと〟――とあります。

過去や現状の記載はありませんが、これ、どうなのでしょうね。私、つい先日まで指名手配されていた賞金首であったわけですが。立派な犯罪者指定ですよね。

「すみません、受付のお嬢さん」

「ご記入項目のご不明点でしょうか？　承《うけたまわ》ります」

ベテランの域に達する素晴らしい笑顔で応対されます。

「記入ではないのですが、この注意事項の最後の項目について、お訊《たず》ねしてもよろしいですか？」

「はい。お問い合わせが多い項目ですが、そちらは軽犯罪は当て嵌《は》まりませんのでご安心を。あくまで重犯罪のみが対象となっております」

「国家反逆罪で賞金首として指名手配されていたのですが」

受付のお嬢さんの笑顔がぴしりと凍《こお》りました。

周囲のざわつきも、一瞬、途絶《とだ》えます。

「え、あ、すみません！　あくまで過去に、ということですから、今は違いますすよ？　冤《えん》罪《ざい》でして！」

「ち、ちなみに、罪状の内容をご確認させていただいても、差し支《つか》えないでしょうか？」

そうですね、たしか……

「大量虐殺《ぎゃくさつ》でしたね」

お嬢さんから笑みが消えました。

「少々、お待ちくださいませ……上司に問い合わせてまいります」

すすす――と、こちらを見据えたまま、お嬢さんは椅子ごとフェードアウトしていきました。

……言い方がまずかったのでしょうか。気のせいか、周囲に並んでいた方々から遠巻きにされているような。

待つこと数分で、別の方が紙束《かみたば》片手にやってきました。どういうわけか、もう片方の手には斧を携《たずさ》えています。

いかにも戦士然《ぜん》とした筋骨隆々《きんこつりゅうりゅう》のいかつい男性の方ですが、冒険者ギルドの制服を着ています。胸筋《きょうきん》で上着がはち切れんばかりになっていますが、それで事務職は無理がありませんか？

どんっ、と紙束を机に置き、身を乗り出すようにして睨《にら》みつけられます。

おや、なにやら不穏な空気が……さらに周囲の輪が広がったような気も。

そのすぐ手の届く範囲に、これ見よがしに斧を置くのはやめてほしいのですが。

「あの……先ほども申したのですが、冤罪《えんざい》ですので大丈夫ですよ？　凶悪犯なんかじゃありませんから。私、どちらかといいますと、荒事《あらごと》は苦手ですので」

「それはこちらで調《しら》べさせてもらう！　ふん、荒事《あらごと》が苦手で冒険者志望もあったものじゃないがな！」

まあ、たしかに正論ですね。

ぺらりとめくられた紙束は、どうやら照合用の指名手配書のようです。

私にはやましいことはありませんから、いっそ大っぴらに証明してくれたほうがありがたいというものですね。

「仮に！　これが軽い気持ちのでまかせだったとしても、ギルドを騒がせたペナルティは受けてもらうぞ？　本物の賞金首であったとしたら論外《ろんがい》だ。このギルド内は腕利きの冒険者が大勢いる。逃げおおせるとは思わないことだ」

……なぜか、嘘《うそ》か賞金首かの二択になってませんか？

なにか、ちょっとドキドキしてきました。わざわざ確認してなかったですが、指名手配の解除――ちゃんとされてますよね？　施行《せこう》は来月からでした――とかなしですよ？　頼みますからね、女王様。ね？　ね？

いつの間にやら、賑《にぎ》わっていたはずのギルド内がしーんとしていました。一挙手一投足《いっきょしゅいっとうそく》を見張られているようです。

「名は？」

「タクミと申します」

ざわっ――

ん？　名を口にした途端、妙なざわめきがありました。

居合《いあ》わせた冒険者さんや来訪者さんたちではなく、ギルドの職員さんたちからですね。

ひそひそと耳打ちしている様子も見受けられます。

なんでしょう、そんなに珍しい名前とも思えないのですが……

「タクミ殿……と申されましたな？」

困惑していますと、背後から声をかけられました。

背後に立っていたのは、白髪を几帳面《きちょうめん》にまとめた初老の男性でした。その片眼鏡には見覚えがあります。冒険者ギルドの事務局長――名前はヘイゼルさんでしたか。

「少々、お時間をいただけませんか？　当ギルド支部のギルドマスターに会っていただきたいのですが」

サルリーシェさんにですか、と言いかけて、慌《あわ》てて呑《の》み込みました。

彼女と面識《めんしき》があるのは〝神の使徒〟であって、私ではありません。

「いいですよ」

「では、案内いたしましょう。こちらです」

両脇をギルドの職員さんに固められます。

これは案内ではなく、連行では？――などと思わなくもありませんでしたが、人となりをまったく知らない仲でもありませんし、ここは大人しく従いましょう。

「すみません、みなさん。お騒がせしました」

場をかなり混乱させてしまったようですので、去り際《ぎわ》にお詫《わ》びだけはしておきました。

◇◇◇

結局、ＡＴＭのときと同じく、迷惑をかけてしまいましたね。

いったん別室で待機させられて、次に連れていかれたのは、扉に『ギルドマスター』の札が下げられた部屋でした。会社でいうところの『社長室』のようなものでしょうか。お供の方々は、ここまでのようですね。先導する事務局長のヘイゼルさんだけを残し、他の方は来た道を引き返してしまいました。

「マスター、お連れしました」

ヘイゼルさんの後に続いて入室しますと、デスクの椅子に深く腰掛けたサルリーシェさんに迎えられました。

二メートル近い長身に合わせてあるのか、デスクも椅子もかなり大型の造りになっています。

彼女はデスクに両肘《りょうひじ》を突いて上体を預けて、こちらを食い入るように見つめていました。口元で組まれた手によって、その表情は窺《うかが》えませんが、真紅の前髪の隙間《すきま》から覗《のぞ》く金色に輝く双眸《そうぼう》が、訝《いぶか》しげに細められて、まるで睨《にら》みつけられているようです。

……まるでどころか、実際に睨《にら》まれているのかもしれませんね。今の私は知り合いでもなんでもない、ただの見ず知らずの不審者《ふしんしゃ》と大差ありませんから。肩を並べて戦ったこちらとしては、いかにも他人を見るような冷やかな眼差《まなざ》しが、若干《じゃっかん》、寂《さび》しくもあります。

「あらためまして、わたくしは当ギルド支部の事務局長を務めますヘイゼルです。そして、こちらがギルドマスターのサルリーシェです」

「わざわざ呼び立てて、すまなかったな。サルリーシェだ」

声音《こわね》が以前よりも硬く低いのは、女性を意識させないためでしょうか。

サルリーシェさんが立ち上がり、握手を求めてきます。

「どうも。タクミと申します」

「……」

さすがにこうして正面に立ちますと、見上げんばかりですね。

身長の割にはスレンダーですので、威圧感こそありませんが、より背が高く感じられます。以前の目立つチャイナドレスふうの衣装ではなく、落ち着いたギルドの制服を着ているのが逆に新鮮ですね。

「……どこかで会ったかな？」

ええ、先の王都奪還で共闘しました、とは答えられませんよね。

「先日の王都奪還直後に、こちらのギルドを覗《のぞ》いた際にお見かけしましたが。それがなにか？」

「ああ、そうだったか。なにせずっとバタバタしていて気づかなかったな。なに、わたしは見ての通りの龍人でね。この国では亜人は珍しい、龍人ともなれば特にな。初見《しょけん》で驚かれるのが常だ。あまりに平然としていたので、気になってね」

知ってましたからね、とも言えません。

私からしますと、チャイナドレスではなかったことに驚きましたよ。あれって私服だったのですね。

「どうぞ。まずは座りたまえ」

「では、遠慮なく」

対面のソファーを勧められましたので、とりあえず座ることにします。

サルリーシェさんはそのまま元の椅子に腰かけて、ヘイゼルさんはその斜め後ろで直立しています。

「……どうかしましたか？」

「いや、なんでもない」

無言で見つめられているように感じたのですが、気のせいでしょうか。

「……それで、今日ここに来た目的はなにかね？」

わずかな間があってから、サルリーシェさんに問われました。

「……？　もちろん、冒険者登録をするためですが？」

「……それだけかね？」

またわずかな間の後に問われます。詰問調《きつもんちょう》なのが気になりますね。どことなく警戒されている感もあります。

「それだけかと言われましても……それだけですが。なにか問題でも?」
やはり、指名手配の解除が間に合っていなかったとか、そういうことなのでしょうか。
それならそうとずばり言ってほしいものですが、なにか奥歯にものが挟まったような
しっくりこない感じです。いい出しにくくて言葉を選んでいるだけなのかもしれません
が……これはいっそ、こちらから口火を切ったほうがいいのかもしれませんね。
「……」
また不自然な間が空《あ》きましたね。
あ、そういうことですか。
「お話し中、失礼ですが……こういうのはやめませんか?」
「――!」
どうも、不信感を与えてしまっているのは事実のようです。ここは不用意に話を拗《こじ》らせ
ないためにも、胸襟《きょうきん》を開き無用な問答は避けるべきでしょう。
実はこれが時間稼ぎで、こうして足留《あしど》めしている間に役人さんを呼びに行っているとか
では堪《たま》りませんから。
「指名手配の件が問題でしたら、単に手続きの遅れかと思います。もし、証明が必要でし
たら、王城のほうに問い合わせてもらうと、はっきりするかと……あの、どうしました?」
ふたりの様子が変でしたので、つい話を中断してしまいました。

驚嘆《きょうたん》に目を見開き、こちらを凝視《ぎょうし》しています。手間を省くために提案こそしましたが、そこまで驚かせるような内容ではなかったはずですが、なんでしょうね。

ふたりで目配《めくば》せをした後、サルリーシェさんが重々しく口を開きました。

「……なぜ、我らが話し合っていると……？」

気がかりはそちらでしたか。なるほど。

「おや、違いましたか？　てっきり〈伝心〉スキルで会話されていたのかと」

ふたりが息を呑《の》む気配がしました。

ヘイゼルさんしか〈伝心〉スキルを保有してないでしょうから、厳密には双方向の〝会話〟とは少し違うのかもしれませんが。それでもあの不自然な間の空《あ》き方は、私がガリュードさんから〈伝心〉スキルで連絡を受けていたときに似ています。

耳からではなく頭の中で話を聞くときには、受け手も意識を集中する必要があるため、わずかに硬直してしまう傾向があるのですよね。私自身、何度も体験しましたから、よくわかります。

話していた内容まではわかりませんが、この場に同席しているヘイゼルさんはサポート役っぽいですので、こっそり後ろからアドバイスしていたのでしょう。

内緒話《ないしょばなし》を指摘してしまった形になるわけですから、戸惑わせてしまったみたいですね。

「わかった。小細工《こざいく》はやめにしよう」

「……？　はあ、それはどうも？」

小細工とはまた大仰な。もしかして、責《せ》めていると受け取られてしまったのでしょうか。そんなつもりはなかったのですが……。

「結論から述べると、タクミ殿の賞金首は手配抹消《まっしょう》されている。だが、冒険者ギルド規約により、取り消し後一年未満の冒険者登録は認められていない。これは、なんらかの理由で一時的に手配が取り下げられた後、再度同じ罪で賞金が懸けられた前例があるからだ。また、再犯を考慮し、同じく刑罰を終えての釈放《しゃくほう》後にも、期間的な制限が設《もう》けられている」

「えぇっ！　そうなのですか？　それは参りましたね……『青狼のたてがみ』のみなさんに、なんとお詫《わ》びしたら……」

管理責任を持つ冒険者ギルド側の見解としては理解できますが、それでは約束を破ってしまうことになります。

現状でもお待たせしている上、さらに一年待ってくださいとは、とても言い出せません。

「『青狼のたてがみ』……？　もしや、彼らのパーティに合流するつもりで登録を？」

「そうなのです。特例とまで図々《ずうずう》しいことは申しませんが、どうにかならないものでしょうか？」

「単に行動をともにしたいということなら、サポートメンバーではどうかね？　サポートメンバーには冒険者ギルドへの登録義務はなく、あくまで雇《やと》い入れた冒険者の責任下で行動することになる。まずはそうして臨時のパーティメンバーとして行動し、一年後にあらためて正式メンバーとして登録する形式ではいかがかな？」

「おお。そういう手段もあるのですね！」

何事も、言ってみるものですね。事前に相談は必要かもしれませんが、それでしたら約束を破ることはなく、有効な手かもしれません。

「いいお話が聞けました。それで相談してみようと思います。ありがとうございました」

お礼を述べましたが、おふたりはなにやら渋《しぶ》い顔です。

そういえば、用事はこれだけだったのでしょうか。わざわざ別室に呼ばれて責任者まで出てきた割には、大した話はありませんでしたね。それとも、プライバシーの観点から人目を避けただけでしょうか。

「それで、私としてはこれで用件が済んだのですが……まだなにかありますか？」

「……ない」

「そうですか。それではこれで失礼しますね」

惜《お》しむらくは、昼食を抜いてまで延々と順番待ちしたことが無駄になってしまったことですが……結果的に待った甲斐《かい》はあったわけですから、よしとしましょう。

退室時に再度お礼を述べてから、私は冒険者ギルドを後にしました。

執務室から足音が去り、たっぷり三十秒は経ってから、サルリーシェは肺に溜《た》まった空気を細くゆっくりと吐《は》き出した。

◇◇◇

いつの間にか握り締《し》めていた拳に、じっとりと汗が滲《にじ》んでいる。まるで戦場に立っているかのごとき、張り詰めた緊張感を味わっていた。

かねてより噂だった謎の人物――〝タクミ〟。

実際に本人を目の当たりにした感想は、見た目はごく平凡で城下のどこにでもいそうな青年、だった。それだけに、この場における普通すぎる態度に驚愕《きょうがく》を禁じ得ない。

時間にして十分ほどの短い面会だったが、その脅威《きょうい》を肌《はだ》で実感するには充分すぎた。

多少危険な賭《か》けであることは自覚していたが、サルリーシェが相手の入室と同時に仕掛けたのは、〈威圧〉スキルによる先制だった。〈威圧〉スキルは相手の神経に作用して、行動阻害《そがい》や心神喪失を及ぼすスキルである。これにより、サルリーシェは相手の力量をある程度推《お》し量《はか》れると踏んでいた。

そして同時に、このスキルには相手を文字通り威圧する心理効果があり、受けた大抵の者は萎縮《いしゅく》してしまう。主導権を握り、その後の展開を有利に進めるのにも効果的だ。事実、これまで不穏な輩《やから》や奸計《かんけい》を抱く相手には有効な手段となっていて、効能は実証済だった。

この不意打ちに、どう出るか――

ついに相見《あいまみ》える彼《か》の強者に対し、サルリーシェの興味はそこにあった。

咄嗟《とっさ》の行動には、その者の本質が透《す》けて見える。伝え聞く実力からして、まず卒倒してしまうほど柔《やわ》ではあるまい。

着目すべきはその後だ。感情を抑えて理知的に振る舞えるか、はたまた怒りに任せて反抗心を露わにするのか、まさか恭順《きょうじゅん》の意を示すとは考えづらいが――様々な出方の想定はしていたつもりだったが、まさか完全に無視されるとは思いも寄らなかった。

あの『剣聖』ですら、真正面から〈威圧〉スキルを浴《あ》びせれば、怯《ひる》ませることはできる。だが、それすら一切、見受けられなかった。なんという胆力か、信じがたいことではある。

ヘイゼル事務局長の〈精神干渉〉スキルもあっさり無効化された。

ならばと、握手に乗じて力試しを挑んだが、これに対しても涼《すず》しい顔だ。〈物理無効〉を機能させないために用いたのは〈握撃《あくげき》〉スキル。純粋《じゅんすい》に握力《あくりょく》を倍加して対象を握り潰《つぶ》す攻撃スキルだ。

もともと生物としての龍人の力は、控え目に言っても人間の数倍に相当する。しかも高レベルの元冒険者で、体術を極《きわ》めたサルリーシェがこのスキルを用いるならば、その膂力《りょりょく》は片手で鉄塊《てっかい》をも砕《くだ》く――にもかかわらずだ。

「いかほどの身体パラメータがなせる業《わざ》なのだ、あれは。仕掛けたこちらが手痛いダメージを負うとはな。化け物扱いでも生温《なまぬる》い」

サルリーシェは握手した己が右手を見下ろした。

鱗に覆われた手の内側が、鬱血《うっけつ》で変色してしまっている。平然としているように見せかけているが、先ほどから右腕が痺《しび》れて痙攣《けいれん》も止まらない。

「いやはや。よもや、わたくしの秘中《ひちゅう》の〈伝心〉までもが見破《みやぶ》られるとは」

ヘイゼル事務局長も顔色を失っていた。声もいまだに震えている。

念話系スキルの上位スキルである〈伝心〉は、通常の〈念話〉スキルと違い、周囲から絶対に察知されることはない。希少スキルだけに、世間では存在すら知らない者がほとんどだろう。それなのに、いとも容易《たやす》く看破されてしまった。

その優位性を有効活用し、実は部屋の周りには密《ひそ》かにギルドの手の者で包囲網が敷かれていた。

サルリーシェを起点として、中継点《ちゅうけいてん》であるヘイゼル事務局長に取り決められたサインを送り、別室に控える特殊スキルを要する各人員に〈伝心〉にて指令が与えられる、というものだった。

此度《こたび》の来訪の真意がなんなのか――スパイとして潜り込むためか、冒険者ギルドひいては人類に敵対するつもりがあるのか、それを見極《みきわ》める。そのために、真偽《しんぎ》を見極める〈真《しん》贋《がん》〉スキルに〈読心《どくしん》〉スキル持ち、さらには強力な攻撃系スキルを有する者まで、この短い時間で用意できるだけの対抗手段を講《こう》じていた。

仮に邪《よこし》まな意図があれば、サルリーシェは場合によっては懲罰《ちょうばつ》覚悟でギルド内での暗殺も辞《じ》さないと決意していたのだが、その目論見《もくろみ》はたったの一言で挫《くじ》かれてしまった。

「〝こういうのはやめないか〟か……あのいい草にして、あの余裕。こちらの手札もすべて読まれていたと見て相違《そうい》あるまい」

あの台詞《せりふ》は、どんな策を弄《ろう》されたとしても、打ち破る自信があるという意思表示なのだろう。

「……でしょうな。惚《とぼ》けたり、不用意に仕掛けでもすれば、どのような被害を被《こうむ》ることになったか知れません。早々に手札を放棄したのは正解かと」

何気《なにげ》ないふうを装い、そのまま会話を続けられた。

ならば、あれは警告《けいこく》に他ならない。ここまでは見逃す。しかし、これ以上は踏み込むな――つまりはそういうことだろう。

「どうされますかな？」

「どうもこうもあるまい。万策《ばんさく》は尽きた。こうなれば、『剣聖』からの報告を信じるしかあるまいよ」

以前に依頼したスカウト――ただのスカウトではない、「応じる応じないに問わず、万一魔に属する気配があれば斬り捨てよ」の依頼に対し、『剣聖』が返してきた答えは「問題ない」の一言だった。

〝なにが〟〝どう〟問題ないのか、いっさい語られることはなかった。あの気まぐれで大《おお》雑把《ざっぱ》な男にそこまで求めるのは無理かもしれないが、数多《あまた》の窮地《きゅうち》を切り抜けてきた『剣聖』の人を見る目は信用できる。

ただし、懸念《けねん》としては『影』の一件がある。

同じく依頼した『影』は、あれ以降姿を消してしまった。消されたとも、自ら身をくらましたとも考えられる。

もともと無頼《ぶらい》で奔放《ほんぽう》な、悪癖《あくへき》ともいえる性格上の問題点があるため、『影』の動きだけでは判断材料としての決定打に欠ける。それに、失踪《しっそう》がこの件にかかわったことに起因しているのか、証明できるだけの裏付けもない。

どちらにせよ、こうして直接的な探《さぐ》りにも失敗した以上、どうあっても結論にはいたらず、魔に属するような存在ではないという疑念を払拭《ふっしょく》できないのが現状だ。

「表面上《ちょうじょう》かもしれんが、少なくとも言葉通りに『青狼のたてがみ』に同行してもらえるなら重畳だ。二心があっても、パーティを通じてギルド網で監視《かんし》できる。なれけばないで当初の期待通り、一年後に有能な冒険者が増えるだけだ」

サルリーシェは苦渋《くじゅう》の決断ながらも、そう結論づけた。

ただ、獅子身中《しししんちゅう》の虫ならぬ、化け物を体内に飼《か》ってしまうのではという不安は否めない。

「賞金首騒動で一年の猶予《ゆうよ》が得られたのは、ギルドにとって幸福だったかもしれませんな」

打算《ださん》になるが、正式登録していない内に問題があっても、少なくとも冒険者ギルドの栄誉は守られるだろう。

しかし、いざというときの保険はかけておきたい。

「猫ではなく化物の類《たぐい》かもしれんが、首の鈴《すず》は必要だろう。よく鳴る鈴がな。事務局長、頼めるか？」

「手配しましょう」

「それから『剣聖』だ。またふらりと旅立ったようだが、連絡がつけられるように手配しておいてくれ。仮にろくでもない問題が起きたとして、対抗できるのは奴くらいしかおるまいよ」

「そちらも、お任せください。それにしても……ギルド支部奪還を成し遂《と》げ、どうにか通常業務に戻った矢先に、なんとも頭の痛いことですな」

「わたしとて同感だが、まあそう言ってくれるな。気が滅入《めい》る」

「おや、失言でしたか。それではさっそく準備を進めますので、これにて失礼いたします」

事務局長が退室すると、サルリーシェは椅子に深く座り直した。

そして、窓から復興に賑《にぎ》わう王都の風景を眺めて、溜《た》め息を吐《つ》くのだった。

◇◇◇

「こちらでも物騒な事件や事故が続いていますね……」

テレビでは、人気の若手キャスターとアシスタントのお嬢さんが、パネルを前にニュースの解説をしていました。人為的《じんいてき》なもののみならず、最近では各地で自然災害も多くなっているようですね。

一転、今度は自慢のペットの紹介コーナーに切り替わりました。可愛《かわい》いペットの仕草は、見ているだけで癒されますね。

お次はスポーツコーナーですが、ルールに明るくありませんからチャンネルを変えましょう。

お昼どきは、興味をそそられるような番組は少ないですね。どのチャンネルも似たり寄ったりです。

リモコンのチャンネルを一巡《いちじゅん》してから、ビデオの録画《ろくが》一覧《いちらん》を確認しました。

「う〜ん。ずいぶんと溜《た》まってしまいましたね」

電気が止められていませんでしたので、家主《やぬし》が留守《るす》の間もビデオデッキは予約録画の任を務めていてくれたようです。画面に収まり切らないほど録画番組名が、上から下までずらりと並んでいます。

家電店での店員さんのお勧め通りに、最新鋭《さいしんえい》のブルーなんとかとかいう機器を購入したのですが、お高かっただけありまして、この録画容量はさすがですね。以前に使っていた十年選手の機器では、とっくに容量オーバーしていたでしょう。

慣れなくて苦慮しながらも、説明書片手に操作を覚えた甲斐《かい》があったというものです。

毎週観《み》ていた番組があまりに多かったものですから、どれから手を付けたらよいものか迷ってしまいますね。

あ、劇場人気作の地上波初放映がありますね。ダイジェストででも確認してみましょうか。


「……おや？　もうこんな時間ですか」

ちょっと眺めるだけのつもりでしたが、つい見入《みい》ってしまったようです。

ちゃぶ台の上のお茶もお茶請《ちゃう》けの煎餅《せんべい》もなくなってしまいました。

「小腹が減りましたね……」

そういえば、お昼がまだでした。

冷蔵庫の中には食べられそうなものは残っていませんし、お米の備蓄もありませんでしたね。

あるのは、先ほども食べていた少し湿気《しけ》っている煎餅《せんべい》だけですから、買い出しにでも出ましょうか。

（お金は確かここに……ありました）

寝室の箪笥《たんす》の最上段にしまっていた封筒《ふうとう》に、冠婚葬祭《かんこんそうさい》用の現金を入れたままでしたので助かりました。わざわざ現金を下ろしに銀行に行くのも手間ですしね。

それにこの姿では、もし身分証の提示を求められた際に、厄介《やっかい》なことになりそうです。

廊下《ろうか》に面した縁側《えんがわ》のガラス戸に映った姿を見つめます。

かつては何度も目にしていた歳を食った姿ではなく、血気《けっき》溢《あふ》れる年若い青年です。

『コロコロ、クリエイトします』

〈万物創生〉スキルも使えますね。

久しく掃除《そうじ》されていない廊下の目につく埃《ほこり》を取り、テープと一緒にゴミ箱に捨てます。

「……どう見ても、日本に住んでいた頃の我が家なのですが」

数ヶ月も不在にしていたためでしょうか、そこかしこがずいぶんと汚《よご》れていますが間違いありません。

なにせ、若い時分にこの中古一戸建《いっこだ》てを購入してから、二十年以上も住んでいたことになりますので、間違えようもないというものです。

異世界に召喚されたあの日、最後に目にしたままですね。

柱にかけた日めくりカレンダーの日にちも、四ヶ月ほど前のあの日のままになっていました。

ただ、なぜか居間だけは散らかっていて、家具が動かされたり据え置きのちゃぶ台も退かされていましたので、元の配置に戻すのに苦労しました。なにも盗《と》られた様子はありませんし、居間だけですから、空き巣《あす》というわけでもないでしょうが。

それはさておくとしましても、どういうわけか私は日本に戻ってきてしまったようですね。

まあ、原理はともかく、原因に心当たりはあったりします。

――事の起こりはこんな感じでした。

王都の城下にある宿屋の一室。昼前に目を覚まし、寝ぼけながら天井をぼんやり眺めているときでした。

ふと見上げた目の前の空間に、なにか亀裂《きれつ》のような筋《すじ》が浮いていたのです。

(はて、これは……?)

手を伸ばして触れてみますと、指先に引っ掛かりがありました。

（……年末の大掃除《おおそうじ》を思い出しますね）

実家では年末の大掃除《おおそうじ》で、掃除《そうじ》と並行して障子《しょうじ》の張り替えも行なっていました。

毎年、古い障子《しょうじ》を剥《は》がすのは私の役目でして、指先で開けた裂け目に手を突っ込み、一息に破るのはなかなかに痛快《つうかい》でしたね。

つまりは完全に寝ぼけていたわけなのですが……昔を懐かしみ、障子《しょうじ》を破り捨てるがごとく、そのまま亀裂をびりびり～と両手で盛大に広げてみました。

閃光と轟音《ごうおん》。覚えているのは、そんな感じだったでしょうか。

そんなこんなで、空間ごと引き裂かれるような光景を最後に、気がついたら自宅の居間に横たわっていた――という次第です。

この身になにが起こったのか理解の範疇《はんちゅう》は超えていましたが、ある日突然異世界に召喚されることがあるわけですから、その逆もまた然《しか》りということでしょうか。

自業自得という感がなきにしも非《あら》ずですが、世の中は摩訶《まか》不思議で一杯ですね。

それで、現状では困ったことが三つほどあります。

ひとつめは、この見た目です。

日本での私は六十歳の老年で、今のままでは少なくとも周囲の人から〝斉木拓未〟として認識してもらえませんよね。戸籍《こせき》がきちんとしている現代だけに、身分証が役に立たないとなりますと、日常生活でも多々問題がありそうです。

ふたつめは、この能力です。

この平和な現代日本において、こんな不老で不死身の人間なんて聞いたことがありません。

スキルもイリュージョンで誤魔化《ごまか》せそうにありませんよね。どこかの秘密機関にでも攫《さら》われて、人体実験の実験材料なんて全力でご遠慮したいところです。

三つめは、あちらの世界でいろいろと約束事を残しています。

特に『青狼のたてがみ』のみなさんです。あれだけ固く約束を交わしておいて、さらには猶予《ゆうよ》まで貰《もら》っておきながら踏み倒すなど、人としてどうでしょう。

ただし、事情がどうあれ、あちらに戻る手段にあてもありませんから、慌《あわ》ててみてもどうしようもないわけですが。

なんにしても、まずは腹ごしらえですね。腹が減ってはなんとやらです。

玄関を出て、自家用車を置いているガレージへと向かいます。

途中の玄関脇の新聞受けが、郵便物と新聞紙で溢《あふ》れ返っていました。

庭の雑草もぼうぼうで伸び放題ですね。定年後の軽い趣味でちょっとした菜園《さいえん》を作っていたのですが、収穫《しゅうかく》を迎える前に雑草に埋《う》もれて枯《か》れてしまったようです。残念。

帰って食事を終えてから、屋内《おくない》の掃除《そうじ》をしようと思っていましたが、屋外も手を入れないといけませんね。

車の運転席に座ってキーを回しますが、スカスカで反応がありません。長らく放っていましたから、バッテリーも上がってしまったようですね。

諦《あきら》めて、仕方なく徒歩《とほ》で近所のスーパーに向かうことにします。

二十分後、惣菜《そうざい》のパックとお寿司のセットを買ってきました。

こちらの世界とあちらの異世界、品揃《しなぞろ》えは断然《だんぜん》こちらのほうがいいのですが、人と人との触れ合いがある分、あちらのほうが好ましいですね。お客の顔も見ずにレジでピッピッという作業的な接客は、人情味あふれる接客に慣れていたので物足《ものた》りなくもあります。

「あら。おたく、見ない顔ねえ？」

玄関前の門に手をかけたところで、声をかけられました。

見た目がこうですから、外出時にはなるべく近所の人目に触れないように留意していたのですが、最後の最後で気が緩《ゆる》んでしまいました。しかも最悪なことに、ふたつ隣の春日《かすか》部《べ》の奥さんです。

春日部の奥さんのご近所での通り名は、ずばり『女帝』です。地元で生まれ育って六十五年、近隣の井戸端《いどばた》会議の頂点に君臨《くんりん》する猛者《もさ》で、他の奥様方の追随《ついずい》を許しません。自他ともに認める、ここいらのボス的な存在です。

まずいですね……対応を間違えますと、あらぬ誤解で大騒動になりかねません。怪《あや》しいと判断されるや否や、固有スキルの〈役所とのホットライン〉で即通報されてしまいそうです。

「ええ……初めまして。斉木拓未の遠縁《とおえん》の者で……斉木タツミ、と申します」

「……斉木さんとこの？　ふ〜ん？」

私も定年退職後は、時折ご近所さんの井戸端会議に参加することはありましたが、親戚《しんせき》縁者《えんじゃ》がいないことは話していなかったはずです。

獲物の様子を窺《うかが》う肉食獣のように、無遠慮《ぶえんりょ》にじろじろと見られています。

これ、魔物に対峙したときよりも恐ろしいのですが。冷や汗が止まりません。

「斉木さんの面影《おもかげ》があるわね！　最近の子にしては、礼儀も正しそうで安心したわ！」

面影があるといいますか、本人ですから。

安心したのはこちらのほうですが、なんとか窮地《きゅうち》は脱したようですね。さっさとお暇《いとま》しませんと――

「――」

春日部の奥さんの、利《き》き足に重心がかかりました。買い物かごを下げた右腕を、腕組みするように左手で支えて位置をキープ。玄関横の壁に背を預けています。

（こ、これは……間に合いませんでしたか……くうっ！）

ついに出てしまいました、長期戦の構え。恐れていたスキル〈長話〉です。

この体勢に移行しますと、ほんっと長いのですよね、これが。

「おたくも大変だったわね～。斉木さんがあんなことになって。あ、私はここのふたつ隣の春日部っていうの。斉木さんには日頃からよくしてもらっていたわ！　あなたにしたらお婆ちゃんのような年齢かもしれないけれど、まだ五十九なのよ？　まだ若く見える？　やだ、おほほ」

相変わらずのハイテンションですね。何気《なにげ》に六つサバを読んだのが疑問ではあります。

そういえば、召喚された後のこちらでの私の扱いは、どのようになっているのでしょうね。家財そのままですので、失踪者扱いといったところでしょうか。

この際ですから、尋《たず》ねてみたいところですが……仮にも設定上で親戚の私が知らないというのもまずいでしょう。ここは話の流れを利用して、さりげなく訊《き》き出してみるべきですね。

「ええ、そうなのですよ。あのようなことになって……物騒な世の中ですよね。どう思われましたか？」

「そうよねえ、気持ちはわかるわあ。物騒というと、知ってるかしら、あの朝のニュースキャスター！　名前なんていったかしらね、若い芸能人とデキてるって噂よ？　これって不倫《ふりん》じゃないの？　こういうのって、若い子も興味あるのかしら？　隣町の四丁目の新見《にいみ》の奥さんがファンらしくてね。もう、あのチャンネルなんて見てやらないわー、とか悔《くや》しそうに言ってたのに、今度出たアイドルグループのふたり組が歌番組に出演するからって、結局見ちゃってんのよ。ミーハーよね〜。おかしいでしょ？　三丁目の奥さんなんて——」

……聞きたい話題があっさり通りすぎましたね。誰です、新見の奥さんって？

それから二時間後、やっと私は解放されました。

途中でさらに近所の戦友さんたちが参戦しまして、関ヶ原《せきがはら》の戦い並みの包囲網でひどい有様《ありさま》でした。

「ええ」「まあ」「はい」「そうですね」しか発言していない気がします。なんともパワフルです。

ふらふらになって家に入りますと、せっかく作り立てだった惣菜《そうざい》がもう冷たくなってしまっていました。

仕方がありませんから、台所でお皿に移して電子レンジで温めます。冷凍食品のようで、あまりレンジで温めるのは好きではないですが、冷たいよりはマシでしょう。

せっかくですので、お寿司も容器から出して惣菜《そうざい》と一緒に盛りつけ直します。温かいお茶も淹《い》れ直し、お盆《ぼん》にまとめて載せて準備万端《ばんたん》ですね。

お盆で両手が塞《ふさ》がっているため、少々無作法《ぶさほう》ではありますが、居間の襖《ふすま》を爪先で開けました。

「さあ、お昼にしましょうか」

と、襖《ふすま》を潜った先は、なぜか見覚えのあるお城の中でした。

足元には高級そうな赤絨毯《あかじゅうたん》。高い吹き抜けの頭上には、煌《きら》びやかなシャンデリア。

……なにやらすごいデジャヴですね。

「タ、タクミ様……？」

赤絨毯《あかじゅうたん》の続く先には階段がありまして、壇上には玉座。そして、そこに座る唖然《あぜん》としたベアトリー女王。

どう見ても、ここはカレドサニア王城の謁見《えっけん》の間《ま》っぽいですね。異世界に還《かえ》ってきた、ということなのでしょうか。

これはあれですか。私の自宅の居間と謁見《えっけん》の間《ま》って繋がっているのでしょうか。いくらなんでも、そんなことないはずですけれど。

女王様をはじめ、臣下《しんか》のみなさんが厳粛《げんしゅく》に居並ぶその中央——お盆を手に佇《たたず》む私がいるのでした。

◇◇◇

本日の復興作業の手伝いですが、資材到着の遅れから二時間ばかりの空《あ》きが出てしまいました。

せっかく眠気を我慢して、こうして集合場所まで来たのが、無駄になってしまいましたね。時間まで城下をぶらぶらして暇を潰《つぶ》すのもいいのですが、他の作業をされている方々の邪魔になっては悪いでしょう。

そう思い、とりあえず宿屋に戻ってきたのはいいのですが……そこで思わぬものを目にしました。

備えつけのテーブルに放置された電動歯ブラシです。これ自体はなんということもなく、朝、歯磨《はみが》き用に創生したものですから、そこにあったとしてもなんら不思議ではありません。私は昔から歯磨《はみが》きは電動歯ブラシ派なもので。

問題は、出がけに使ったものがこうして今なお残っている現状です。

〈万物創生〉は万能スキルですが、制限のひとつとして、私の身体の一部から離れると消えてしまうという特徴があります。

そこから考えますと、身から離すどころか外出までしておきながら、こうして残っているはずが……

「ふーむ。おかしいですね。消えて然《しか》るべきなはずですが」

と、呟《つぶや》いた途端、電動歯ブラシは光の粒子となり、消えてしまいました。

うん？　これは？

『コケシ、クリエイトします』

試しに人形を創生してみて、床に置いてみます。

そ～っと手を離してみますが……消えませんね。

一歩、二歩と離れてみますが、コケシは依然、床に鎮座したままです。

「はい、消えた！」

懐かしのクイズ番組のフレーズを口にしてみますと、コケシが消失しました。

これはもう、確定のようですね。どうやら、〝離すと消える〟から〝任意に消せる〟に仕様《しよう》が変更したみたいです。

それでも、永続《えいぞく》するというわけでもないのでしょう。今日はたまたま早く戻ってきたせいで気づきましたが、昨日までは帰宅後に電動歯ブラシが残っているということはありませんでした。

そうなりますと、少なくとも日中に外出してから帰宅するまでの数時間の間に消えていたことになりますから、やはり時間的な制限があると見るべきですね。

こうなれば、距離的なものも調べておきたいところですね。どの程度まで離して大丈夫か次第では、今後の使い勝手にも大いに影響しそうです。

幸いながら、私が泊まっている宿の部屋は五階の最上階です。しかも周囲よりも少々高台にありますので、王都の外壁までの見通しもよく、視界が開けています。

（誰も見ていませんよね……）

眼下をぐるっと見渡しますが、大丈夫なようですね。わざわざ空を見上げながら歩いている人もいないでしょう。

新たに創生したコケシを、開け放った窓から大リーグ的な魔球のフォームで投げ放ってみます。

「そいやっ！」

大空に吸い込まれるように飛び去ったコケシは、遠目で外壁の上空を通過するかしないかというところで、ぱっと消え去ってしまいました。やはり、距離の制限もあるようですね。

それにしても、いつの段階で仕様変更したのでしょう。

王都にいる間は少しでも復興の足しになればと、些細《ささい》なものでもお店で購入するようにしていました。ですので歯磨《はみが》きくらいにしかスキルを使っていませんでしたから、まったく気づきませんでしたね。

今日になり、いきなりということもないはずです。いつも使った後の電動歯ブラシは、無意識にそこいらにほっぽっていましたので、単純に私が気づかなかっただけでしょう。

集中するために、ベッドのシーツの上で座禅《ざぜん》を組んでみます。

「せっかくですから、いろいろと確かめてみましょうか。ステータスオープン」

スキルに変化があったのでしたら、ステータスのほうにも影響があったのかもしれません。こちらの世界では、スタータスとスキルは密接な関係にあるようですし。

「こ、これは――」

レベル4

HP　◎

MP　○

ATK　△

DEF　◎

INT　×

AGL　○

職業　神

……なぜに記号なのです？

急に小学校の通信簿みたいな表記になってしまいました。ＩＮＴは賢《かしこ》さでしたよね。×はちょっとひどくないですか？

これって、もしかして――井芹くんも言っていたパラメータの数値が上限をオーバーして、パソコンでいう文字化けした状態になっているのでしょうか。若干《じゃっかん》、×のあたりに悪意を感じなくもないですが。

レベルも4に上がっています。以前が2でしたから、なんと倍増ですね。……3はいつの間に通りすぎてしまったのでしょう？

時期的に、やはり王都奪還のときでしょうか。ケランツウェル将軍も戦闘後に「ずいぶんと軍の基礎レベルが底上げされた」と喜ばれていましたし。

私の場合はあまりにレベルが上がらないものですから、もう気にも留めていませんでしたね。もとより興味も薄かったのですが。

スキルのほうは……こちらは〈万物創生〉と〈森羅万象〉のふたつのままで変化ありませんね。〈早起き〉スキルとか増えていたら大助かりだったのですが、そうそう上手くはいきませんか。

ただ、〈万物創生〉は性能が向上してましたよね。ということは、〈森羅万象〉も同様だったりするのでしょうか。

そもそも、〈森羅万象〉の使い方がわかりませんから、比較しようもないですけれど。

「ですが、そういえば……」

以前にレナンくんからなにか聞きませんでしたっけ。

――思い出してみましょう、むむむ。

『あはは～！　おじ～ちゃ～ん！』

『レナンくんじゃないですか〜!』

両手を握り合い、お花畑の中でふたりで楽しそうにくるくると回ります。

——いえ、これは願望でした。いけません。過去にこんな事実はありませんでしたね。

もっと真剣に思い出してみましょう。

気を取り直して、瞑想《めいそう》するように目を瞑《つぶ》ります。

あれは……サランドヒルの街の役所でのことでしたね。

『タクミさん、知らないですか? 鑑定スキルですよ。〈調査〉は、鑑定系スキルの初級スキルです。対象に触ってスキル名を言うか、スキル名を言った後に対象を指定することで発動するんです』

そういう会話をしたのは、たしかレナンくんの新スキル、〈祝福〉と〈加護〉を調べたときのことだったはずです。

レナンくんがあのときに使ったのは、鑑定系スキルの初級スキルの〈調査〉。私の〈森羅万象〉もまた、鑑定系スキルでしたね。しかも〝極《きわ》み〟とか。

……まだ作業開始の時間までは余裕もありますね。この際ですので、少し試してみましょうか。

(対象に触れた状態で、スキル名を言うのも可でしたよね)

ステータス表示のスキル欄《らん》、〈万物創生〉の場所に触れてみます。

「では……〈森羅万象〉！」

『万物創生。スキルの一種。唯一無二の創生スキル。万物を創造する全能なる神の力。第二段階』

創生時と同じ、音なき声が聞こえました。

なるほど、こういうふうに使うのですね。つまり、以前に一度だけ偶然に使用できたときには、〈森羅万象〉の記載に触れて何気《なにげ》なくスキル名を口にしたので発動したわけですね。サービス期間などは関係なかったと。ようやく納得です。

今さらですが、鑑定できるのは骨董品《こっとうひん》だけではなかったのですね。なんとも紛《まぎ》らわしいものです。

今度は〈森羅万象〉のほうを、試しに触れずにやってみましょう。

「〈森羅万象〉――スキル〈森羅万象〉」

『森羅万象。スキルの一種。鑑定系スキルの極み。万象における全知を得る神の力。第二段階』

……はて？　最後の〝第二段階〟という部分ですが、以前もありましたっけ。

もしかして、以前は〝第一段階〟で、性能が上がったおかげで現段階がわかるようになったということでしょうか。

ですが、内容に大した違いはありませんね。大仰に〝極み〟だの〝全知〟だのという割には、こんな程度なのでしょうか。レナンくんの初級スキルの〈調査〉との違いがわかりません。

　ついでですから、他のものでも試してみましょう。

　適当に、座っているシーツに手を触れてみます。

「〈森羅万象〉、このシーツのことを教えてください」

『シーツ。木綿《もめん》を編《あ》んで作られた寝具用《しんぐよう》の敷物《しきもの》』

　ふむふむ。

『エチヤ雑貨店より同製品十枚を一括納入。単価で銀貨一枚のところを銅貨九枚にて購入。総額、銀貨九枚。購入日時二十三日十四時四十三分十八秒六十三』

　ん？

『構成成分は綿花《めんか》百パーセント。産地割合、カイツ農園産六十二パーセント、レチッド村産三十八パーセント。ノラード町サンドラ縫製《ほうせい》工場の織職人レイチェル作。製作時間三時間二十八分十五秒二十四』

　ん？

『原材料綿花はアオイ科ワタ属の多年草《たねんそう》の種子から取れる繊維《せんい》。主成分はセルロース。D-(+)-グルコースのみより構成される多糖類《たとうるい》$(C_6H_{10}O_5)_n$ であり、グルコース単位は六員環いす形構造をもつヘミアセタールのグルコピラノース環』

え、ちょ、ちょっと――

『C1位にあるヒドロキシ基-OHと、隣接《りんせつ》するグルコース単位のC4位ヒドロキシ基との間で水一分子を失った形のβ-1,4-グルコシド結合により直鎖状《ちょくさじょう》につながった構造分子式(C6H10O5)nの多糖類の炭水化物。植物細胞の細胞壁《さいぼうへき》および植物繊維の主成分で天然の植物質の三分の一を占める。多数のβ-グルコース分子がグリコシド結合により直鎖状に重《じゅう》合《ごう》した天然高分子。構成単位のグルコースとは異なる性質を示したベータグルカンの一種で――』

「――ま、待ってください！　ちょっとストップ！　ストップです！」

堪《たま》らずに叫《さけ》んでしまいました。

説明されるといいますか、頭の中に強制的に知識が雪崩《なだ》れ込んでくる感じです。

これは……とんでもありませんね。末には原子構造とかまで出てきたのですが。

難解《なんかい》な知識をなぜか理解できてしまったことも我ながら驚きなのですが、その代償《だいしょう》でしょうか――ずきずきとひどい頭痛が止まりません。ややもしますと、意識を失うほどでした。

これはちょっと脳の許容限界を超えていますね。あのまま中断しなければ、本当に頭がパンクしていたかもしれません。安易に使用していいものではないでしょう。

たかだかシーツのことを知るために、卒倒していたのでは割に合いません。

……〝こんな程度〟扱いしたことを根に持たれたわけではありませんよね？　見くびってしまい、申し訳ありませんでした——念のため。

なんにしても、これで〝第二段階〟なのですね。ということは、第二、第三と続き、〝最終段階〟まで存在するのでしょうか。現状でもとんでもない性能ですが、さらにこの上があると。万象を知る全知とは、まさに神の領域なのでしょう。

神。全知全能を司《つかさど》る存在。

今さらながらに、どうしてこんな矮小《わいしょう》な人の身である私が、そんな大それた役を与えられてしまったのでしょうね。〝全てを知る〟——そんな力を手にしてしまったとき、私は今の私のままでいられるのでしょうか。ちょっと恐ろしい気もします。

それは〈万物創生〉とて然《しか》りです。万物を創造する全能なる力——すべての制限がなくなり、完全に複製《ふくせい》された偽物《にせもの》とは、本物とどう違うのでしょうね。仮に意思を持つ生物まで創生できてしまうとしたら、その創生物とは、いったい〝なに〟になるのでしょう？

若干《じゃっかん》、背筋が寒くなる思いがしました。

「まあ、今考えても詮《せん》なきことではありますが……」

ちょうど作業場に戻る時間となってしまいました。

今のところは過剰《かじょう》に慎重にならずに、便利な手段が増えたとして心に留めておくことにしましょう。

今日は『青狼のたてがみ』のみなさんに手紙を出すために、再び冒険者ギルドのカレドサニア支部を訪れました。

◇◇◇

——ざわっ。

気のせいかもしれませんが、はじめてここに来たあの日以降、私が訪れる度にギルド内が騒然となるのですよね。

今日もまた、入口を潜りますと、賑《にぎ》わっている人波がざざっとモーセのごとく割れてしまいます。

これはあれでしょうか。やはり大勢居合わせた中で、国家反逆罪の賞金首などと口走ってしまったことが原因でしょうかね。

あのとき受付にいたギルドのお嬢さんなど、目も合わせてくれません。冤罪《えんざい》ですのに。

(これは、なんとかすべきですね)

無闇に場の空気を乱すのは、本意ではありません。

しかしながら、時折聞こえてくるひそひそ話では、いろいろと尾ひれがついて、えらい凶悪犯扱いになっているようです。この状況で、私がどんなに弁明しても、みなさん納得してくれるようには思えません。

（と言いましても、ラレントの町のギルド支所に手紙を届けるためには、同じ冒険者ギルド経由が一番確実なのですよね……困りました）

もともと指名手配書で顔が知れ渡っていたこともあり、今さら別人として通りそうにもありません。

（……ん？　顔が売れてしまっているということは、裏を返すと顔さえ隠せればよいのでは？）

そうです、その手がありました。要は指名手配時と同じように、正体を隠すために変装すればいいわけです。

冒険者さんの中には、奇天烈《きてれつ》な格好をした方もいます。木を隠すには森の中と言いますが、私もそれっぽく変装して、紛《まぎ》れてしまうのが手ですよね。

私はいったん引き返し、冒険者ギルドから出ました。

近くの人気《ひとけ》のない路地裏にこっそり身を潜めます。

『スカルマスク、クリエイトします』

これもずいぶんと久しぶりですね。サランドヒルの街での猪狩り以来でしょうか。結局、猪は狩れませんでしたが。イリシャさんはお元気ですかね。

マスクを装着して、路地裏の建物の窓ガラスを姿見代わりに、全身を映してみました。

やはりこのマスク、渋《しぶ》いですね。髑髏《どくろ》の凹凸《おうとつ》の陰影《いんえい》具合がなんともいえません。ついでに服装その他も往年《おうねん》のヒーローのそれっぽく弄《いじ》ってみます。

「ふっ……完璧ですね！」

なおも路地裏で窓ガラス相手にポーズを取っていますと、窓の向こうを通りかかった住人らしき方が、驚いて腰を抜かしかけていました。

いけませんね。いきなり窓の外に見知らぬ人が突っ立っていたら、それは驚きますよね。ついつい夢中になってしまっていました。

今度こそ、これで怪しまれはしないでしょう。意気揚々《いきようよう》と冒険者ギルドに足を踏み入れました。

——ざわっ。

おや？　どういうわけか、先ほどと反応があまり変わりませんね。変装は上手くいってますよね？

どうしたものかと悩んでいますと、ギルドの奥のほうから人波をかき分けて、ひとりの女性が悠然と歩み出てきました。

燃えるような紅い髪、周辺の方々より頭ひとつ分は飛び出ている長身の——サルリーシエさんではないですか。なぜか、闘志《とうし》を漲《みなぎ》らせているように感じます。

「ちょっと顔を貸してもらおうか」

すれ違いざまに、肩をぽんっと叩《たた》かれました。

サルリーシェさんはそのまままっすぐギルドの外に出ていってしまいました。

「おい、これって……」

「ああ、ギルド支部名物の例のアレじゃないか？」

周囲の方々がざわついていますね。名物とはなんのことでしょう。

（これって、ついていったほうがいいんでしょうかね……？）

このままお見送りしてしまい、手紙を出す用事を済ませてさっさと帰ることも可能ですが……外に出たサルリーシェさんが振り返ったら誰もいない、という状況では恥をかかせてしまいますよね。仕方がありませんから、後を追うことにしましょう。

どういうわけか、ぞろぞろと大名行列のように他の冒険者さんたちも一緒についてきて、ギルド前の表通りに出ました。

これはいったい、なんの騒ぎなのでしょうね。いまいち意味がわかりません。

訳もわからぬまま、通りで待ち構えていたサルリーシェさんと、五メートルほど離れた位置で対峙することになります。

他の方々は、私たちふたりを中心に円を描くように取り囲んでいました。

周囲から固唾《かたず》を呑《の》む気配がします。なにやら緊迫した雰囲気《ふんいき》なのですが、いまだに意味がわかりません。

「黄金の髑髏仮面。その噂の腕前が本物か――確かめさせてもらう！　はあっ！」

気合の雄叫《おたけ》びが発せられます。

「ええっ⁉」

思わずびくっとして、叫《さけ》んでしまいました。

これってもしかして、サルリーシェさんに勝負を挑まれているのですか？　なにゆえに？

どさっと倒れる音がして、私の後方に立っていた野次馬《やじうま》の数人が卒倒しました。

「やるなっ⁉　このわたしの〈威圧〉を正面から食らって耐えたのは、近年ではふたりめだ！　しかし、あの者とは違い、まったく効かないわけではないようだがな‼」

なにかに耐えたようですね。よくわかりませんが。それに、誰です、あの者って？

続けて、サルリーシェさんが地を蹴って突進してきました。

「暴れ蹴散《けち》らせ、〈乱れ独楽《ごま》〉！」

あん馬《ば》のように地面に両手を突き、それを軸《じく》として地を這《は》うような足払いが放たれました。

咄嗟《とっさ》に飛び退《の》いて躱《かわ》しましたが、蹴りはそれだけに留まらず、続けざまに右、左、右と流れるように交互に襲いかかってきます。足払いというより、低空の連続回し蹴りのようなものですが、足元の攻撃を躱《かわ》すことに気を取られていますと、今度は器用にも横回転が縦回転に変わり、頭上から踵《かかと》が降ってきました。目まぐるしいまでの縦横無尽な蹴りの連続攻撃ですね。

サルリーシェさんは長身の分、足がとても長いため、蹴りの射程が広いですね。結構な余裕を持って距離を取りませんと、なかなか蹴りの圏内《けんない》から脱せません。

まあ、それよりも、うら若き女性がタイトスカート姿で豪快に足を振り回すのは、如何《いかが》かと思うのですが。指摘したほうがよいのか悩みどころです。

攻撃を躱《かわ》すこと自体は大して苦でもありませんが、あまりにも長く続くために億劫《おっくう》になってきました。

それに、いい大人の私たちが往来の真ん中でいったいなにをしているのでしょうね。こんなところを通行人のお子さんに見られでもすれば、教育上よろしくなさそうです。

しかしながら、攻撃を止めるためにこの勢いのまま下手に受けてしまっては、私の無駄な頑丈《がんじょう》さでサルリーシェさんのほうが骨折でもしかねません。どうしたものでしょう。

「これも躱《かわ》し切るか！　ならば、受けてみよ——突貫せよ、〈破城鎚《はじょうつい》〉！」

攻撃が切り替わりました。回転する円の動きから、直線的な線の動きへと変化します。

静から動——一瞬の溜《た》めの後、短距離スプリンターのスタートダッシュのごとく、サルリーシェさんが一直線に突進してきます。ぶちかましでもする勢いです。

さらには右腕を弓のように引き絞《しぼ》り、番《つが》える矢——右手は空手《からて》で言うところの四本貫手《ぬきて》ですね。プロレスでいいますと、かの地獄突《じごくづ》きでしょうか。

しかしそこから放たれる攻撃はただの突きではなく、肩口から腕、手首までを高速回転させて、貫通力を増しています。

風圧で周囲の土砂《どしゃ》を巻き込みながらの突貫攻撃――さながらドリルアタックといったところでしょうか。いいですね、ドリル。浪漫《ロマン》を感じます。

受けてみよ、と言われましたので、とりあえず受けてみることにしました。真正面からの突きでしたら、受け止めやすいですしね。怪我《けが》をさせないように、両手でそっと包むように。

「おお――！」

周囲から歓声が上がります。

サルリーシェさんの突きを止めたポーズで、お互いの動きが静止しました。

「ふっ」

先に構えを解いたのは、サルリーシェさんでした。

それまで放っていた闘志がすっかり消え、笑みを浮かべています。

「見事だ。噂に違《たが》わぬ腕前に感服《かんぷく》した。突然、このような無作法……すまなかった。名乗らせてもらおう。わたしは龍人のサルリーシェ」

知っています。

「驚かせるかもしれんが、この冒険者ギルドのギルドマスターだ」

それも知っています。

なんでしょう。以前スカルマスクをスカウトしたいと仰《おっしゃ》っていたサルリーシェさんはともかく、野次馬のみなさんもご存知のようですが……はて？

はっきりと『黄金の髑髏仮面』と言っていましたから、人違いというわけではないですよね。護送中の行く先々を少し出歩いたくらいで、どうしてこの王都でそれほど知れ渡っているのでしょう。不思議なこともあったものです。

「キミはまだ冒険者登録をしていないと聞く。今回の来訪は、もしや登録のためかね？」

「違います。手紙を出そうかと」

「そうか。であるならば――どうだろうか、その腕前を世の人々のために役立ててみないか？　これまでも弱きを助けて悪を挫《くじ》く旅をしていたのだろう？　知っているかもしれんが、冒険者ギルドは各地に点在し、効率のいい総合的なサポートを行なうことができる。キミの手助けもできるはずだ。もちろん、依頼料という形で褒賞《ほうしょう》も出る。キミの実力ならばAランク――いや、将来的にはSランクも決して夢ではないだろう」

周囲がどよめきます。

「どうかな、我ら冒険者の同志となってはもらえぬか？」

サルリーシェさんが穏《おだ》やかな微笑《ほほえ》みを浮かべながら、手を差し出してきました。

「あ、お断りします」

と言いますか、どうせ一年間は登録できないそうですからね。つい先日、他ならぬサルリーシェさん自身に教えてもらったばかりですし。

「そ、即答……そうか、残念だ」

頬《ほお》を引き攣《つ》らせたサルリーシェさんの手が、へにょんと垂れ下がりました。見るからにがっくりされていて、肩を落としています。

衆人環視《しゅうじんかんし》の中で、はっきりと言いすぎたでしょうか……ですが、登録できないという事実は事実ですから、どうしようもありませんよね。

いっそ正体を明かしたほうが――と思わなくもないですが、それではわざわざ変装した意味がなくなってしまいます。

それに護送していたレナンくんの手前、護送囚人が出歩いていたというのがバレてもまずいでしょうし。あちらを立てればこちらが立たず。う～ん、困ったものですね。

「今は無理ですが、一年後でしたら登録できるかと思いますよ」

決めました。サルリーシェさんには悪いですが、内緒《ないしょ》にしておきましょう。これが最大限のフォローですね。

「ほ、本当かねっ⁉」

両手をがっちりと握られました。

「いやいや、一年くらい待つとも！　有能な人材が志《こころざし》を同じくしてくれるとあれば、これに勝ることはない！」

一転して、上機嫌です。

「これで、一年後にはあわよくば……二名もの有能な人材が加入してくれるということか。ふふっ、カレドサニア支部の未来も明るいな」

サルリーシェさんが嬉しそうに小声でほくそ笑んでいます。

ああ……申し訳ありませんが、もうひとりも私のことですよね。

……まあ、嬉しそうですので、そっとしておきましょう。真実も一年後ということで。悪《あ》しからず。

（さて。少々、時間を浪費してしまいましたが、さっさと手紙を出してきましょうか）

妙に周囲からの熱い視線に晒《さら》されながら、私はそそくさと手紙をしたためるのでした。

第四章　新生『青狼のたてがみ』

順調に王都の復興も進み——王都奪還からわずか一月を待たずして、王都は以前の活気に満ちた姿を取り戻していました。

これも、そこに暮らす人々の思いがなせる業《わざ》だったのでしょう。みなさんの日々を懸命に生きようとするさまに、幾度となく胸を熱くさせられたものです。微力ながら、私もそのお手伝いをすることができて幸せでした。

そして、今日。ついに私も王都を旅立つ時期となりました。

目指すは約束の地、ラレントの町です。ここで私は冒険者に——なることは一年間はできないそうですので、サポートメンバーとして頑張《がんば》ってみようと思います。

移動の旅は相変わらずの乗合馬車でして、数日をかけてガタゴトと揺られていきます。

日本での文明の利器に慣れていた当初は、快適さとはほど遠い乗合馬車での馬車旅を楽しむ余裕は皆無《かいむ》でしたが、私もずいぶんと馴染《なじ》んできました。移りゆく景色を眺めて、他の乗客と触れ合いながら進む鈍行《どんこう》の旅は、今となってはなかなか乙《おつ》なものに感じられます。

もちろん、野盗《やとう》に獣にと旅の障害はありましたが、こちらも慣れたものですね。もはや風物詩《ふうぶつし》くらいに思えてきました。

そうして今回は大した横槍《よこやり》もなく——目的地のラレントに着くことができました。

思い起こしますと、こうすんなりと目的地に到達できたのは、初じゃないでしょうか。

ラレントの馬車の停留所《ていりゅうじょ》で降りまして、まずは冒険者ギルドのラレント支所に向かうことにします。都合よく『青狼のたてがみ』のみなさんがいるかはわかりませんが、少なくともあそこに伝言を残しておけば、いずれ到着の報は伝わるでしょう。それに、他にも挨《あい》拶《さつ》しておきたい方もいますし。

「ほんの数ヶ月とは言いましても、懐かしい気がしますね～」

きょろきょろと町中を見回しながら、ギルドへと歩を進めます。

目新《めあたら》しく見えますが、変わったのは町ではなく、私の心境のほうでしょう。心なしか、ウキウキしてしまいますね。

冒険者ギルドに顔を出した後は……やはりお世話になっていたハローワークのキャシーさんに挨拶《あいさつ》すべきでしょう。

半月ほどは暮らしていた町ですから、それなりに顔見知りもいます。全員いっぺんには無理ですが、アルバイト関係でお世話になった方々のところにも、機を見て訪問してみましょうかね。

そんな算段を立てつつ歩いていますと、私の進行方向に立ち塞《ふさ》がる人影がありました。

「待っていた」

「……おや？」

なぜ、あなたがラレントにいるのです？

背中には大きめのリュック。目深《まぶか》に被った帽子に半袖《はんそで》シャツに半ズボン。見慣れない少年ふうの出で立ちですが、その顔は見間違えようがありません。

「……井芹くん、ですよね？」

「いかにも」

イメチェンとやらでしょうか。普段と髪形や雰囲気《ふんいき》が違いますし、なにより刀を差していません。

「儂は鈴だ」

「は？　鈴……ですか？」

登場の仕方と同じく、唐突な単語が出てきましたね。

「そう、鈴だ。猫の首につけるアレだな。ギルドはよほど〝タクミ〟――お主を危険視しているようだ。監視役を同行させて、信に足る者か見極めるつもりらしい。同時に『剣聖』である儂にも別依頼が来た。お主の素性《すじょう》が魔に属するようなら斬れ、とな。抑止役《よくしやく》のつもりらしいが――ならばと、儂がその両役を買って出たのよ」

井芹くんが得意げに語ります。

そうだったのですか……悲しいことに、私って危険視されていたのですね。やはり、元賞金首なのが原因でしょうか。

女王様に冤罪《えんざい》を晴らしてもらい、賞金首は解除してもらっていましたが、その詳細までは告知されていませんでしたね。もしかして、世間的には復位の際の恩赦《おんしゃ》などと捉えられたのでしょうか。そこまで考慮して女王様に相談すべきでしたか……失敗しましたね。

ですが、井芹くんがこうして監視役に就《つ》いてくれたのは、むしろよかったのかもしれません。正当な評価をあげてもらうことで、今度こそ疑念や誤解も払拭《ふっしょく》できるというものです。

「ふっ。先の戦《いくさ》を終えた折、姿を消すなどという小細工をせずに、〝神の使徒〟としての正体を晒《さら》していればよかったものを。身から出た錆《さび》だな。甘んじて受けるがいい、斉木」

なんだか、井芹くんが珍しく嬉しそうです。これって、先日のハルバードを壊してしまった件のお返しとかではありませんよね？

「それはそうと、そういうことを私に話してよかったのですか？」

「……なに？」

「私にとってはありがたいばかりですが……冒険者って、普通はそんな内密の依頼事は、対象に話さないものなのでは？　守秘義務的《しゅひぎむ》な」

「……」

井芹くんから笑みが消え、いつもの仏頂面《ぶっちょうづら》になりました。

「ふむ。立ち話もなんだ。そろそろ行くか、連中も待っている」

踵《きびす》を返して、すたすたと井芹くんが早足に歩きはじめます。もしや図星《ずぼし》だったりしたのでしょうかね。

私も小走りで追いかけて、井芹くんの隣に並びました。

「それで、〝連中〟とは誰のことなのです？」

「お主の目的はなんだ？　『青狼のたてがみ』との合流だろう？　ならば、連中といえばアレしかあるまいよ」

前方を指差されてそちらを見遣《みや》りますと、ある建物の前に数人の方がたむろっていました。ひとりがこちらに気づき、歓声を上げて他の方々をビシバシ叩《たた》いているのがわかります。

その建物は懐かしの冒険者ギルド支所で、そこにいるのはファルティマの都で別れて以来の――『青狼のたてがみ』のみなさんでした。

「お～い！　タックミーん！」

先頭を切って走ってきたレーネさんが抱きついてきます。

と思いましたら、ジャンピングラリアットでした。私の首を支点に、引っ掛けた腕でくるりと一回転しますと、ポーズを決めて軽《かろ》やかに地面に着地しました。

「どう？　美少女の抱擁《ほうよう》に感激してもらえた？」

頭の後ろで腕組みしながら、レーネさんが「にしし」と笑いかけてきました。いつもながらにお元気そうです。

ちなみに、レーネさん的には抱擁《ほうよう》だったのですね、今の。二の腕が見事に急所の喉仏《のどぼとけ》に入っていましたが。

「馬鹿っ。いきなり、なに危険なことをやってんだよ、おまえは？　失礼だろ！」

「あ痛っ」

背後から頭頂部に拳骨《げんこつ》を落としたのは、カレッツさんです。

こうしてレーネさんを窘《たしな》める光景が、いかにも微笑《ほほえ》ましいですね。

「ご無沙汰《ぶさた》しています。タクミさん。指名手配に捕縛《ほばく》と驚きましたよ。無事でよかった」

「その節はご迷惑をおかけしました。カレッツさん。合流が遅れまして、申し訳ありません」

握手を交わします。

カレッツさんは相変わらずの好青年で〝お兄さん〟という感じですね。

「久しぶりね。まあ、個人的にいろいろと思うことはあるけれど……歓迎するわ」

「ええ。ありがとうございます、フェレリナさん」

フェレリナさんもお久しぶりです。

彼女とはエルフの女王――セプさんの件で卒倒させたまま別れてしまったこともあり、多少ぎくしゃくした感はありますが、そのうち慣れるでしょう。

それにしても、みなさんお懐かしいですね。

カレッツさんに、レーネさん、フェレリナさんに……おや？　あとひとりいますね。誰でしょう。

初見の若い女性の方です。見た目の年齢はフェレリナさんと同じくらいで、二十代前半といったところでしょうか。

珍しい深緑色の髪を三《み》つ編《あ》みでまとめた勝ち気で活発そうなお嬢さんです。迷彩柄《めいさいがら》の露《ろ》出《しゅつ》の多いラフな服装に、腰には丸めた鞭《むち》を下げていますね。

「タクミさん。こちらはアイシャさんです。先日、ちょっとした縁がありまして、『青狼のたてがみ』のパーティメンバーに加わってもらうことになりました」

「そうでしたか。初めまして、私はタクミと申します。お見知りおきを」

「みなさんからお噂はかねがね。アタシはアイシャ。Cランクの冒険者で、職業《クラス》は『森の民《レンジャー》』です。高名なSSランクパーティの『青狼のたてがみ』に加えてもらって光栄です。よろしくお願いしますね」

はきはきした物言い、感じのよい方ですね。アスリートのように健康的な引き締《し》まった肉体をされていて、凛《りん》としたさまはサルリーシェさんを彷彿《ほうふつ》させますね。

握手した際、若干《じゃっかん》、笑顔が引きつっている感じがしましたが……緊張されているのでしょうか。

「それから、もう自己紹介は済ませたかもしれませんが、こっちがイセリくん。憶《おぼ》えてますか、タクミさん？　ほら、以前にファルティマの都の喫茶店《きっさてん》で、同席した子ですよ」

「その節はどーもでした！　あらためまして、僕イセリです！　仲良くしてくださいね！」

……は？

「タクミん。イセリんってば、かーいいでしょ？　ちょっと前からウチのサポートメンバーとして頑張《がんば》ってもらってるんだー」

レーネさんが井芹くんを背後から抱き締《し》めて、頭に頬《ほお》をぐりぐり押しつけています。

「ちょっと、やめてくださいってば！　子ども扱いしないでくださいよ、レーネさん！」

……はあ？？

「レーネさんじゃなくって、レーねーちゃんって呼ぶようにって言ったよね？　ぐりぐりぐり」

「やめてやめて。わかりましたってば、レーねーちゃん！　これでいいでしょ？」

……はあぁ？？？

「よっし、許してつかわそー」

「またレーネったら、年下相手にふざけて……ごめんね。弟分ができたのが、よっぽど嬉しいらしくて。この子もまだまだ子供だから」

「なにそれー、フェレリん？　あたいのどこが子供なのさー？」

「そうやってリスみたいにほっぺた膨らませるところかな、ふふ」

「おいおい、みんな。往来でそんなにはしゃぐなよ。タクミさんがびっくりしているだろ？　タクミさんも王都から着いたばかりで疲れたでしょう？　ギルドで歓迎会を兼ねた軽い食事でもしましょうか。キャサリーさんにすぐに用意してもらいますから」

「いえーい！　ご馳走《ちそう》ご馳走《ちそう》♪　リーダーの奢《おご》りで♪」

「なんでだよ!?」

「ふたりとも、はしゃぎすぎよ」

「ええっ？　俺もかよ？」

どやどやと三人が冒険者ギルドへ向かって歩き出し、アイシャさんもこちらを気にしながらその後に続いていました。

私はといいますと、先ほどの目を疑う場面との遭遇《そうぐう》に身体が硬直したままです。思わず、意識が飛びかけました。幻覚でも見たのでしょうかね。

「……ねえ、井芹くん？」

――どんっ！

笑顔で爪先を踏みつけられました。

私自身は痛くありませんが、その下の地面に放射状に亀裂が入っています。常人でしたら粉砕骨折《ふんさいこっせつ》間違いなしですね。

さらにぐりぐりされて、爪先が地面にめり込みました。

依然、井芹くんは、先を行くみなさんの背中を見つめたまま無言の笑顔です。

つまり、黙っていろと、そういうわけですね。潜入捜査《スパイ》の役作りでしょうか。素を知っているだけに、恐ろしいものを見た気分です。

◇◇◇

アイシャは陰でぎりぎりと唇《くちびる》を噛《か》んでいた。

マディスカの町で受けた屈辱《くつじょく》を晴らそうと、ギルド経由で裏から手を回して、例の男の情報を掴んだまではよかった。

『青狼のたてがみ』のメンバーを罠《わな》に嵌《は》め、偶然を装い彼らの窮地《きゅうち》を助けることで、事前にパーティ内に潜り込むことにも成功した。

（なのに、どうしてここに『剣聖』がやってくる!?）

ギルド支部からの紹介という形で、サポートメンバーが送られてくることは知らされていたが、それがまさか『剣聖』だとは思いも寄らなかった。

馬鹿げた格好と猪口才《ちょこざい》な芝居《しばい》だが、あれが本人であることは間違いない。それは〈超域探索《たんさく》〉スキルでもはっきりしている。

幸い、『剣聖』はこちらの正体には気づいていない。

これまでならば、『剣聖』を討ち取るチャンスと喜んだかもしれないが、今はそれ以上に仕留《しと》めたい獲物がいる。ならば、奴は邪魔でしかない。横槍を入れられる可能性もある。

（……いいや、ここは状況を利用すべきか？）

ギルドや『剣聖』の思惑は知らないが、獲物が『剣聖』と旧知の間柄《あいだがら》ということはないだろう。

心理誘導してお互いに疑念を抱かせ、同士討ちさせるという手もある。どちらが倒れても利はある。しかも残る手負いを排《はい》して、漁夫《ぎょふ》の利《り》を狙うこともできる。そう考えると、今の状況も決して悪くはないのかもしれない。

（今は伏して、機を窺《うかが》うべきか）

前回の仕掛けでは、髑髏野郎の裏切りで獲物を取り逃がした。

前金も掠《かす》め取られ、本調子でなかったとはいえ、この自分ともあろう者が散々な有様《ありさま》だ。

さらには伯爵邸《はくしゃくてい》に戻ってみると、真夜中に役人が詰めかけて、大捕《おおと》り物の真っ最中。事態の把握《はあく》ができていない状況で、脛《すね》に傷ある身としては、取るものも取り敢《あ》えず急ぎ街から離れるしか選択肢がなかった。

かねてよりの大怪我《おおけが》も癒え、こうして自立行動できるようになった今、まずはこの恥辱《ちじょく》を雪《そそ》ぐしかない。それができて初めて、Sランク冒険者の『影』として、舞い戻ることができるのだ。

握手の際の挨拶《あいさつ》代わりの指輪に仕込んだ毒針は、やはり効かなかった。忌々《いまいま》しいことに、無効化スキルは健在らしい。

しかし、これからは偽りとはいえ同じパーティの仲間。隙《すき》や弱点を見い出す機会はいくらでもあるだろう。

以前に狩った獲物の冒険者カードが、こんなところで役に立つとは。

(今度こそ、この手で殺《や》ってやる)

アイシャ――イリシャは、昏《くら》い笑みを浮かべるのだった。

◇◇◇

歓迎会の用意ができるまでの間、お隣のハローワーク、もとい仕事斡旋所《あっせんじょ》のキャシーさんのもとに挨拶《あいさつ》に行きました。久しぶりに会った彼女は、記憶にあるよりもふくよかになっており、ずいぶんとお元気そうでした。

「いいのよ、タツミくん——じゃあなくって、タクミくんだったわね！　理由があるのはカレッツくんたちから聞いたから！　指名手配とか冤罪《えんざい》とか大変だったわねー？　お姉さんにそんなに気を遣わなくていいから！　それよりも、こうして無事に顔を見せにきてくれただけでも嬉しいわあ！」

以前に偽名《ぎめい》を使っていたことを謝罪しますと、返ってきた言葉がそれでした。

キャシーさんの威勢《いせい》のいい大声が懐かしいですね。ラレントの町に帰ってきた、という気になります。

小一時間ほどお喋《しゃべ》りに付き合ってからギルドへ戻りますと、ちょうど料理の準備を終えたところでした。多人数用の大テーブルには、すでにカレッツさん、レーネさん、フェレリナさん、アイシャさん、井芹くんが着席しています。

「もう今日は店じまい！」という、ギルドの受付嬢のキャサリーさんの号令で、入り口には閉店札が下げられました。恐縮ながら、今日は私たちの貸切のようですね。

「え〜、それでは。本日こうしてタクミさんを迎えられて、これで全員が集まりました。明日からは新生『青狼のたてがみ』の始動です！」

リーダーのカレッツさんが立ち上がり、挨拶《あいさつ》をします。

「なーに？　リーダー、かったーい、緊張してんの？　らしくなーい、にしし」

「こら、レーネ。茶化さないの」

元祖『青狼のたてがみ』の三人が仲良さげにわいわいしています。

いいですね、こういう雰囲気《ふんいき》。

「私としても、みんなには期待してるからね！　もっともっと有名になって、もーっと依頼達成率を上げて、このラレント支所を盛り上げてちょうだい！」

乾杯《かんぱい》はまだなのですが、一番最後に席に着いたはずのキャサリーさんがグラス片手にすでにできあがっています。

「んで、結婚相手を見つけたいって？」

「そう！　そのとーり！」

「うわ、キャサリーったらもう酔ってる……恥ずかしいわね、もう」

「とりあえず！　収拾がつかなくなる前に乾杯しときましょう！　じゃあ、これからみんなよろしくということで！　かんぱ～い！」

「「「「乾杯！」」」」

カレッツさんの音頭《おんど》により、全員で揃って乾杯します。

私とカレッツさんはエール、レーネさんとフェレリナさんは果実酒のようですね。

アイシャさんとキャサリーさんはアルコール度数の高そうな蒸留酒《じょうりゅうしゅ》を飲んでいます。アイシャさんはかなりお強いのか、キャサリーさん以上のハイペースで飲んでいますが、顔

には全然出てませんね。体質でしょうか。

仮想年齢十三歳くらいの子供役に徹している井芹くんは果実水でしたが、神速の早業《はやわざ》で中身をお酒と入れ替えていました。さすがです。

その後も歓迎会は続き、陽《ひ》が暮れかけてキャサリーさんが完全に酔い潰《つぶ》れたところで、お開きになりました。

本格的な冒険者活動は明日からということになり、今日は早めに宿屋で休むことになりました。場所は冒険者ギルドからほど近い〝雄牛《おうし》の角《つの》亭〟というところで、パーティ結成当時からの馴染《なじ》みの宿らしいです。

三階建ての割と大きめの宿屋でして、冒険者ギルドと提携《ていけい》していることもあり、みなさんだけではなくラレント支所所属の冒険者さんたちの多くが、ホームとして利用しているそうですね。

私たちに充《あ》てがわれた部屋は二階で、三人部屋の男子組と女子組のふた部屋に分かれていました。

カレッツさんと井芹くんとともに、男子部屋へと入ります。

「ふう～」

割り当てのベッドに荷物を下ろしたところで、思わず息が漏れました。

このところはずっと馬車旅で、道中では簡素な休憩所《きゅうけいじょ》での雑魚寝《ざこね》が多かったですから、まともな宿泊施設は王都以来ですね。

「タクミさん、よかったらこれから一緒にひとっ風呂どうですか？」

「お風呂ですか？」

「この宿屋の売りのひとつで、結構、評判いいんですよ。な、イセリくんも一緒にどうだい？」

「是非《ぜひ》お供します！　ねえ、タクミさんも」

井芹くんに袖口《そでぐち》を引っ張られます。

無邪気そうな仕草ですが、カレッツさんから死角の角度で向けられた眼差《まなざ》しは、なにかを訴《うった》えかけるようでした。

「……ええ。では私もお言葉に甘えましょう」

カレッツさんを先頭に、案内された先は一階の奥まった場所でした。

男湯と書かれた入口を潜り、脱衣所を抜けますと、そこには湯気《ゆげ》に包まれた大浴場がありました。十人以上でもゆったりと浸《つ》かれそうな大きな湯船は、懐かしき銭湯《せんとう》の風情がありますね。

こちらの異世界ではあまり湯船に浸かる文化がないのか、水桶で身体を拭《ぬぐ》うのがほとんどで、よくてもシャワー程度です。王都には共同浴場がありましたが、それも主に蒸気《じょうき》を利用したサウナと、汗を洗い流す水場くらいでした。

こうも本格的な湯船は珍しいですね。といいますか、初ではないでしょうか。

「ここの管理人が元冒険者なんですよ」

カレッツさんが教えてくれました。

魔法で水を生み出し、火の魔法で焚《た》くといったような感じでしょうか。それとも、お湯を出すスキル的な？

なんにしても、純然《じゅんぜん》たる日本人としては、足を伸ばして浸かれるお風呂は大歓迎です。

時間帯がまだ早いせいか、私たちの他に利用者はいないようで、歓迎会に引き続いてこちらも貸切状態ですね。

身体を流してから、男三人で肩を並べて湯に浸かりました。

「むむっ⁉」

やりますね、ここの管理人さん。お湯加減がなんとも絶妙《ぜつみょう》です。

「ふわ～、生き返る……」

カレッツさんが両腕を伸ばしつつ、深い息を漏らしました。こういったのは万国共通といいますか、世界が違っていても同じですね。

井芹くんは顎《あご》まで湯に沈めながら、目を瞑《つぶ》っています。かなりご満悦《まんえつ》そうです。

自然と無口になってしまい、静かにお湯を楽しんでいますと——

「うっひゃ、いっちばーん！」

ばっしゃーん！　と湯の弾ける音と、若い女性の声が壁越しに聞こえてきました。

お隣さんでしょうか。となりますと、女湯のほうですね。

「こら、レーネ！　飛び込まない！　誰もいないからって遊ばないの！　先に身体を洗いなさい！」

さっきの声がレーネさんで、こちらはフェレリナさんのようですね。女子組もお風呂でしたか。

「アイシャんも来たらよかったのにねー。そーいや、まだ一緒にお風呂したことなかったよねえ？　恥ずかしがり屋さんなのかな？」

「あの露出の多い格好で、それはないでしょ？　宗教的な理由か……裸になるというよりも、無防備な状態を他人に晒《さら》すってこと自体を敬遠《けいえん》しているのかもね」

「あ～、冒険者の職業病ってやつ？　やっぱできる冒険者は違うねー。さっすがCランク！　羨《うらや》ましいなあ、あたいも早いとこ追いつきたいなあ」

「レーネはこの前Dに上がったばっかりじゃない。贅沢《ぜいたく》言わないの。それにわたしだって、こうしたお風呂は苦手なんだからね。本来、わたしたちエルフはみだりに肌《はだ》を晒《さら》さないし、身を清めるのにお湯を使ったりしないの。レーネがどうしてもって言うから……」

「え～？　フェレリんが肌《はだ》を晒《さら》すのが苦手なのは、コレのせいでしょ～？」

「ちょっ！　どこ触ってんのよ!?」

「ん～、胸？」

「どうして疑問形なの！」

「あ、なるへそ。揉《も》むじゃなくて触るっていい得て妙だね！　揉《も》むのは無理そう。にゃははは」

「あなたって娘《こ》は～」

「あ～あ、どうせならアイシャんのアレを揉《も》みたかったな～。きっと現物すごいよね、あのばいんばいんのぶるんぶるん！　アレを山脈とするなら、フェレリんのは丘か単なる上り坂くらい？」

「……清き乙女《おとめ》、水の精霊《ウンディーネ》よ。汝《なんじ》を穢《けが》し害する愚者《ぐしゃ》に戒《いまし》めを――」

「ごめん！　あたいが悪かった！　んなとこで精霊魔法、反則だって～！」

どたんどたん、ばっしゃんばっしゃんと、お隣はずいぶんと賑《にぎ》やかですね。

こうして無邪気にふざけ合える仲というのも微笑《ほほえ》ましいものです。善《よ》きかな善きかな、仲良きことは美しきかな、ときたものですね。

「……おや？　どうしました、カレッツさん？」

ふと隣に目を向けますと、カレッツさんの顔が耳まで紅潮《こうちょう》しています。軽い湯あたりでしょうかね。

「いいえぇ！　あ、あいつらも困ったものですよね！　ははは－」

焦《あせ》ったようにカレッツさんがまくし立てます。なにやら若干《じゃっかん》、挙動不審《きょどうふしん》ですね。

「……？」

井芹くんと顔を見合わせて、お互いに首を捻《ひね》りました。

「公共の場で騒ぐのは褒められたことではありませんが……まあ、今は他に誰もお客さんがいないようですし、大目に見ても。むしろ元気があって、よろしいのではないですか？」

「あ、そ、そうですよね！　ああ！　ちょっと俺、用事があったんでお先しますね！　ははー」

カレッツさんは引っ掴むようにタオルを取り、そそくさと出ていってしまいました。

せっかくの気持ちのいいお風呂ですのに、どうにも忙しいですね。

カレッツさんが去り、湯船には私と井芹くんのふたりが取り残されました。お隣の騒ぎも落ち着いたようで、のんびりとした空気が流れます。かぽ〜んと鹿威《ししおど》しの音でも聞こえてきそうですね。

しばらくそうしていますと、早湯なのかレーネさんとフェレリナさんもお風呂から上がられたようです。今度は脱衣所でばたばたと騒動があった後、立ち去る足音が聞こえました。

「で、ふたりきりになったわけですが……これまでのはいったいなんの冗談《じょうだん》です？」

「ふむ」

井芹くんは頭の上に載せていたタオルで、顔を拭《ふ》いていました。

「有名になりすぎるのも難があってな。斃《たお》して名声を得ようとする者、自勢力に取り込もうとする輩《やから》、腕試《うでだめ》しや弟子《でし》入りなど……望まぬ客が大挙《たいきょ》してきおって、それはもう厄介《やっかい》でな」

有名税というやつでしょうか。『剣聖』の名は、生きた伝説とまで聞いていますし。

「それで普段の旅路では、この外見《がいけん》で過ごすことにしておる。ちょっと子供の演技をするだけで、なかなか便利だぞ？　集団に紛《まぎ》れるのも容易なれば、周囲が勝手に世話を焼き、旅費《りょひ》にしろ食費にしろ、なにかと便宜《べんぎ》も図《はか》ってくれる」

それは多分、子供割引というやつですよね。言葉にすると怒られそうですが。

本人は高校生くらいだと言い張っていますが、井芹くんは日本人としても見た目が幼――若いですから、愛想《あいそ》よくしていると、中学生どころか小学生高学年くらいでも通用しそうです。

「井芹くんは、子供っぽく見られることに抵抗があるのかと思っていましたよ」

「阿呆《あほう》か。子供の演技をしているのだ。子供扱いされても差し支《つか》えあるまい？」

今も無意識でしょうが、こうして話しながらタオルでぶくぶくをしているところを見ますと、見た目と相《あい》まって子供の演技をする必要があるのか疑問ですよね。

私だって素性を知らなければ、猫可愛《ねこかわい》がりをしてしまいそうです。

「後は、誘拐窃盗団《せっとうだん》の討伐依頼にも役立つな。わざわざ炙《あぶ》り出さずとも、向こうからアジトに招き入れてくれる。ふっ」

おおう、なんとも物騒な。

前言撤回《ぜんげんてっかい》です。垣間《かいま》見せる目つきが凶悪ですね。あどけない子供と思い、無警戒に攫《さら》った悪人の方々――同情はしませんが、ご愁傷様《しゅうしょうさま》です。

著名な『剣聖』の名ばかりがひとり歩きをして、実際の本人像が不明なのも、そういったことが関連しているのでしょうか。現場に突然現われては事をなして忽然《こつぜん》と姿を消す――戦闘時とのギャップで、堂々と立ち去る子供にまでは注意がいっていないとか、そういうことかもしれませんね。

「ですが、子供の演技中は無防備ですよね。そんなときを狙われでもしたら、いかな井芹くんでも危険――」

いつの間にか、私の喉元《のどもと》に冷たい刃が突きつけられています。

「――ではないようですね」

井芹くんが手にしたその刀は、湯気《ゆげ》の中に溶けるように消えてしまいました。

「……今のは？　手品じゃないですよね。井芹くんも創生スキルを？」

「俗にストレージと呼ばれる収納系スキルだな。単にものを出し入れできるだけだ」

そういえば、以前にもミスリル製のハルバードをどこからともなく取り出したりしていましたね。ただし、この話題に触れるべきではありません。理由は言わずもがな。

「ラミルドさんの〈宝物庫〉のようなものですか？」

「その御仁《ごじん》が誰かは知らんが、〈宝物庫〉は主に商人系の上位職が持つ高位スキルだな。儂の保有スキルは〈収納箱〉。前者が大型倉庫とするなら、儂のは小部屋くらいの収納量だな」

それでも汎用性《はんようせい》があってものすごく役立つスキルですね。旅などでも重宝《ちょうほう》するのではないでしょうか。

私には〈万物創生〉スキルがありますから手荷物はいつも少なめですが、そうでなければ他の旅行客のように大荷物を抱えて移動することになったはずです。

ついでというわけではないでしょうが、気づいたら湯船にお盆に載った徳利《とっくり》とお猪口《ちょこ》が浮いていました。

先ほどの歓迎会でも見かけましたね、これ。見た感じが和風テイストでしたので、興味を持って味見をしてみましたが、舌触《したざわ》りや味も日本酒っぽかったです。少し柑橘《かんきつけい》系の風味はしましたが。

井芹くんがじっと視線を注いでいるのは知っていましたが、ドサクサに紛《まぎ》れてこっそり拝借したようですね。なんとも抜け目がない。

「飲むか？」

「いえ、結構です。あまり嗜《たしな》むほうではありませんので」

「そうか」

手酌《てじゃく》で注ぎ、一息にあおっています。

子供の見た目とそぐわないので違和感《いわかん》しかありませんが、井芹くんは酒好きのようですね。

「本題から逸《そ》れたが……今話し合うべきは、斉木のパーティ内での身の振り方についてだ。これからは団体行動となる。こういったふたりきりの機会も今後は少なかろう。どうせ斉木のことだ。なんとかなるだろうとか、行き当たりばったりの無計画なのだろう？」

「よくわかりましたね」

「ではないわ。自信ありげに抜かすな、たわけが」

再び取り出された抜き身の真剣で、思い切り後頭部を叩《たた》かれました。

痛くはありませんが、相変わらず突っ込みが過激ですね。

「まず……斉木の正体は秘密にしたいという認識の一致で間違いないな？」

「はい。そうですね」

〝神の使徒〟を名乗ったときの教会の方々の態度でも想像はつきます。勝手気ままに動き回る実在の神など、騒乱の源《みなもと》でしかなさそうです。

「よし。人知を超え、過ぎた力を持つ者の出現は、少なからず世をかき乱す。その意味では魔王も神もさほど変わらん」

……魔物の親玉とされる魔王と同じ扱いにされてしまいましたね。ですが、それも一理あるでしょう。

「ここ数日で儂が探った情報によれば、パーティ内に斉木が『神』もしくは〝神の使徒〟であったことを知る人物は皆無《かいむ》。英雄召喚の儀《ぎ》で喚《よ》ばれた異世界人であることを知っているのも、元来の『青狼のたてがみ』の三人のみ。相違ないな？」

「ええ、おそらくは」

約束こそしていませんが、今もって巷《ちまた》に〝第四の英雄〟などという噂話が上らないからには、きっとそうなのでしょう。人の口に戸は立てられません。仮に誰かに漏らしていたら、そこから噂は瞬《また》く間に広がっていたはずです。

新メンバーのアイシャさんには話してある可能性はありますが、初対面の態度からもそんな感じは受けませんでしたので、まだ知らないと見るべきでしょうね。

「それに……これは今しがた確認済みだが、斉木のステータスが面白いことになっているのは、単なる表示だけの問題のようだな。再会したとき、一瞬、儂の〈真理眼〉が狂ったのかと焦《あせ》ったぞ」

面白い……？　ああ、◎とか○とか、不届《ふとど》きな×のことですね。井芹くんは他人のステータスを見透《みす》かすスキルを持っていましたっけ。

「先日の王都の騒動でレベルが上がりまして。レベル4になったらあんなふうに……」

「そうか。弱体化していないのであれば問題なかろう」

ん？ もしかして、〝確認済み〟とは、先ほど後頭部を真剣でどつかれたことでしょうか。あれって、ステータスのパラメータが落ちていないかの確認のつもりだったのですね。

……おや？ もしも本当に落ちていたら、大怪我《おおけが》していた気がするような……ん？

「あの三人は斉木が異世界人と知っていても、異常だということまでは気づいておらん。あくまで能力は平凡で、レアスキルによる強さだと勘違《かんちが》いしている。それは勘違《かんちが》いさせたままでいい」

「異常って……もうちょっといい方が。ちなみに、どうしてですか？」

「ふむ。延《ひ》いては連中自身のためだな。『青狼のたてがみ』は書類上はSSランクのパーティとはいえ、中身は未熟なひよっ子どもだ。冒険者を続けるからには、命がけとなる場面も多々出てこよう。そんなとき、身近の突出《とっしゅつ》した者の存在は、頼りになるといえば聞こえはいいが、過ぎると依存に成り下がる。成長を妨《さまた》げるどころか、己が実力を見誤《みあやま》りかねん。ほんのわずかな慢心《まんしん》で、容易に命を散らしてしまう世界だということを、斉木も再認識しておけ」

井芹くんはいつもの無表情に近い真顔で淡々と語っていましたが、どことなく寂《さび》しげでした。お猪口《ちょこ》の酒がゆらゆら揺れるさまを、ぼんやりと眺めています。

井芹くんが少年時代にこの異世界に連れてこられて五十年、私などでは及びもつかない人生を経《へ》てきたのでしょうね。

「儂はあくまで荷物持ちのパーティメンバーとして同行し、極力《きょくりょく》能力は伏しておくつもりだ」

「わかりました。私も〈万物創生〉のスキルありきとして参加しましょう。もともと、そういう約束でしたし」

まあ、みなさんの窮地《きゅうち》のときにまで黙《もく》するつもりはありませんが。

〝極力〟という言葉からも、それは井芹くんも同じでしょう。ケースバイケースということで。

「そうしておけ。特に斉木はうっかりが多いからな。常に心がけておくがいい。うっかり素手で敵を木《こ》っ端微塵《ぱみじん》にしたり、うっかり武器を握り潰したりするなよ？　すぐさま露見する」

「いやはや、その節は……なんといいますか。あれから、私なりに留意するようにはしているのですよ、一応」

にやりと笑って酒をあおった後、胸を裏拳《うらけん》で軽く叩《たた》かれました。

根に持たれても仕方ありませんが、耳が痛いですね。はい。

「で、だ。殊勝《しゅしょう》にもそのような心づもりなら、当然、パーティとして行動していく上で、ギルドカードの対策も万全――ということだろうな？」

「え？　ギルドカード？　なんです、それ？」

無言のまま、濡《ぬ》れタオルで顔面を叩《たた》かれました。

べったりと肌《はだ》に貼りつく不快感が、真剣のときよりもダメージ大ですね。

「おおよそ予想はついていたが……お主という奴は。そもそもEランクだった『青狼のたてがみ』が、なにゆえSSランクになり、斉木がメンバーに加わらざるを得なくなったか、原因を忘れたか？」

「――ああ！」

そうでした。ペナント村のカンガレザ草原での魔窟騒動。あのときに私が不用意にパーティ用ギルドカードに触れてしまったせいで、『青狼のたてがみ』のパーティ実績に、私の魔王軍との戦闘においての討伐数が加算されてしまったのでした。

「あれ以降、どれほどの魔物を退治した？　ん？　今度はあやつらをSSSランクにでもするつもりか？　気前のいいことだ」

どれくらい……ざっと思い返しても、カンガレザでの魔窟に、世界樹の森での魔将とやらは脅威度《きょういど》Sランクという話でしたよね。レナンくんとの護送旅でも結構な数の悪人を退治しましたし、極めつきは王都奪還時ですよね。軽く十万超え……召喚した精霊王さんたちの討伐数も私にカウントされているのでしたら、それ以上でしょうか。あ、そういえば、あのときもまた魔将がいましたね。

温かいお湯に浸かっていましたが、背筋がひやっとなります。

「……実にまずいですね……」

カードに触れた途端、際限《さいげん》なく討伐リストがカウントアップしていくさまが思い出されました。壊してしまったのかと焦《あせ》りまくりでしたからね。あれは薄ら寒いものがありました。

「であろう？」

反面、井芹くんはお猪口《ちょこ》をあおりながら、涼しい顔です。

これはもう、決してギルドカードに触らないようにするしかないですが……同じパーティにいながら、そのようなこと可能なのでしょうか。

少なくとも攻撃手として参加するからには、私が倒した分もパーティの実績という共有財産です。それを拒否《きょひ》するとなりますと、当然ながら理由を説明する義務が発生しますよね。

井芹くんは私の戸惑いぶりを肴《さかな》に、実に楽しそうです。趣味が悪い——といいますか、もしかして。

「もしや、なにか妙案が？」

「斉木をからかうのもこのぐらいにしておくか。例のスキルで、あやつらのパーティ用のギルドカードを創ってみろ。できるだろう？」

「できますが……？」

苦い思い出だけに、再現するのも簡単です。

『ギルドカード、クリエイトします』

「って、ええ！」

創生したカードを手にした瞬間から悪夢再びです。ものすごい勢いでリストが移り変わっていきます。

「どうしましょう、これ！」

「果報《かほう》は寝て待てというだろう。この場合は飲んで待て、か」

余裕の井芹くんは、手酌で酒をあおり続けていました。

言われるがままに、それから十分近くも待ち——ようやく表示が止まりました。

「……これで、そのカードに討伐情報が移植された。一度取り込まれた情報は、二度と別のカードに読み込まれることはない。討伐数の二重読み込みの不正防止のためにな」

「おお……！　それでは、後はこれを消せば……万事解決というわけですね！」

「うむ。そうなるな」

「ありがとうございます！　助かりましたよ！」

このような手があったとは。カードの仕組みを知らない私では、決して思いつけない手段でしたね。

これで、安心して明日からの冒険者稼業に臨めるというものです。井芹くんがいなければ、どうなっていたことか。また過《あやま》ちを繰り返してしまうところでしたね。

ほくほく顔で湯船に浸かり直していますと、不意に井芹くんがお猪口《ちょこ》をお盆の上に置きました。

なぜだか難しい顔をしています。先ほどまでの私と井芹くんの立場が逆転したような感じですね。

「……どうかしましたか？　気分でも？」

酔いが回ったり、湯当たりしたふうでもなさそうですが。

「いやな。懸念も拭《ぬぐ》えたところで、最後にこれは忠告だ。あのアイシャという女には注意しておけ」

「アイシャさん？　彼女がなにか？」

歓迎会の席で聞いた話では、つい先日、カレッツさんたちが森でとある依頼を遂行中にトラブルで身動きが取れなくなってしまい、偶然通りかかった彼女に助けてもらったそうです。そして、一週間後にここラレントの町で再会したのが縁で、パーティとして行動をともにすることになったそうですが……

「……その話を鵜呑《うの》みにしてよいものかな。たしかにお互いに冒険者なれば、冒険中にそのようなこともあろう。だが、タイミングがよすぎる。あやつがパーティに加入したのは、儂がギルドからの依頼を受けてこの地を訪れるわずか前々日のことだ」

「ふうむ。偶然ではありませんか？」

「この世に偶然などというものはない。すべては必然。偶然というのは捉える側の都合のいい解釈だ。遠く離れた地で都合よく助けられ、その一週間後に都合よくラレントで再会し、都合よく利害が一致して仲間になる。どれだけ都合がよいのだろうな？」

そう指摘されますと、かなり稀有《けう》な確率ではありますが……

「それに、確たる証拠はないが、Cランクというのも疑わしい。儂の〈真理眼〉でも能力が見透《みす》かせん。隠蔽《いんぺい》行動に特化する『レンジャー』ならば、対抗スキルを持っていても不思議ではないが……ゆえに、これは儂の勘《かん》だな」

「勘《かん》ですか……」

一口に勘《かん》と言いましても、井芹くんほど冒険者としての年季《ねんき》の入った勘《かん》でしたら捨て置けないでしょう。

「ただし、相反《あいはん》することになるが……儂の目を欺《あざむ》けるほどの者が、そこいらにそうそういるとも思えん。これは自賛ではなく事実だ。そうなると、ただの儂の勘違《かんちが》いになるのだが――若干《じゃっかん》一名だけ、条件に該当する者がいる。斉木、ファルティマの都へ向けて王都を出立してからこっち、冒険者か暗殺者に狙われた覚えは？『影』と呼ばれる者に聞き覚えはないか？」

『影』――どこかで耳にしたことがありますね。

ああ、そうそう。ザフストン砦で聞かされた潜入調査の達人さんでしたね。

「個人的に襲われたり狙われたりという心当たりはないですね。『影』という方には会ったことはありませんが、先の王都奪還の際にお名前だけ」

ファルティマの都までの旅路といいますと……港町アダラスタでは海賊騒動はありましたが、和解しましたので関係ないですよね。イカは人ではありませんし。

世界樹の森で、セプさんたちエルフのみなさんとも一時争いはしましたが、原住民ですから違いますよね。さすがにあのときの魔将とかいう魔物のことでもないでしょう。

マディスカの町では定期馬車の件でやきもきさせられたり、イリシャさんの件で柄《がら》の悪い連中に絡まれそうにはなりましたが、それ以外はおおむね平和でしたし。

ファルティマの都でこそ大変な目に遭《あ》いましたが、あれは教会――といいますか大神官様絡みでしたよね。こちらも関わりはないでしょう。

それ以降は賞金首として捕まってしまい、ずっと護送される旅でしたし。

「うう～ん。やはり順に記憶を辿《たど》ってみましても、思い当たる節《ふし》はありませんね」

「まことか？」

「ええ」

「間違いないか？　爪の先ほども？」

「そうですね、断言できるかと」

「ふむ。斉木の言うことだけに、若干信憑性《じゃっかんしんぴょうせい》に欠けるが……」

それはひどくありませんか。信用ないですね、私。

「ならば、儂の杞憂《きゆう》か……？　かつての依頼が取り消された今、接点のない斉木を付け狙う理由もない、か……それならそれでよいがな」

徳利《とっくり》に残った酒を直接飲み干《ほ》し、井芹くんは湯船から立ち上がりました。

「斉木に万一はあり得ないだろうが、これからは周囲に仲間もいることだ。巻き込まないように注意だけはしておくがいい」

「ええ、それはもう。冒険者の大先輩からのご忠告ですから、ありがたくちょうだいしておきますよ」

素直にお礼を述べますと、井芹くんはやや驚いたように目を軽く見開きました。

「普段からそれぐらい物分かりがよければ助かるのだがな」

「お互いに、ですね」

「ふっ。抜かせ」

井芹くんは湯船から上がり、すぱーんすぱーんと股間《こかん》をタオルで叩《たた》いてから、脱衣所のほうに去っていきました。

「今日はタクミさんも加わってメンバーが揃った初日。まずは現状の確認をしよう」

◇◇◇

翌朝。私たち総勢六名は冒険者ギルドに集まり、新生『青狼のたてがみ』パーティとして初めてのミーティングです。

ギルド内の一角、丸テーブルのひとつに陣取り、顔を突き合わせています。

昨日の歓迎会では和気藹々《わきあいあい》とした雰囲気《ふんいき》でしたが、今日はどこか気を張った空気が流れていますね。適度な緊張感で、身が引き締《し》まる思いです。なにかいいですね、こういうの。

みなさん、昨日のアルコールも残っていないようで、なによりです。若干《じゃっかん》一名、ギルドの受付カウンターに突《つ》っ伏《ぷ》して呻《うめ》いている方がいますが、キャサリーさんは明らかに飲みすぎでしたしね。

「最初に戦力の確認から。いくらパーティ内とはいえ、プライバシーに関することなので、ステ晒《さら》しはなしで構いません。自己申告でお願いします」

さすがカレッツさんはリーダーだけありまして、こういった進行にも慣れているようですね。すらすらと言葉が出てきています。

普段は彼を茶化すことが多いレーネさんも、椅子の背にもたれかかりながら、黙ってなりゆきを見守っていました。

「じゃあ、俺から。『剣士』、レベル25。体力950、攻撃130、防御125。スキルは主に身体増強や攻撃系。冒険者ランクはD」

たしか、一般の兵士さんのレベルは20くらいで、パラメータの値はだいたい100以下とか聞きましたね。

それからしますと、カレッツさんの能力値は兵士さんよりもやや上といったところでしょうか。

冒険者は荒事《あらごと》専門で実戦が多く、レベルが上がりやすいそうですから、冒険者内では平均くらいになるのでしょうかね。

「次、あたいね。『盗賊《とうぞく》』で、レベルは23。体力630、攻撃90、防御98ってとこかな。冒険スキルが主で、戦闘スキルは期待しないでね。冒険者ランクは、ついこの前Dに上がったとこ」

冒険スキル？　はて？

「あの～……」

「はい、そこの首傾《かし》げてるタクミん！　冒険スキルってのは索敵したり罠《わな》を発見したり――そういった戦闘以外で使うスキルの総称《そうしょう》ね。盗賊職の真骨頂《しんこっちょう》、おわかり？」

「おわかりになりました。ありがとうございます」

質問をする前に答えられてしまいました。

以前から思ってはいましたが、レーネさんは他人の機微《きび》に聡《さと》いようですね。

「じゃあ、次はわたし。『精霊使い』、レベル28。体力580、攻撃82、防御90。扱える精霊魔法は中位くらいまで全般。ランクはD」

もともとのお三方の中ではフェレリナさんが最高レベルだったのですか。

他の方に比べ、レベルが高くても能力の数値が低いのは、職業の違いによるものでしょうか。まあ、魔法が使えるのでしたら、腕っぷしは必要ありませんよね。

「お次はアタシでいいかしら。クラスは『レンジャー』で、レベルはフェレリナさんと同じ28。体力は900、攻撃も防御も120といったところですね。戦闘スキルはトリッキーなものが多いかしら。クラス柄《がら》、森林での行動には特にお役に立てると思います。冒険者ランクはCですね」

なるほど。新加入のアイシャさんがレベル、ランクともに現状で一番高いと。

スタイルはいいですが、手足などは細身であるアイシャさんが、男性のカレッツさんとほぼ同じ能力値というのも不思議ですね。あらためて、ここが日本とは違う異世界であることを実感させられます。

「僕も一応。『料理人』でレベルは10。あくまでサポートですから能力は察してくださいね」

いえいえ、あなたはレベル300くらいありましたよね？　と突っ込みたくなるのを堪《こら》えます。王都での魔王軍との戦いを経て、まだ上がっているかもしれませんが。

「いいじゃん、イセリんは〈収納箱〉スキルが使えるから充分だよ！　あと、可愛《かわい》さが200くらいあるから大丈夫！」

「やめてくださいよ～」

お隣の席のレーネさんが井芹くんの頭を抱き抱えていました。

見た目は少年少女がじゃれ合うほのぼのとしたものなのですが……その実、還暦《かんれき》を迎えた齢《よわい》六十の祖父に孫娘が抱きついている。別のほのぼのさなのですよね。羨《うらや》ましい気がしないでもありません。

「レーねーちゃん、こんなときまでやめてくださいよね、もう。そういうわけで、このスキルを見込まれて、ギルド支部からサポートとして紹介されたようなものですから、荷物持ちだけは任せてください」

「〝だけ〟だなんて謙遜《けんそん》しないでいいよ、イセリくん。実際――特に長期の冒険は、食料やアイテムとかの荷物をどうするのかが、死活問題になることもあるからね。貴重なスキル持ちだと、誇っていいほどだよ」

「リーダー……ありがとうございます！」

井芹くんが嬉しそうに目を細めています。

さりげなくフォローを入れるあたり、カレッツさんのリーダーぶり――お兄ちゃんっぷり（？）も素晴らしいですね。

カレッツさんと井芹くんが並んでいますと、見た目は仲睦《なかむつ》まじい男兄弟なのですが……こちらも本当は祖父と孫ほどの歳の関係なのですよね。幼かった孫が成長し、頼もしい青年となったのを目を細めて眺める祖父の図――そんなところでしょうか。羨《うらや》ましい。

「さらにイセリんは『料理人』だから、そっちも期待できていうことなしだよ！　冒険中にご馳走《ちそう》が食べられると思っただけでも、やる気が出るかんねえ」

「え？　井芹くんは料理ができるのですか？」

意外でしたね。普段の井芹くんを思い浮かべますと、獣を真っ二つにして生のまま丸かじりするイメージがありますから。

「もちろん、できますよ？」

おや？　井芹くんのこちらに向けた笑顔がなにか怖いです。

まあ、あくまで私の勝手なイメージですからね。『料理人』と騙《かた》るからには、料理ができないとまずいですよね。

そう考えていますと、ふとみなさんの視線が私に集まっていることに気づきました。

あ、最後は残る私の番でしたね。

いざ注目されますと、少々気恥ずかしいものがありますね。咳払《せきばら》いをして、気を落ち着けます。

みなさんの自己紹介を参考にさせてもらいますと、まずは職業を述べてから、レベル、体力、攻撃力、防御力、スキルに冒険者ランクと順に続くわけですね。自然とその流れでしたから、おそらくこういった場合のローカルルール的な決め事なのでしょう。

まずは職業。実際は『神』ですが、ここで素直に暴露《ばくろ》してしまうほど、私も愚《おろ》かではありませんよ。

井芹くんがテーブルを指先でこんこんと叩《たた》きながら、「わかっているな？」的な視線を投げかけてきますが、当然ながら心得ています。

「私の職業は……『神官』です」

思い起こせば、『神官』は最初の召喚時に謁見《えっけん》の間《ま》で答えた内容でもありました。事実、神聖魔法も使えますから、問題ないですよね。

「へえ、タクミんってば、神官だったんだ……」

呟《つぶや》くレーネさんの隣で、井芹くんもやや満足げに頷《うなず》いています。

ふっ、どうですか。私だってやるときはやるのですよ？

「レベルは4ですね」

アイシャさんが眉を顰《ひそ》めたようでしたが、他の方々の反応は平然としたものでした。

「タクミさん、以前はレベル1だったのに、上がったんですね」

むしろ、カレッツさんは喜んでくれました。

そういえば、元祖のみなさんは私がレベル1だった頃に、一度話したことがありましたね。

「この短期間で3アップはすごいけど……元が1よね。それにしては、成長が遅くない？」

フェレリナさんの意見もごもっともです。そこは私も不思議ではありますが、上がってくれないものは仕方ありません。

「どうも、私は成長具合が特に遅いようでして……」

「やっぱ、異世――って、ととっ。なんでもな～い」

反射的に言いかけたところで、レーネさんが誤魔化《ごまか》していました。

そうですね。ここにはまだ私の出自《しゅつじ》を知らないアイシャさんがいますから。お気遣《きづか》いに感謝です。

まあ、レーネさんが言いたかったように、私が別世界の人間なのが原因と思われても無理ないですね。

ただ、同じ日本出身の井芹くんが五十年でレベル300近くまで上がった実績に鑑《かんが》みますと、出身や人種云々《うんぬん》ではなく、『神』という職業のほうに原因があるのでしょう。

「ほら、タクミん。ぼ～っとしてないで続き続き！」

そうでしたね。まだ途中でした。次は体力や攻撃力、防御力でしたね。

私も井芹くんと同じくサポートメンバー扱いではありますが、同じサポートでも役割が違います。戦闘時の頭数にも入っていると思いますから、井芹くんのようにさりげなく流すのはまずいですよね。

ここでも井芹くんが指でテーブルを叩《たた》きながら、意味ありげな視線を送ってきます。

(三回……なるほど。ふふっ、今度も心得ていますよ、井芹くん)

「体力は◎、攻撃力は△、防御力は◎です」

「「「は？」」」

どごっ！

「わわっ!? どしたの、イセリん？ 大丈夫？」

井芹くんが顔面からテーブルに突っ伏しました。そして、わなわなと頬《ほお》を引きつらせながら、顔を上げます。

……おや？ 井芹くんの笑ってるけど笑っていない目が怖いのですが。

あ、もしかして、そういうことですか。気は乗りませんが……

「遺憾《いかん》ながら、賢さは×なのです……」

「「「はあ？」」」

どごんっ！

再び井芹くんがテーブルに顔面強打です。

おかしいですね、もしやまた間違えました？　先ほど、テーブルを指で二回叩《たた》いたときに誤魔化《ごまか》して正解でしたから、今度は三回で「正直にいえ」的なことではなかったのですか？

きっと井芹くんになにか魂胆《こんたん》でもあるのかと思い、あえて素直に話したのですが……もしかしなくても、予想が外れていましたかね。

「や――やだな、タクミにーちゃんは冗談《じょうだん》ばっかり！　昨日、お風呂で僕に話してくれたときには、体力は５００で、攻撃力と防御力も50ずつだって言ってたでしょ？　あはは！」

「……はっ！　いやあ、実はそうなのですよ！　井芹くんの言う通りでして！　冗談《じょうだん》で場を和《なご》ませようかと思ったのですが、失敗でしたねー。あははー」

「あ、そ、そうだったんですか……なんだ。タクミさん、すみません。気づかずに本気でびっくりしてしまいましたよ」

「へ～。タクミんでも、そんなジョーク言うんだねぇ。にしても、なにその○とか×とかって、あり得ないでしょ。いっそ、全能力９９９９です、くらい言っちゃったほうが、現実離れしてて面白かったのに」

「びっくりしたというより、呆《あき》れたわね。駄目よ、締《し》めるところは締《し》めないと。これは、冒険前の大事な打ち合わせなんだから。おふざけ要員は、レーネだけで充分よ」

「あ～、なにそれ。ひっどくない、フェレリんってば」

「……も、申し訳ありませんでした。能力値が低いものですから、お茶を濁《にご》したい気分もありまして……ははは」

顔から火が出る思いですね。とんだ恥をかいてしまいましたよ。

「でもさ、タクミんとイセリんって、お風呂でそんな話をするくらいにもう仲良くなったんだ。いつの間に」

「裸の付き合いというやつでして。もうすっかり仲良しですよ」

「男の子だねー。いいな～」

テーブルの下では、先ほどからその仲良しさんに、しきりに脛《すね》を蹴られまくっていますけどね。これ多分、常人では脛《すね》が削《けず》り落とされるくらいの勢いですよね。

テーブルの上では、井芹くんはしきりに指をとんとんしています。

もしかして、これって井芹くんの単なる癖《くせ》でしたか？　なんと紛《まぎ》らわしい。とんだ勘違《かんちが》いです。やはり、ろくに合図も決めてなくての以心伝心など、無茶がありましたか。しょんぼりです。

「……それ、本当なのかしら？」

わいわいと和《なご》やかにしている中、アイシャさんだけが険しい表情をしていました。

「え？」

「レベル4でパラメータが50って……」

「は、はい。ええまあ」

訳ありだとは言いましても、仲間に嘘を吐《つ》いているわけですから、後ろめたい気持ちはありますね。

ですが、影響の大きさを考えますと、ここで暴露してしまうわけにもいきません。秘密にしている以上のご迷惑をかけてしまうことになりますから。

「……タクミくん、でしたか。昨日お会いしたばかりで失礼ですが、サポートだからといって仮にもSSクラスの冒険者パーティのメンバーが、そんな低レベルというのはどうかと思いますよ？　新参者のアタシが言うのも生意気《なまいき》かもしれないですが……」

気分を害されたのか、アイシャさんはどうにも苛立《いらだ》たしげです。

反感を買ってしまったようですね……

「まあまあ、ふたりともそれくらいで」

即座にカレッツさんが割って入りました。気苦労をおかけしますね。

「……アイシャんってば、真面目《まじめ》だから。前は、うちよりずっとすごいパーティにいたこともあるみたいだから、Cランカーの冒険者としてのこだわりがあるんだと思うよ？　許してやってね」

脇から小声で、レーネさんに囁《ささや》かれました。

そんなつもりはなくても、ふざけたようになってしまい、アイシャさんには悪いことをしましたね。

「タクミさんも、そんなに謙遜《けんそん》することないですよ、レベル1でパラメータがオール9だったのに、レベル4で50というのも、すごい成長率じゃないですか。それに、タクミさんにはすごいレアスキルがあるんですから。ね、タクミさん？」

「あ、はい。こういうものです」

『鉄の剣、クリエイトします』

カレッツさんの剣と寸分違わぬ剣を創り出してみました。

「久しぶりに見ましたけど、お見事ですね。タクミさん。俺の剣とまったく同じものですよ」

カレッツさんが自分の愛剣と見比べて、感嘆《かんたん》の声を漏らしています。

「……複製系スキルですね。たしかにレアスキルの部類には違いないでしょうけど」

この程度では、アイシャさんの気は晴れないようですね。どちらかといいますと、落胆《らくたん》したような感じです。

「だったら、これ。複製できるかしら？」

アイシャさんが自分の耳から取り外したのは、古びたイヤリングでした。

妙な光沢《こうたく》があり、角度によって色合いが変わって見える不思議な装飾品ですね。

「このイヤリングの名前はなんというのですか?」

「〝護《まも》りの福音《ふくいん》〟よ」

『護《まも》りの福音、クリエイトします』

「できました」

創生したイヤリングを、テーブルの上の本物の横に並べてみます。見た目はまったく同一ですね。

「あれ? 手放しても消えてないよ? 身体から離すと消えるとか言ってなかったっけ?」

「レベルアップして、スキルもパワーアップしたみたいです。しばらくは消えないようになりました」

「そうなんだ。ふ〜ん、ますます便利になったねえ」

レーネさんはテーブルに置かれたふたつのイヤリングを、テーブルの表面に頰《ほお》が触れるほどの至近《しきん》距離で見比べて、いかにも興味津々《しんしん》といった感じです。

ただ、当のアイシャさんはあまり興味がなさそうですね。それどころか、溜《た》め息を漏らしています。

「得意満面なところ悪いですけど、この〝護《まも》りの福音〟は希少な魔道具なの。名が示すように、持ち主の身を護《まも》る効果があって――」

イリシャさんは腰のナイフを抜きますと、その柄尻をテーブル上の本物のイヤリングに叩《たた》きつけました。

きいんっ――と鈴の音のような音がして、柄尻は不可視《ふかし》の壁のようなものにあっさりと弾かれてしまいました。

「一日一回という制限はあるけれど、こんな感じですね。複製スキルはあくまで見た目だけ。あなたの複製したほうは――」

きいんっ！

叩《たた》きつけられた柄尻は、同じように弾かれました。

「……あら？」

わずかな静寂の後――

「嘘っ！　どうして？　もしかして、魔法の効果まで再現されているの⁉」

驚愕《きょうがく》するアイシャさんの声を皮切《かわき》りに、井芹くんを抜いたみなさんから、怒涛《どとう》の質問攻《ぜ》めに合いました。

まあ、実際は複製スキルなどではなく、〈万物創生〉という『神』の超絶スキルなわけですからね。他のスキルと一線を画《かく》するのは当然なのかもしれません。

「いやあ……まさかタクミんがレアスキルどころかチート持ちだったとは。世の中にいるってのは聞いてたけど、本当にいるんだねえ」

「チート持ち、ですか？」

「冒険者用語ね。その名の通り、チートスキルを持っている人って意味よ。褒め言葉ね」

フェレリナさんが補足《ほそく》してくれます。

以前にも聞いたことがある〝チート《ズルい》〟ですが、そんな使い方もするのですね。

「これって、古代遺物《アーティファクト》すらも、複製可能なのかしら？」

アーティファクト？　また新語が。これも冒険者用語でしょうか。

なんにしても、架空のものですら創生可能なのですから、できないものはないとみていいでしょう。

「そうですね。実物さえ知っていれば、大丈夫かと思います」

「ふっふっふっ……そういうカラクリだったのか……」

なにやらアイシャさんが握り拳でぶつぶつ呟《つぶや》いていますが、どうやらすっかり機嫌も直ったようですね。

これから仲間としてやっていくだけに、無用な対立は避けたいですしね。

「みんな、いったん落ち着いて席に戻ろう」

カレッツさんが、ぱんぱんっと手を打ち鳴らしました。

脱線《だっせん》した上に、ついつい大騒ぎしすぎましたね。いくらギルド内に他の冒険者がいないとはいえ、公共の場であまり褒められない行為でした。

キャサリーさんが二日酔いでダウンしていなければ、追い出されていたかもしれません。

「私の不用意な発言から場を乱してしまい、申し訳ありませんでした。話を戻しますと、能力的にはどこまでお役に立てるかわかりませんので、その分もスキルや魔法のほうで頑《がん》張《ば》らせてもらいますね」

ふう。これでどうにか自己紹介も乗り切りましたね。

紆余曲折《うよきょくせつ》ありましたが、結果的には予定通りに〝スキルありき〟のスタンスに収まったようです。

井芹くんの落ち着いた態度からも、及第点《きゅうだいてん》は貰《もら》えたようですね。よかったよかった。

「それじゃあ、次は戦闘時の役割とフォーメーションを決めておきましょう」

この話し合いについては、割とあっさり決まりました。

先ほどの能力を総括《そうかつ》して効率のいい配置を考えるらしいですが、もともと井芹くんまで含めた五人ですでに決まっていたわけですからね。あとは私の担当をどうするかということだけでした。

私の体力や能力の低さを考慮しますと、危ないので前衛には出せないそうで、必然的に後衛を任されることになりました。

その隊列を前から順に説明しますと——

最前衛の壁役兼《けん》攻撃手が、剣士のカレッツさん。

前衛で敵を翻弄《ほんろう》しつつ、遊撃を行なうのが盗賊のレーネさん。

前〜中衛が、接近戦のナイフと長い鞭《むち》での攻撃を使い分けるレンジャーのアイシャさん。

後衛が精霊使いのフェレリナさん。精霊魔法での支援に、弓と魔法での遠距離攻撃が主ですね。

荷物運び係の井芹くんは避難。

——といった感じです。

そして、最後衛が私です。スキルでの遠距離攻撃と、負傷者の回復を受け持ちます。なにせ神官ですからね。

「正直なところ、神聖魔法使いの加入は大きいわね。物理攻撃が効かない相手もいるし、攻撃と回復を魔法で一手に担《にな》うのは、負担《ふたん》が大きかったから」

フェレリナさんが嬉しそうです。お役に立てそうでなによりですね。

「実体のない霊体系の魔物とか、神官のタクミんにお任せだね！　できるでしょ、浄化《じょうか》魔法とか？」

浄化魔法……初耳ではありますが、言葉のニュアンスとして除霊《じょれい》的な魔法でしょうか。

これまで多種多様《たしゅたよう》な魔物を見てきましたが、幽霊《ゆうれい》的なものまでいるとは奥が深い。

私が使える神聖魔法は、ホーリーライトにヒーリングにエリアヒール、あとは破邪滅殺魔法のセイント・ノヴァでしたっけ。

破邪というからには、除霊魔法もセイント・ノヴァで代用できそうですね。威力が強すぎる気がしないでもないですが。

「タクミさん、スキルで複製する武器はどうしますか？　まだ慣れていないパーティですから、できれば固定の武器を決めてもらったほうがいいと思うんです。いろいろ使い分けると、他のメンバーが戸惑うかもしれませんから……どうでしょう？」

さすがはカレッツさん、経験豊富な冒険者らしいアドバイスですね。理に適《かな》っています。

実は私もそんなこともあろうかと、王都からの旅路の中で、あれこれ考えていたのですよね。

これから求められるのはチームプレイ。限られた範囲に敵味方入り乱れることになるわけですから、面や線の攻撃では味方を巻き込んでしまう恐れがあります。つまり、点での攻撃が肝要ですよね。

そこで、これです。

『弩弓《どきゅう》、クリエイトします』

創生したのは、東アジアでは弩弓《どきゅう》、西洋でいうところのバリスタのほうが耳触《みみざわ》りがいいでしょうか。

外見は横幅《よこはば》二メートル全長二メートルの巨大弓で、弦《げん》を用いる弓としては最大級の攻城兵器です。

「「なんか、えらいのが出てきた……」」

みなさん、息ぴったりですね。

本来は台座に固定して使用するものですが、担《かつ》げない大きさではありませんから携帯武器としました。

飛ばす弾も、弓矢ではなく拳大《こぶしだい》ほどの岩石を用いています。久しぶりの石登場ですね。

「あの、タクミさん……それ、重くないんですか？」

「……重い？」

カレッツさんに指摘されて、はじめて気づきました。

そうでした。見た目がこれですから、重量もかなりのものですよね。推定でも数十キロは軽くありそうです。

異世界に来てから重いという感覚を味わったことがなかったので、そこら辺をすっかり失念していましたね。先ほど非力《ひりき》申告をしたばかりですのに、どうしましょう。

「え、え～……まあ、重いは重いですが、発射する瞬間だけ支えておければ充分ですからね。私でもそのくらいは。弾がついて、弦《げん》を引かれた、すぐに撃てる手間いらず状態で創り出せますから」

弩弓《どきゅう》を構えて、実演してみせることにしました。

「へえ、なるほど。たしかによく考えてありますね！」

咄嗟《とっさ》の思いつきにしては、なかなか説得力があったようです。なんとか無事に誤魔化《ごまか》せたみたいですね。

「そうなんですよ。あとはここの引き金を引くだけで……」

安堵《あんど》したのも束の間――

「「「――あ」」」

全員の視線が、揃って右から左に動きました。

ずどんっ！　ばきっ！　めきめきめき！

「「「……」」」

ひゅうう～。

暴発《ぼうはつ》――といっても火薬は使っていませんから、誤射《ごしゃ》というべきでしょうか。どうやら、意図せずに引き金を引いてしまったようですね。射出《しゃしゅつ》された岩石が、命中した木壁に大穴を開けて建物の風通しをずいぶんとよくしていました。

おそるおそる受付カウンターのキャサリーさんを盗み見ますが、この喧騒《けんそう》でも目覚めるにはいたらなかったようですね。二日酔いの呻《うめ》きが強くなっただけでした。

助かった……といいましても、遅いか早いかで確実にバレますよね。あとで謝っておかないとまずいでしょう。

壁のほうは応急処置で勘弁《かんべん》してもらい、修理費は後ほどあらためてということで……

はあ。

「と、とりあえず、飛び道具の威力としては申し分なさそうね。これなら、わたしの弓もお役御免ね。この際、物理遠距離は任せてしまって、わたしは精霊魔法だけに絞《しぼ》ろうかしら」

「そ、それもいいかもな！　ただでさえ精霊魔法は消耗《しょうもう》が激しいのに、フェレリナの役割と負担が多くて気にはしてたんだよ」

何事もなかったように話が再開されました。この臨機応変《りんきおうへん》な切り替えの早さも、さすがは冒険者の機転というべきでしょうか。私も見習いたいものです。

「助かるわね。精霊魔法と神聖魔法、異なるふたつの魔法持ちが同じパーティ内にいるのもありがたいわね。それぞれ得手不得手《えてふえて》があるから、上手くカバーし合えるといいのだけれど」

「だな。戦術の幅《はば》も広がりそうだ。それで、タクミさん。フェレリナと魔法で連携するにあたって、神聖魔法の――特に回復や補助魔法の扱える種類を把握《はあく》しておきたいんですけど、教えてもらってもいいですか？」

回復魔法はわかるのですが、補助魔法とはなんでしょうね。

補助……回復の補助？　……介助《かいじょ》ですかね？

「あのさ。タクミんがすっごい不思議そーにしてるのは、なんで？」

みなさんの視線が集中します。ここは素直に話したほうが、傷が浅くて済みそうです。

「あの……補助魔法、ですか？　そういったものは、ちょっとわかりませんね。回復魔法でしたら、ヒーリングが使えるのですが」

あと、エリアヒールのことは伏せておきましょう。先の〝神の使徒〟との関連性がバレかねませんし。

「……え、あ……そ、そうなんですね……」

わずかな間があり、カレッツさんの声のトーンが下がりました。フェレリナさんも肩を竦《すく》めています。

もしや、おふたりを落胆させてしまったのでしょうか。私がスキルでチート持ちだけに、神聖魔法のほうも過分に期待させてしまったのかもしれませんね。申し訳ないことをしました。

「え～？　タクミんってば、本っ当にど初級の無印ヒーリングしか使えないの？　あれって実戦ではほとんど役に立たないんでしょ？　補助魔法も使えないってんなら、てんでダメじゃん！」

「こ、こら、レーネ！　失礼だろ！」

さすがはレーネさん。いい出しにくそうにしていたカレッツさんの気遣いそっちのけで、ずばり直球ですね。

ただ、補助魔法とやらはさておき、ヒーリングが〝役に立たない〟とはどういうことでしょうね。実際、お医者さんいらずの便利魔法だと思うのですが。

「ヒーリング、そんなにダメですか？　むしろ、これ以上ないくらい役立つような……」

「そなの？　祈りの儀式と祈りの言葉で発動まで時間がかかるし、擦《す》り傷や切り傷ひとつ治すのにも数分はかかる初級魔法だっていうけど？　戦闘後ならともかく、戦闘中にそこまで悠長にしてる暇はないしね～」

「別名、ロウヒーリング。回復量もわたしの精霊魔法の半分以下って聞くわね。実戦で活用するなら、せめてミドルヒーリングかクイックヒールくらいじゃないと」

むう、おかしいですね。どうも私の認識と違うようです。

「私の場合は、儀式や祈りの言葉は必要ありませんし、回復するのも数秒です。それに多分ですが……死んでさえいなければ、即時完治《そくじかんち》も可能かと」

「「「は？」」」

またもや見事にハモっていますね。素晴らしいチームワークです。

「いやいやいやいや。いくらなんでも、そりゃないない！　神聖魔法で無詠唱《むえいしょう》って。自前の魔力を消費する魔法と違って、神聖魔法ってのは神の力を借りる奇跡でしょ？　祈りを捧げもしないで力だけ借りようだなんて、さすがに無茶だって！　逆に神様に怒られちゃうってば。担《かつ》ごうったって無駄だよ、タクミん？」

見回しますと、レーネさんの言葉に、私と井芹くんを除いた全員が頷《うなず》いています。どうやら、それがこちらの世界での常識ということらしいですね。

（う～ん。これは論より証拠でしょうか）

私はテーブルを離れて、受付カウンターのほうに歩み寄りました。そこには依然として二日酔いのキャサリーさんが突っ伏して、うんうんと辛《つら》そうに呻《うめ》いています。

「ヒーリング」

ぱあっ――と淡い光がキャサリーさんの全身に溶け込みました。

「治った」

「「ええええ――！」」

キャサリーさんは立ち上がり、肩をぐるぐると回しています。

「なになに？　なんか身体が軽くて絶好調《ぜっこうちょう》なんだけど。どうしたのみんな、そんなところに集まって大口開けて。なにかあったの？」

「驚いた……おいおい、ヒーリングなら、状態異常は上位ヒーリングでしか解除できないはずだよな？　それで、クイックヒールの比較にならないくらいの回復速度だって？」

「……ということは、死んでさえいなければ即時完治というのも本当のことなの……？まさか、部位欠損《ぶいけっそん》も!?」

「ちょ、ちょっと、リーダー！　腕斬り落として、タクミんに治してもらってみてよ！

ほら早く！」

「無茶言うな！　んな、怖いことできるか！」

ちょっとした騒動になってしまいましたが、信用してもらえたようでなによりです。

カレッツさんがばつが悪そうに頭を掻《か》いて、がばっと勢いよく頭を下げてきました。

「疑ってしまって、すみませんでした。タクミさん！」

「いいんですよ。お気になさらず」

なんとも相変わらず律儀《りちぎ》で生真面目《きまじめ》な方ですね。そこまで気に病《や》む必要はないのですが。

「ふわぁ～……やっぱおもろいね、タクミんは！　冒険者の中には一芸を極めた特化型ってのが多いけど、タクミんってばその中でも一点突破で突き抜けすぎだよね～。あたい、これからタクミんがどんなことを仕出かしてくれるのか、楽しみになってきちゃった！にしし！」

レーネさんにお尻をすぱんっと叩《たた》かれます。

微妙な言い回しでしたが、今のって褒められたのでしょうかね。

「それにしても……これは予想外の収穫ね」

普段冷静なフェレリナさんも珍しく興奮しているようで、落ち着かない様子でしきりに前髪を弄《もてあそ》んでいます。

「これで遠距離戦の増強と、回復面での大きなアドバンテージを得たことになるわね。わたしの精霊魔法を支援と攻撃に専念させることで、さらなる戦力強化が見込めるかも……」

反応からして、三者三様《さんしゃさんよう》で面白いですね。

ちなみに他のふたりの内のアイシャさんですが、スキルの説明までは機嫌がよかったみたいですが、ここに来てまた不機嫌そうです。少し離れた席で腕組みしたまま眉間《みけん》に皺《しわ》を寄せて、じっと黙考《もっこう》しています。

なにか気に障《さわ》ることでもあったのでしょうか……まだ付き合いが浅いですから、今後は相互理解を深めたいですね。

残る井芹くんですが、こちらは最初から最後まで我関せずとテーブル席に陣取ったまま、のんびりとお茶を啜《すす》っています。平常運行ですね。

各々の様子を眺めていて、思わず笑みがこぼれました。

この新しい『青狼のたてがみ』のみなさん――これが、この先ともに過ごしていく私の仲間たちになるわけですね。齢《よわい》六十にもなり、このように他人と深く触れ合える機会に恵まれるとは思っていませんでした。

当初は困惑した異世界も、捨てたものではありませんね。この新たな仲間たちと、これからよりよい関係を築いていきたいものです。

「どったの、タクミん。なに、にやにやしてんのさ？」

「いえ、なんといいますか――嬉しくてですね」

レーネさんの言葉ではありませんが、この個性的な面々と一緒に旅ができるのが楽しみになってきました。今後どのようなことが起こるのでしょうね。それは些細《ささい》なことでも、きっと素晴らしいものでしょう。

「ああ～～！　誰よ、ギルドの壁にこんな大穴開けたのは⁉」

ですが、まず差し当たっては――壁の修理からはじめないといけませんね。とほほ。

◇◇◇

本日は、ラレントの町から馬車で三時間ばかりの平原に遠征中です。『青狼のたてがみ』には専用の馬車がありますので、こんなときに便利ですね。

今日の目的は、実戦での連携の練習を兼ねた日帰りクエストとやらです。正しくは、パーティでの集団戦の経験が皆無《かいむ》な私の特訓ですね。

ここ数日、一緒に訓練を重ねてきたのですが、やはり実戦に勝る訓練はないということで。日銭《ひぜに》稼ぎついでに、簡単な依頼を受けることになりました。

今後、冒険者になるにあたり、みなさんからいろいろと教えてもらったのですが、冒険者の業界には、料理での『さしすせそ』のような『とうさんたんさいぼう』なる世の中の頑張《がんば》っているお父さん方が怒り出しそうな用語があるそうです。

つまり、討伐・生産・探索・採集・防衛という依頼《クエスト》の各系統を示しており、私の知るものでしたら、魔窟の間引きは討伐クエスト、馬車の護衛は防衛クエストとなるそうです。

これに当て嵌《は》めますと、今回は採集《さいしゅう》クエストで、簡単には〝狩り〟ですね。冒険者ギルドに寄せられる依頼としては、比較的ポピュラーな初心者向けのものらしいです。

目的の獲物は〝ピッグボア〟。豚と猪《いのしし》の中間のような獣で、大きいもので体長二メートルほど。四～六頭ほどの小規模な群れを形成して生息しているそうです。

野生の猪に似て気性《きしょう》は荒く、群れに近づく外敵に文字通り猪突猛進《ちょとつもうしん》してくる性質があり、遭遇《そうぐう》した旅人が大怪我《おおけが》をするケースも多いとか。

ただし、その肉質は豚肉に近く、獣臭くもなく癖《くせ》もないそうで、老若男女《ろうにゃくなんにょ》に人気の逸品《いっぴん》。毛皮は肌触《はだざわ》りもよく加工しやすいため、いい値段で取引されるそうですね。

よもや、以前にやれずじまいだった猪狩りをこんなところでやることになろうとは。イリシャさんはお元気ですかね。

早朝から出発し、昼前には目的地に到着しましたので、ずいぶんと連携訓練を重ねました。

いくつかのパターンはあるのですが――フェレリナさんの精霊魔法による支援のもと、カレッツさんが攻撃を受け止め、レーネさんが相手を私の弩弓《どきゅう》の射線上に誘い出し、アイシャさんが鞭《むち》で足留め、そこに私が弩弓《どきゅう》でとどめを刺す――というのが、今の典型的な攻撃法ですね。

なんと言いましても、私の弩弓《どきゅう》の威力はギルドの分厚い木壁を貫通するぐらいには強烈ですので、その攻撃力を活かそうという話になりました。

問題点としては、後方からの攻撃――しかも威力がありますから、下手に動き回りながらの発射では、同士討ちになりかねないことです。私も壁ならともかく味方への誤射などごめんですから、ならばと固定砲台扱いになりました。

カレッツさんの案だったのですが、この戦法は的《まと》を射《い》ており、ピッグボアを相手に試した分では実に手応《てごた》えのあるものでした。

パーティの一員として貢献《こうけん》できて、私も充実しています。なによりも、このみなさんとの連帯感が堪《たま》りませんね。

「――で、斉木はどうしてここで留守番《るすばん》なのだ？」

隣の井芹くんから問われます。

馬車の見張り役の井芹くんと一緒に、今は体育座りしながら日向《ひなた》ぼっこの真っ最中です。

「一通りの訓練は済みましたので、他のみなさんは依頼用のピッグボアを捕獲《ほかく》中です」

依頼内容は、ピッグボア五頭分の素材です。

まだ三頭分しかありませんので、カレッツさん、レーネさん、フェレリナさん、アイシャさんの四人は、足りない二頭を捕まえに行ってしまいました。ピッグボアの群れを探して、少々遠出《とおで》となっているようですね。視界のどこにも見当たりません。

実のところ、訓練ですでに十頭あまりのピッグボアを倒しているのですが……弩弓《どきゅう》の威力がありすぎるため、弾の直撃を受けた獲物は盛大に損壊してしまい、納入できる状態ではありませんでした。

訓練は成功しても、獲物の素材が規定数に満たないのであれば依頼としては失敗です。

そのため、捕獲に向かない私は邪魔だろうと、こうして自主待機しているわけです。

辛《かろ》うじて原形を留めているのがわずか三頭分だけで、残りはただの肉塊《にくかい》になってしまっています。地面に敷いたシートの上にデロ～ンとなっているのが、そのなれの果てですね。

「無駄な殺生《せっしょう》では心苦しかろう。それらは後ほど食して供養《くよう》するとして、先に無事な三頭を捌《さば》いておくか」

井芹くんはそう言いますと、〈収納箱〉スキルで虚空《こくう》からなにかの部材を取り出しました。

「井芹くんは獣を捌《さば》けるのですか？」

「無論。獣を捌《さば》く技は冒険者の嗜《たしな》みだ。自慢ではないが、特に儂は年季が入っているからな。暇なら斉木も手伝え。そこの地面に縦横深さ一メートルくらいの穴を掘《ほ》れ。等間隔《とうかんかく》に三つ分な」

「穴ですか？　三つですね、わかりました」

こういった力仕事は得意ですので、スコップを創生し、手早く指定通りの穴を掘ります。

井芹くんは掘った穴の上に、慣れた手つきで長めの棒をピラミッド状に組み上げて、その内側にピッグボアを逆さ吊《づ》りにしました。

「まず血抜きだ」

どこからともなく取り出した包丁で、三頭のピッグボアの足首と首筋に順次切れ込みを入れています。さすがに刃物の扱いは一級で、目にも留まらぬ早業《はやわざ》です。

噴き出した血が重力に従い、下の穴に吸い込まれていきました。

「腸《はらわた》は日持ちしないので今回は廃棄《はいき》する」

これまた神速の斬撃で、縦に裂かれた腹から内臓が飛び出し、これも下の穴に落ちていきます。

マグロの解体風景に似ていますが、獣は初めて見ますね。素人目にはちょっとグロいですが、鮮《あざ》やかな手並みで見事なものです。

「血が抜けきったら、皮を剥《は》ぐ」

刃先の動きが複雑で、すでになにをどうしているのかわかりませんが、瞬《また》く間にピッグボアの皮が綺麗《きれい》に剥《は》がされました。

いっさい無駄のない流れるような技ですね。これはもう、匠《たくみ》の域ではないのでしょうか。

「穴は土を被せて埋《う》めておけよ。おこぼれを狙う獣が集まってくるからな。生態系に悪影響を及ぼす」

なるほど、そのための穴でしたか。なんとも合理的です。環境に配慮までしているとは、頭が下がる思いですね。

「素晴らしい技術ですね。ぱちぱちぱち」

惜《お》しみない拍手《はくしゅ》を送りましたが、井芹くんには大したことでもないのでしょう。ちらりと視線を向けただけで、部位ごとに選り分けた素材を丁寧《ていねい》に布で包み、てきぱきと馬車の荷台にしまっていました。

「さて。お次は料理のほうに取りかかるとするか」

井芹くんの言葉に、食材予定の肉塊《にくかい》に目を向けます。

卓越した技術で捌《さば》かれた先ほどの肉とは違い、どうにも食欲が湧《わ》く要素が見つかりません。あまりのグロテスクさに、さっき穴に埋《う》めた内臓のほうが、いっそまともな食材だったようにも思えてきます。

「これ、本当に食べられるんでしょうか……？　ねえ、井芹く――」

振り向いたその先に、なぜかコックさんがいました。正しくは、コックコートにコック帽を完全装備した井芹くんです。

ところどころ荒れ土が剥《む》き出した草原を背景に、真っ白な白衣とのコントラストが一種異様ですね。

さらにそれだけでは飽き足らず、井芹くんは〈収納箱〉からごそごそと、キッチンテーブルと調理セットを取り出していました。

……なにやら、ものすごく本格的なのですが。

「これは、ドワーフ族一の名工、かのベリゼンが手掛けた白銀鋼《ミスリル》製の逸品《いっぴん》でな」

皮製のケースに収納された大小の包丁セット。井芹くんは細心の注意を払い、それらを調理台の上に順に並べています。

別に尋《たず》ねたわけでもないのですが、淡々とそれぞれの包丁の特徴と用途を解説してくれました。表情には出ていませんが、雰囲気《ふんいき》がなにやらすごく得意げです。

「この持ち運びできる携帯型の調理台も特注でな。水の魔法を秘めた魔道具で水道を、火の魔道具でコンロを再現している」

なにやら、こだわりが半端《はんぱ》ないですね。シンクには蛇口《じゃぐち》まであります。魔道具で水を生み出すのであれば、蛇口は必要ないはずですが、これが様式美というものでしょうか。

日本でも一般化されているシステムキッチンっぽいですね。井芹くんがいた五十年前には、このようにモダンなキッチンはなかったはずですから、利便性《りべんせい》を追求して自力で現代日本に追いついたということでしょうか。さすがは『剣聖』、恐るべしです。

「調理を開始する。斉木は大人しくカウンターで待っていろ」

対面型のカウンターまで完備《かんび》とは、もはや言葉もありません。

次に取り出したるは、白銀色のまな板です。色合いや輝きといい――あれも、もしやミスリル製でしょうか。ミスリルは希少金属で、かな～りお高いと耳にしましたが、なんとも豪快な使いっぷりです。

といいますか……よくよく見れば、システムキッチン全体もミスリル製ではないですかね。

「これ、いくらぐらいしたのですか……？　ずいぶんと奮発《ふんぱつ》したようですが」

「ふむ……そうさな。総額では金貨二千くらいか」

に、二千!?　って、日本円で二千万円ですか!?　たかだか調理セットに!?

なんといいますか……これはもうスケールが違いすぎますね。あえて言わせてもらいますが、馬鹿じゃないですか？

「……それはなんとも……ご苦労様でした」

「……？　なにがだ？」

私だって動揺して、なに言っているかわかりませんけれど。

ですが、それだけ並々ならぬこだわりを持っているだけあり、井芹くんの料理の手際《てぎわ》はお見事の一言に尽きます。

素人目にも手間暇かけており、作業行程は多いはずなのですが、短い時間でどんどん仕上がっていきます。下ごしらえも完璧で、非《ひ》の打ちどころがありません。

付け合わせの野菜の千切りなども一瞬です。コンマ数ミリ間隔《かんかく》で薄切りされる卓越した技術は、完璧すぎてちょっと気持ち悪いくらいです。

ミスリル製のフライパンで焼かれているロース肉に料理酒が注がれ、炎が立ち上っていきます。フランベとかいいましたか、テレビで見たことがある調理手法ですが、こんな異世界で目にする機会があるとは思いませんでした。

料理中の動線にもまったく無駄がありません。この手慣れようからして一度や二度の経験ではなく、何度も何度も——それこそ身体で覚えるくらいに繰り返して身につけた技術だと理解させられます。

「すごいですね～……井芹くんは本当に料理ができたんですね」

「信じていなかったのか？　でなければ、クラス『料理人』などと騙《かた》るまいよ。まあ、冒険者などをやっていると、現地で食材調達して料理など常だ。特にソロの儂は自前で用意する機会が多い。だが、しょせんは素人芸、横好き程度だ。これくらいの腕なら、嗜《たしな》みの範疇《はんちゅう》だろうて」

手首のスナップだけで返した肉が空中で錐《きり》もみして、元のフライパンの上に戻りました。着地と同時に、右手の五本指それぞれに挟んだ四本のスパイスの小瓶を振りかけています。

これが嗜《たしな》みって、そんなことはないでしょう。これが普通でしたら、これまで見てきた料理人さんたちが全員失職しちゃいますよ。

「ちなみに、井芹くんは料理スキルをお持ちで？」

「料理系スキルの最上級、〈食の鉄人〉は持っているな」

……全然、素人ではないではないですか。なんです、最上級の鉄人って。

目の前で魔法のように次々と仕上がっていく料理の数々を、感心よりもなかば呆《あき》れてカウンター越しに眺めていますと――井芹くんの背後でなにかの影が動きました。

草間に身を潜めているのは焦《こ》げ茶色の二匹の野犬――いえ、あの体躯《たいく》からして、狼かもしれませんね。もしや、先ほど解体したピッグボアの血の臭いに誘われて、やってきたのでしょうか。

背を向けている井芹くんからは死角ですが、『剣聖』相手に心配などは逆に失礼でしょう。

そう思い、のんびり眺めていたのですが……じりじりと狼たちが五メートルの距離まで迫ってきても、井芹くんはなんの反応も示しません。調理の手を止めることなく、目の前の料理に没頭《ぼっとう》しています。

その距離、わずか二メートル――狼たちの健脚《けんきゃく》でしたら、一息で飛びかかれる距離です。さすがにまずいかもしれません。

狼たちが身を屈《かが》め、後ろ脚に力を溜《た》めているのが見て取れます。

「茶芝狼《ちゃしばおおかみ》。肉は筋張《すじば》っていて、食えたものではないが――」

「井芹く――」

刹那《せつな》、包丁を持っていた井芹くんの右手が消えました。

ぱしゅっ！

音もなく背後から襲いかかった狼たちでしたが、二匹同時に空中でばらばらに解体されていました。

「肝《きも》はなかなかの珍味《ちんみ》でな。副菜にもうひとアクセント欲しかったところだ。得したな、斉木」

わずかに振り返ることもなく、一瞬で処置を終えた井芹くんが手にする包丁には、血の滴《したた》る肝が載っていました。背後には血だまりができていましたが、純白のコックコートには返り血の一滴すらありません。

なんなのでしょうね、この人。ちょっと怖いです。

結局、茶芝狼とやらの残骸《ざんがい》の穴埋《あなう》めを頼まれて、それを終えた頃には料理が完成していました。

調理台の代わりに地面にはテーブルセットが据えられており、真っ白なテーブルクロスの上で完成したばかりの香《かぐわ》しい料理の数々が湯気《ゆげ》を立てています。

やけにたくさん種類を用意していると思っていましたが、作っていたのはコース料理だったのですね。原っぱの真ん中にぽつんと置かれた料理満載《まんさい》のテーブルが、なんともミスマッチというか異質でした。

「お、いたいた！　イッセリん、タックミん、たっだいま〜！　大漁だったよ〜」

ぶんぶんと手を振るレーネさんを先頭に、みなさんが戻ってきました。

「お待たせしました、タクミさん。いい匂《にお》いがしてますね。ちょうど飯ができたところでしたか」

「カレッツさんもお疲れ様でした。おお、これはすごいですね」

出迎えますと、カレッツさんが引く台車には、倒した獲物が満載されていました。レーネさんの言葉通りに、狩りは大成功だったようですね。

「お肉ね……」

フェレリナさんが、テーブルに並んだお皿を眺めて、ぽつんと呟《つぶや》きました。

「フェレリナ姐《ねえ》さんには、別にサラダの盛り合わせと野菜の煮込《にこ》みを用意していますよ」

「気が利くわね。ありがと」

さすがは食の鉄人の井芹くん。肉料理が苦手なフェレリナさんに、小粋《こいき》な計らいですね。

「あたい、お腹へっちゃったよ〜。ご飯にしよ、早くご飯ご飯！　ほら、アイシャんも座って座って！」

戻ってそうそうながら、レーネさんはさっそく席を確保し、隣の椅子をバンバン叩《たた》いていました。

「はいはい。わかってますって、レーネちゃん。そんなに慌《あわ》てなくってもいいでしょう。昼食は逃げませんよ」

思い思いにテーブルを囲みます。

「じゃあ、いただきますか！」

「「「「いっただきまーす」」」」

リーダーのカレッツさんの音頭で、全員で唱和《しょうわ》して料理に舌鼓《したつづみ》を打ちます。

調理中は驚かされたり感心したり呆《あき》れたりぼやいたり――いろいろとありましたが、総評しますと、初めて食べた井芹くんの手料理はたいへんに美味でした。みなさんが絶賛《ぜっさん》していたのも頷《うなず》けます。

悪《あ》しざまに言ってしまい、すみませんでした。全面的に私が悪いです。今となってはもう感謝感謝で、次回が楽しみですらありますね。

さすがは冒険者の頂《いただき》、剣の最高峰と謳《うた》われし生ける伝説の『剣聖』ですね。料理とはまったく関係はありませんが。

これにて、私の『青狼のたてがみ』の一員としての初依頼は終了しました。前半はみなさんと実戦での連携訓練、依頼でもビッグボア七頭分の素材も手に入れて、パーティとしては万々歳《ばんばんざい》の結果のはずなのですが――

覚えている内容が、井芹くんの料理ばかりだったのはこれいかに。あまりにインパクトが強すぎました。

……精進《しょうじん》ですね。

あとがき

お初の方は、はじめまして。そうでない方は、ご無沙汰しております。作者のまはぷるです。

この度は、文庫版『巻き込まれ召喚⁉︎　そして私は『神』でした⁇4』をお手に取ってくださり、誠にありがとうございます。

なんだかんだで、文庫版も今作でもう四巻。ついこの間、初巻が発売されたばかりだと思っていたのですが、月日の経つのは早いものです。

さて、この今作の四巻では、王都奪還＋α《アルファ》までが収録されているのですが……実のところ、私が執筆を開始した当初のプロットでは、本作はこの王都奪還で完結となる予定でした。無事に（？）王様へのざまぁも終えましたし、物語の区切りとしてもよさそうだったので。（まあ、正確には、このエピソード後に最終話という形でしたが）

しかし、幸いなことに書籍化も決まり、まさか決定後にすぐさま『完』というわけにもいかず、どうしたものかということで、最終話との間にエピソードを追加することにしました。

いやはや、当時はなにかと忙しかったこともあり、執筆と構想を同時進行する日々は、なかなかに大変なものがありました。他作品の作者様方も、同じような思いをしながら頑張っておられるのかなー、などと、おこがましくも共感してみたり（笑）。

思い起こしますと、当時は我ながら色々とやらかしてしまったものです。展開に行き詰まることなんてしょっちゅうでしたし、時系列がおかしくなるわ、伏線を張るのを忘れるわ、逆に伏線を張っていたことを忘れるわ。あまつさえ、エピソードを丸々ひとつすっ飛ばしていたなんてこともありましたね。

……完全に自業自得でした。教訓、プロットはよく練《ね》りましょう、はい（涙）。

とまあ、こんな紆余曲折があった本作ですが、なんと今では文庫版だけではなく、漫画家のトミイ大塚さんの手により、アルファポリスのＷｅｂサイトでコミカライズ化もされています。すでに第一巻が刊行され、絶賛発売中です。小説とはまた一味違う、漫画独自の世界観をご堪能《たんのう》いただけること請け合いです。

それでは、また次巻で皆様にお会いできることを楽しみにしております。

二〇二一年七月　まはぷる

大ヒット
異世界×自衛隊ファンタジー
ゲート
自衛隊 彼の海にて、斯く戦えり
GATE SEASON 2
1〜5
柳内たくみ 著
Yanai Takumi
1〜5巻
好評発売中!
文庫1〜2巻
(各上・下)
大好評発売中!
ゲート SEASON 2 1.抜錨編
柳内たくみ
舞台は異世界の海! ゲート海自編、ついに開幕!
海上自衛隊VS
異世界海賊&海軍!
累計420万部! 超スケールの自衛隊×異世界ファンタジー!
●各定価:1870円(10%税込)
●Illustration:Daisuke Izuka
『ゲート』シリーズ累計
ついに500万部突破!
(電子含め累計570万部)
豪華賞品が当たる
海自編、待望の文庫化!
●各定価:660円(10%税込)
●Illustration:黒獅子

アルファライト文庫

この作品に対する皆様のご意見・ご感想をお待ちしております。

おハガキ・お手紙は以下の宛先にお送りください。

【宛先】

〒150-6008 東京都渋谷区恵比寿 4-20-3 恵比寿ｶﾞｰﾃﾞﾝﾌﾟﾚｲｽﾀﾜｰ 8F
（株）アルファポリス　書籍感想係

メールフォームでのご意見・ご感想は右のＱＲコードから、
あるいは以下のワードで検索をかけてください。

アルファポリス　書籍の感想　検索

ご感想はこちらから

本書は、2019年8月当社より単行本として
刊行されたものを文庫化したものです。

巻《ま》き込《こ》まれ召喚《しょうかん》!?　そして私《わたし》は『神《かみ》』でした??４

まはぷる

2021年 7月 31日初版発行

文庫編集－中野大樹／宮田可南子
編集長－太田鉄平
発行者－梶本雄介
発行所－株式会社アルファポリス
〒150-6008東京都渋谷区恵比寿4-20-3恵比寿ガーデンプレイスタワー8F
TEL 03-6277-1601（営業） 03-6277-1602（編集）
URL https://www.alphapolis.co.jp/
発売元－株式会社星雲社（共同出版社・流通責任出版社）
〒112-0005東京都文京区水道1-3-30
TEL 03-3868-3275
装丁・本文イラスト－蓮禾
文庫デザイン—AFTERGLOW
（レーベルフォーマットデザイン－ansyyqdesign）
印刷－株式会社暁印刷

価格はカバーに表示されてあります。

落丁乱丁の場合はアルファポリスまでご連絡ください。

送料は小社負担でお取り替えします。


ISBN978-4-434-29104-3 C0193